하나가
아니에요!

하나가
아니에요!

초판 1쇄 인쇄일 2018년 01월 25일
초판 1쇄 발행일 2018년 01월 30일

지은이 | 임서림
펴낸이 | 김기선

편집장 | 김은지
편집부 | 박지은, 김지현, 김아름, 박신혜
디자인 | 한주희

펴낸곳 | 와이엠북스(YMBOOKS)
출판등록 | 2012년 7월 17일 (제382-2012-000021호)
주소 | 서울시 도봉구 노해로 379, 802호(창동, 대성빌딩)
전화 | 02)906-7768 / **팩스** | 02)906-7769
E-mail | ymbooks@nate.com

ISBN 979-11-322-4436-3 04810
ISBN 979-11-322-4434-9 04810 (set)

값 9,000원

하나가 아니에요!

임서림 장편소설

Vol.2

YMBOOKS ROMANCE STORY

차 례

11. 썩은 새끼줄도 쓸데가 있다

병원 1층에 위치한 카페 구석 자리에 음료수를 하나씩 들고 마주 앉고 나서, 희성은 이제야 생각났다는 듯이 물었다.

"그러고 보니까 아까는 뭔 일이 있었길래 죽어도 좋니 어쩌니 하고 있었던 거예요? 병원에서 그런 이야기 하는 거 안 좋아요."

두나는 눈을 동그랗게 떴다.

"응? 왜 안 좋아요?"

"병원은 장소가 장소니만큼…… 사람들의 부정적인 감정이나 사념이 많아요. 이런 데서 아무리 비유법이라고 해도 그런 말을 하는 건…… 그다지 좋은 영향을 끼치진 않죠."

두나는 고개를 끄덕였다. 수긍이 가는 이야기였다.

"게다가 두나 씨는 체질…… 특성상 그런 영향을 더 민감하게 받을 가능성이 높아요."

희성의 목소리에는 그녀에 대한 걱정이 따스하게 흘러넘쳤다. 두나는 왠지 모르게 뺨이 후끈해지는 것을 느끼며 말을 돌렸다.

"네. 앞으로는 조심할게요."

슥. 희성의 얼굴이 코앞으로 다가왔다. 살짝 아래쪽에서 위로 올려다보는 희성의 얼굴은 평소와 또 다른 각도다.

한층 깊게 음영이 진 눈가와 콧대가 마치 흑백 사진에 등장한 모델처럼 보이게 한다. 눈꺼풀 아래로 속눈썹 그림자가 꽤 짙게 드리워져 있다.

"그래서 뭐가 그렇게 좋았던 거예요?"

두나는 제 귓전을 울리는 소리를 들었다.

꿀꺽. 침이 넘어가는 소리.

'무슨 남자가 이렇게 속눈썹이 길어……'

잘생긴 얼굴은 멀리서 봐도 가까이서 봐도 잘생겼다. 게다가 가까이서 보면 괜히 더 긴장하게 만드는 부작용(?)까지 있었다.

두나는 고개를 절레절레 저어서 이상한 생각을 떨치며 대답했다.

"별거 아니에요. 듣기 재밌는 것도 아니고."

희성이 픽 웃으며 손으로 날렵한 턱선을 받친다.

"그래도 난 듣고 싶은데요."

망설이는 두나에게 희성은 화사하게 웃어주며 그녀의 경계심을 풀려 노력했다.

"허심탄회하게 이야기해봐요, 두나 씨. 원래 근심은 나누면 반이 되고 기쁨은 나누면 두 배라잖아요."

"으응……."

두나의 망설임이 깊어지는 것이 보였다.

"우리 친구잖아요? 친구 사이에 못 할 말이 어디 있어요?"

그러자 두나의 표정이 확 펴진다. 눈앞에 간식이 주어진 강아지 같은 표정이었다.

희성은 두나가 저 '친구'라는 표현 앞에서 긴장을 푼다는 사실을 잘 알고 있었다.

두나에게 희성은 처음으로 생긴 자신만의 친구다.

아는 것은 최대한 활용해야 하는 법.

"그렇죠. 우리 친구죠?"

"……그렇죠."

희성은 웃으며 대답했다.

'아직은.'

이라는 생각은 굳이 입 밖으로 드러내지 않았다. 희성의 구체적인 의도를 따진다면 '지금은 친구부터'에 더 가깝다.

두나는 한층 만족스러운 표정으로 고개를 끄덕끄덕하더니, 얼굴을 펴고 입을 열었다.

그녀의 입에서 나온 말은 그의 허를 찌르는 말이었다.

"그러면 저 상담 좀 해주세요!"

"상…… 담?"

"네! 연애 상담이요!"

희성은 필사적으로 일그러지려는 얼굴 근육을 막았다.

졸지에 그는 좋아하는 여자의 짝사랑 상담을 해주는 처지에 놓이고 말았다.

두나는 하나에게도 하지 못한 이야기보따리를 희성의 앞에서 풀어헤쳤다. 당연히 유현에 관한 이야기다.

가장 친한 친구가 혼수상태에서 깨어나지 못하고 있는 상황에서 이런 상담을 하나에게 할 수는 없었다. 그렇다 보니, 유현에 대한 이야기는 쌓이고 쌓여 있었다.

두나는 두 볼이 분홍색으로 상기된 채 마구 이야기를 쏟아냈다.

희성은 조금 삐딱한 채로 그런 두나의 얼굴을 바라보았다.

'다른 남자 얘기를 하고 있는 얼굴도 이렇게 귀여워 보이니 정말이지 나도 어지간하군…….'

그러나 이야기가 진행될수록 희성의 얼굴은 미묘하게 굳어갔다. 유현이 두나에게 대놓고 호감을 표현했다는 대목에 이르러서는 입가가 미묘하게 떨리는 것을 억누르려 노력해야 하는 지경에 이르렀다.

새삼 희성은 깨달았다.

'……그랬었지. 짝사랑 상대가 있다고 했었어.'

잠시 잊고 있었다. 아니, 정확히 표현하자면 잊고 싶었다고 표현하는 게 맞았다.

그들이 만난 지 얼마 안 되었을 때, 술주정하는 두나가 그의 앞에서 이렇게 외친바 있었다.

'유현아아아!'

'나도, 나도 연애할 수 있는데!'

희성은 매우 언짢은 기분으로, 유현의 얼굴을 떠올렸다. 그 강유현이 두나의 짝사랑 상대였던 모양이다.

짝사랑.

매우 불쾌한 단어였다. 특히 그것이 희성이 마음에 둔 여자가 다른 남자에게 품은 감정이라면.

그의 불쾌감을 전혀 모르는 두나는 잔뜩 상기된 얼굴로 연애 상담을 하는 중이었다.

"그래서, 그래서…… 유현이가 저한테 그렇게 말했었어요! 어떤 거 같아요?"

"……뭐가요?"

희성의 되물음은 대충 듣기에도 매우 무성의했다. 두나는 손으로 가볍게 테이블을 탕탕 두드리며 친구를 채근했다.

"뭐긴요? 같은 남자잖아요! 남자 입장에서 보기에 유현이의 태도가…… 가능성이 있는 것 같아 보이시냐고요!"

두나의 표정은 이렇게 외치고 있었다.

'어서 그렇다고 말해요!'

평소라면 두나의 그런 태도에 순순히 맞장구를 쳐주었을 희성이었다. 그걸 아니까 두나도 저렇게 행동했던 것이다.

그러나 희성은 이번만은 별로 그러고 싶지 않았다.

절로 심드렁한 목소리가 나왔다.

"글쎄요……. 잘 모르겠네요……."

두나는 두 볼을 볼록하게 부풀렸다.

"뭐예요? 좀 더 성의 있게 리액션을 해달라고요. 친구잖아요?"

희성은 헛웃음을 터뜨렸다.

"친구니까 연애 상담에 좀 더 성의 있게 응해달라?"

두나는 눈을 빛내며 고개를 끄덕인다.

"네, 네! 게다가 희성 씨, 원래 '이 일'에 관심 많으셨잖아요!"

"……."

그건 사실이다. 본체인 하나와 두나의 결정적인 차이점.

전혀 다른 상대에 대한 다른 연애감정. 분명히 초반에 희성은 두나의 짝사랑 이야기에 매우 큰 호기심을 가졌었다.

그래서 두나가 화를 내며 물을 뿌릴 정도로 두나를 무례하게 몰아붙였었다.

그러나 지금은 조금도 궁금하지 않았다.

그때 그런 질문을 한 자신에게 화가 날 정도로.

희성은 턱 아래 괴고 있던 손을 치웠다. 친애하는…… '친구'분께서 간절히 원하시니 결국 적극적으로 응해드리기로 했다.

"진지하게 상담을 해드리죠. 일단, 상대의 반응 이전에 짚고 넘어갈 게 하나 있어요."

"네? 뭐요?"

"강유현이라는 그 남자분……. 두나 씨를 하나 씨로 알고 있는 것 같던데, 아니에요?"

"……마, 맞아요."

희성은 짐짓 심각하게 중얼거렸다.

"역시. 하긴 저번에 지영 씨 사고 때 만났을 때 두나 씨를 하나 씨라고 불렀었죠, 그분."

"……."

희성은 보았다. 아니, 본 것 같은 기분이 들었다. 두나의 머리 위에 보이지 않던 귀가 추욱 눕는 모습이.

그러나 그는 멈추지 않았다.

"그러면 문제가 크네요. 저번에 들어보니까 예준이랑 하나 씨가 사귀는 것도 알고 있는 것 같던데 말이에요."

"……."

두나의 뒤에서 잔뜩 흔들리고 있던 보이지 않던 꼬리는 이제 완전히 바닥과 일체가 된 것 같다.

희성의 말이 이어질수록 두나의 고개는 점점 아래로 숙여졌다.

희성은 조금 심술궂은 기분이 되었다.

"그러면 유현이라는 분이 좋아하는 게…… 두나 씨인 걸까요?"

희성의 말은 그대로 두나의 가슴을 찌르고 들어갔다.

그의 말은 끝나지 않았다.

"게다가 유현 씨라는 분 무슨 생각인지 모르겠어요. 두나 씨를 하나 씨라고 알고 있는 거면, 당연히 애인이 있는 여자라고 생각할 텐데, 그런데도 대놓고 호감을 표현했다는 거잖아요. 애인 있는 사람에게 그렇게 대하는 게 그다지 좋은 사람으로 보이지는 않네요."

말의 끝은 숨길 수 없을 정도로 뾰족했다. 희성은 자신이 말하고도 소리 없이 혀를 찼다.

참 밉살스러운 말투였다. 게다가 의도가 너무 분명하게 느껴져서 스스로도 조금 민망해졌다. 치졸하고 저열한 방해다.

그 민망함이 안 하는 게 몇 배는 나을 말을 더 내뱉게 만들었다.

"두나 씨, 하나 씨를 생각해서라도 그 남자분과는 거리를 두시는 게 좋을 텐데요."

희성은 민망함과 약간의 자괴감에 잠시 침묵했다. 그리고 그동안 두나도 입을 열지 않았다.

말을 다 내뱉고 나서야 자신이 정말로 유치하게 굴었다는 자각이 뒤늦게 몰려왔다.

희성은 이성을 되찾기 위해 잠시 잊고 있던 커피를 입에 댔다.

씁쓸한 액체가 입에 들어가자, 조금 정신이 든다.

그제야 희성은 평소의 자기답지 않게 머리에 열이 올라 있었음을 새삼스레 깨달았다.

'남자의 질투는 정말로 추하군.'

그 질투는 커피의 가장 지독하게 쓴맛과 제일 불쾌하게 신맛을 모아놓은 것 같은 맛이었다.

"……."

그제야 기묘한 침묵이 귀를 긁었다.

지금 두나의 침묵이 어쩐지 심상치 않다는 생각이 뒤늦게 들었다.

"저…… 두나 씨?"

"……."

두나는 여전히 고개를 숙인 채 침묵하고 있었다.

고개를 푹 숙이고 있어서 그녀의 표정이 제대로 보이지 않았다.

그때였다.

툭. 두나의 손등 위로 무언가가 떨어졌다.

희성의 눈이 놀라서 휘둥그레졌다.

'눈물?'

고개를 숙인 두나의 눈에서 구슬 같은 눈물이 후드득 떨어지기 시작했다.

두나는 눈물처럼 울먹이는 말들을 점점이 떨구기 시작했다.

"희성 씨…… . 너무해요…… . 유현이 그런 사람 아니에요…… ."

희성은 당황했다. 정말로 당혹스러웠다. 그는 이제까지 여자를 울려본 적이 없었다.

그런데 지금 두나를 울려버린 것이다.

당혹스러움에 몸이 소금기둥처럼 굳어 있던 희성은 바로 외쳤다. 아니, 외칠 기세였다.

"두, 두나 씨! 미안해요! 내가 말이 심했어요!"

그러나 두나는 아직 말이 끝나지 않았다.

"나…… 난 그냥…… 친구랑 연애 상담…… 해보고 싶었어요. 내가 이런 거 말할 사람…… 희성 씨밖에 없으니까."

희성은 두나의 하나뿐인 친구였으니까.

"하나…… 한테는 말 못 해요. 아니, 할 의미가 없죠. 어차피…… 동기화하고 나면 기억이…… 합쳐지니까. 나만의 기억 같은 거…… 없으니까."

희성은 깨달았다. 자신의 말은 두나의 이 '약점'을 그대로 찌른 것이다.

두나는 오랫동안 짝사랑해온 사람 앞에서도 '자기 자신'를 드러

하나가
아니에요!

낼 수 없다. 그저 하나로서 유현을 대해야만 하는 것이다.

그런데 그런 그녀에게 유일한 친구인 희성이 그 약점을 찔러버린 것이다.

현실적인 지적에 불과하다 말할 수도 있으나, 이건 너무나도 잔인한 지적이 아닐 수 없었다.

희성은 가슴이 조여드는 기분을 느끼며 고개를 숙였다.

"두나 씨……."

두나는 한탄하듯이 중얼거렸다.

"난 그냥…… 친구랑 이런 이야기 해보는 게 처음이라서 그냥 그러고 싶었던 거예요. 유현이랑 잘되고 싶다고 생각도 못 해요. 그냥, 그냥…… 이런 이야기 같이 들어줄 사람이 있었으면 했어요……."

그 목소리가 너무나도 처량해서 희성은 그대로 세상에서 사라져버리고 싶어졌다.

이런 실수를 해버리다니.

그것도 일순간의 질투에 눈이 멀어서.

"내가…… 희성 씨한테 많이 응석부리고 싶었나 봐요. 미안해요……. 앞으로는 이런 얘기…… 안 할게요."

그 말을 듣자, 미안함에 바닥으로 꺼질 기세이던 희성의 고개가 번쩍 들렸다.

그는 손을 뻗었다. 두나의 손을 잡아당긴다.

그러자 두나가 놀라서 고개를 반짝 들었다. 방울진 눈물이 뺨을 타고 턱으로 흘러내렸다.

희성의 손끝이 두나의 턱에 닿았다. 그 눈물을 손으로 훔치면서 희성의 얼굴이 일그러졌다. 안타까움과 안쓰러움, 그리고 자신의 속 좁음에 대한 자괴감 때문이다.

"……두나 씨가 왜 미안하다고 하시는데요."

두나는 갑작스런 상황에 어버버하면서 간신히 대답했다.

"그게…… 그러니까……."

희성이 부드럽게 웃었다.

"나한테 미안하다고 할 이유가 없죠?"

코앞까지 다가온 희성의 얼굴에 놀라 잠시 멍한 상태인 두나는 바닥으로 기어 들어갈 것 같은 목소리로 대답했다.

"그냥…… 내가 말을 하지 말 걸 그랬어요……. 그랬으면……."

그러자 희성이 답답해하며 말했다.

그의 목소리는 비단처럼 부드러웠지만, 거역할 수 없는 힘으로 가득 차 있었다.

"아뇨. 두나 씨 잘못 아니에요. 우리 친구잖아요, 맞죠?"

그 기세에 밀려 두나는 엉겁결에 고개를 끄덕였다.

"……맞아요."

"그러면 친구한테 연애 상담 정도는 할 수 있죠. 당연해요. 그렇죠?"

그러자 두나는 천천히 고개를 끄덕였다.

"네, 맞…… 아요."

맞다. 두 사람은 친구고, 친구에게 연애 상담도 하고 위로도 받고 싶은 건 절대 잘못한 일이 아니다.

이건 두나의 잘못이 아니다.

그런데도 두나가 울면서 사과부터 한 건 희성이 한 말이 두나의 상처를 건드려서였고, 또한 두나는 그녀에게 있어서 유일한 친구인 희성에게 거부당하고 싶지 않아서였다.

새삼 두나는 깨달았다.

희성에게 거부당했다고 한순간이나마 생각하니 눈앞이 깜깜해지고 눈시울이 뜨거워졌다.

다시 눈물이 나오려고 했다.

원래 눈물이 많은 편도 아닌데도, 그랬다.

두나는 또 울지 않으려고 애쓰면서 손등으로 눈물을 닦았다.

두나가 어느 정도 진정한 걸 확인하고 희성은 깊게 한숨을 쉬었다.

"잘못한 것도 없으면서 사과하지 마세요. 사과할 사람은 따로 있잖아요."

두나는 조금 불퉁하게 물었다.

"사과할 사람이 누군데요?"

다시 평소의 두나로 돌아온 것 같다.

희성은 조금 안도하며 부드럽게 웃었다.

두나는 가슴께가 간질간질거리게 하는 미소 같다고 느꼈다.

그러고 보면 희성의 미소는 늘 그랬다.

희성은 단언했다.

"사과해야 하는 건 나죠."

그는 자신이 한 말을 바로 실천했다.

"미안해요, 두나 씨. 내가 너무 유치하게 굴었어요."

두나는 눈가를 쿡쿡 찍어내면서 퉁명스럽게 말했다.

"앞으로…… 절대 그러지 마세요! 나…… 그런 거 내가 제일 잘 아니까, 그런 말 하지 말아주세요. 특히…… 희성 씨는."

"……."

"나…… 하나나 예준 오빠 말고 나를 두나라고 내 이름 불러주는 사람, 희성 씨 말고 없단 말이에요."

희성은 그제야 깨달았다.

그녀의 말을 통해서 정말로 뒤늦게.

이미 희성의 존재는 두나 안에서 뚜렷하고 중요하게 자리 잡고 있었다.

그것이 희성 자신이 원하는 위치는 아니라 해도 적어도 그 깊이와 무게만큼은 그가 생각했던 것 이상이었다.

희성의 말 한마디에 두나가 눈물지을 정도로.

"그런데 그런 희성 씨가 그런 말 하면……. 내가…… 그냥 아무것도 아닌 존재가 되는 것 같이 느껴져요. 그러니까……."

목소리의 끝이 다시 젖어들었다.

희성은 길게 한숨을 쉬며 고개를 끄덕였다.

"알았어요. 절대, 절대 안 해요. 죽는 한이 있어도 안 할 거예요. 걱정하지 말아요."

두나는 여전히 빨간 눈으로 희성을 올려다보며 거듭 물었다.

"진짜 절대 안 그럴 거죠?"

"안 해요. 절대로요."

두나의 목소리는 절박했다.

"약속한 거예요?"

"네. 약속했어요."

두나는 손을 뻗었다.

희성의 어깨를 꽉 잡고 동그란 눈을 더 크게 뜬다.

"그래도 아직 부족해요!"

"그러면 맹세하죠. 내 영혼을 걸고라도."

"……여, 영혼까지 걸 필요는 없는데……."

희성이 예상보다 강하게 나오자, 두나가 되레 당황했다.

사이비라도 무당이 영혼을 건다고 하니까 엄청나게 부담스럽게 느껴진다.

"아뇨. 두나 씨가 필요 없다고 해도 걸 거예요. 내 영혼."

희성은 자신만만하게 미소 지었다.

어찌 되었건 오늘 그는 만족했다.

자신이 생각한 것보다 그는 그녀에게 더 가까운 존재였다.

이미 자신의 존재가 그녀에게 크게 박혀 있다면, 그 의미만 바꾸면 되는 일이다.

그는 다시 다짐했다.

'뭐든 친구부터 시작하는 법이니까…….'

그는 인내심에는 자신 있었다.

* * *

희성이 안내해준 병실에는 우연히도 코디 한 명만이 있었다.

6인실에 세 명의 자리가 차 있는 상태였는데, 두세 시간 전에 한 명이 퇴원하고 다른 한 명은 검사를 받으러 내려갔다고 한다.

"대충 한두 시간 정도는 조용하게 인터뷰할 수 있을 거예요."

두나는 희성에게 고개를 끄덕여 감사인사를 한 뒤 병실 안으로 들어갔다.

두 사람이 들어서자, 병실 가장 안쪽 침대에 누워 있던 손민형의 코디가 몸을 일으킨다. 그제야 두나는 자신이 아직 이 사람의 이름도 모른다는 사실을 깨달았다.

침대 맡에 붙은 이름표를 곁눈질했다.

<유석만>

두나는 마음속으로 언제 공개될지 알 수 없는 인터뷰의 첫머리에 넣을 사람의 이름을 기억했다.

희성이 두나를 석만에게 소개해주었다.

"이분이 제가 말씀드린, 그 웹진 기자분이십니다. 당시에 사고를 직접 목격하셨고요."

두나는 예의 바르게 인사했다.

"안녕하세요, 안…… 하나라고 합니다. 희성 씨가 전해주신 대로 웹진 <인카운터>의 기자입니다."

준비하고 있던 명함을 꺼내서 석만에게 건넸다.

두나는 마른침을 삼켰다. 방금 크게 실수할 뻔했다. 기자로서 하고 싶은 일이라는 기대감이 컸기 때문일까. 아니면 옆에 희성이 있기 때문일까.

'안두나입니다.'

이렇게 말할 뻔했던 것이다.

두나는 속으로 중얼거렸다.

'실수하면 안 돼. 안두나. 안두나라는 이름으로 말하면 안 돼. 아직은.'

그때 알 수 없는 기분이 들었다.

아직은?

그렇다면 언젠가는 '안두나'로서 이런 인터뷰를 할 수 있는 날이 오기는 할 거라고 생각하는 건가?

두나는 잠시 떠오르려던 상념을 애써 억눌렀다. 지금은 그런 생각에 골몰하고 있을 때가 아니다. 다행히 석만이나 희성은 두나의 마음속 혼란을 전혀 알지 못하는 듯했다.

"안녕…… 하세요. 유석만이라고 합니다. 저도 명함을 드리고 싶지만, 지금은 무직이라 이전 명함은 못 써서 드릴 만한 게 없네요."

두나의 눈이 커졌다.

"무직이요?"

턱없이 사람만 좋아 보이는 석만의 얼굴에 씁쓸한 미소가 번졌다.

"네, 잘렸거든요."

두나는 간신히 자신을 억눌러서 소리를 지르지 않을 수 있었다.

"네? 하지만 분명히 유석만 씨가 손민형 씨를 구해주셨잖아요? 게다가 기사는 반대로 나간 상태인데 해고당하셨다는 건가요?"

"……네."

그는 깁스한 상태인 팔다리를 들어 올려 보여주었다.

"어차피 이런 상태로는 일도 제대로 못 할 텐데 월급 축내고 있는 게 마음에 안 들었던 모양이에요."

두나는 다급하게 물었다.

"하지만 손민형 씨 구하느라 다치신 건 유석만 씨잖아요! 그건 은혜를 원수로 갚는 거 아닌가요?"

석만의 얼굴이 참담하게 일그러졌다.

"그 사람은…… 그런 건 전혀 신경 안 써요. 오히려…… 사고 당시 저 때문에 밀려서 넘어지느라 다쳤다고 비난을 하더군요."

두나는 어이가 없어서 할 말을 찾기가 힘들었다.

"자신을 다치게 한 치료비를 청구하지 않는 걸 감사하게 생각하라더군요."

그렇게 말하며, 석만은 고개를 떨구었다. 목소리가 점점 더 깊은 자괴감과 고통으로 떨렸다.

"소속사에서는 제 치료비를 대신 내주고, 또 퇴직금조로 보상금을 약간 챙겨준다고 했어요. 그걸로…… 입을 다물라고 하더군요."

"그건…… 말도 안 돼요."

"기자님이 제 일에 관심을 가져주시는 건 정말 감사하지만……. 하지만 소용없을 거예요."

그의 말이 맞았다. 이미 손민형 측이 뿌린 기사는 온 사방에 퍼져 있었다. 언론은 유명세와 인기, 돈까지 가진 손민형에게 훨씬 호의적이었다.

이런 진실에 관심을 가지는 이는 아마 없을 거다.

그러나 두나는 이 상황을 도저히 외면할 수가 없었다.

아니, 그러고 싶지 않았다.

"유석만 씨 말씀이 맞을지도 몰라요. 저도 이 일을 취재하겠다고는 했지만, 정말로 기사를 살릴 수 있을지는 저도 확답을 드릴 수 없어요."

"역시……."

자신의 입으로 안 될 거라고 말했으면서도 막상 두나의 입에서 자신이 한 말과 같은 말이 나오자, 석만의 얼굴은 좌절로 일그러졌다.

두나는 그때 석만이 전혀 예상하지 못한 말을 했다.

"한 가지 사과드릴 일이 있어요."

"네?"

"사고 나기 직전에…… 저 본의 아니게 석만 씨와 손민형 씨가 같이 있는 걸 봤어요. 손민형이 석만 씨에게 음료수를 잘못 사왔다고 욕설을 퍼붓는 장면을요."

"그걸 어떻게……!"

석만의 얼굴은 수치심과 자괴감으로 시뻘겋게 물들었다.

"그때 본의 아니게 보게 되어서 정말 죄송해요. 하지만 제가 드리고 싶은 말씀은 이거예요."

두나는 잠시 말을 골랐다.

"진짜 영웅은 유석만 씨세요."

석만의 얼굴이 굳어졌다.

"그때 석만 씨가 손민형에게 당하는 걸 봤기 때문에 더 그렇게 생각하고 있어요. 자신에게 그렇게 못되게 구는 사람을 구하기 위해서 석만 씨는 망설임 없이 몸을 날리신 거잖아요? 그건 석만 씨가 진정한 의미의 영웅이기 때문이라고 생각해요."

두나는 이 병실에 들어온 이후 처음으로 웃었다.

"저도 별다른 힘이 없는 일개 기자라 이 일을 정말로 제대로 알릴 수 있을지는 확언을 드릴 수 없어요."

"……."

"하지만 적어도 저만은 진실을 알고 있다는 걸 알려드리고 싶었어요. 그리고 만에 하나라도 기회가 생기면 진실을 알릴 수 있도록 기록을 남겨두고 싶어요. 기자로서요."

두나는 가방 속에서 녹음기를 꺼냈다. 그녀의 목소리는 더없이 확고했다.

"인터뷰, 응해주실 수 있을까요?"

석만이 눈에서 눈물이 흘렀다. 어머니에게도 사실대로 말하지 못했던 그의 마음이, 처음으로 그를 알아주는 사람을 만나 녹아내리는 듯했다.

그는 힘차게 고개를 끄덕였다.

"네, 네. 정말…… 감사합니다."

두나는 환하게 웃으며, 녹음기 버튼을 눌렀다.

* * *

인터뷰는 순조롭게 끝이 났다. 석만은 홀가분하고 밝은 얼굴로,

불편한 몸으로도 두나와 희성을 병실 앞까지 배웅해주었다.

두나는 뿌듯한 가슴을 안고 병실을 나왔다. 걸음걸이가 마치 바람처럼 가볍다.

두 사람은 이제 지영이 입원한 집중치료실로 향했다. 하나가 자리를 지키고 있는 그곳으로.

두나가 걷는다. 그 옆에서 희성이 보조를 맞추어 걷는다. 두 쌍의 발이 마치 한 몸처럼 박자를 맞추었다.

오래 함께 연습한 춤 파트너처럼.

그런데 그 착착 맞아 들어가던 박자가 갑자기 어긋났다.

"맞아요! 그거 잊어버릴 뻔했어!"

바로 두나 때문에. 두나는 희성의 옆에서 걷다가 빙글 돌아 그의 앞을 막아섰다. 희성은 무심코 앞으로 걸으려다 두나와 부딪치기 직전까지 갔다. 두 사람의 몸이 슬쩍 닿았다.

희성은 달콤한 향기가 자신의 코끝을 스치는 것을 알았다. 살짝 닿았다가 떨어진 몸은 아담하고, 또 부드러웠다. 얼굴에 열이 오를 뻔했다.

정말이지 무방비한 여자다.

조금 전 병실에서는 바늘도 들어가지 않을 것 같은 기자의 얼굴을 하고 있었으면서 지금은 완전히 달랐다.

"뭘 잊어버릴 뻔했다는 거죠?"

두나는 보란 듯이 팔짱을 꼈다. 절로 턱이 치켜 올라간다.

"희성 씨가 나한테 더 사과할 게 한 가지 있어요."

희성은 잠시 고민했다. 사과할 일이 하나 더 있다고?

자신이 한 실수가 있는지 곱씹어봤으나, 희성은 두나가 무엇을 말하는 것인지 당최 알 수가 없었다.

두나의 목소리는 뾰족뾰족했다.

"아까 희성 씨 이런 말도 했죠? '하나를 위해서라도 그런 일은 하지 말라'고요!"

"아……!"

두나의 입술이 오리처럼 툭 튀어나왔다. 누가 보아도 삐진 얼굴.

"희성 씨 왜 내 앞에서 하나 편을 들었어요?"

희성의 표정이 미묘해졌다.

"그게…… 내가 하나 씨 편을 든 게 되는 건가요?"

"당연히 그렇죠! 나보다 하나를 더 걱정한 거잖아요!"

잠시 이해할 수 없는 표정을 하던 희성은 곧 고개를 끄덕였다. 제대로 이해했다기보다는 두나가 그렇게 받아들였다는 것을 이해하기로 한 것이다.

두나의 기세가 등등해졌다.

"잘못했죠?"

희성은 자신이 아까 잘못한 것을 잘 알았다. 그렇다면 지금은 반론을 할 때가 아니라 납작 엎드릴 때였다.

"네, 죽을죄를 지었습니다."

조금은 장난스럽게 과장한 사과에 두나는 입꼬리를 씨익 끌어올렸다. 두나 본인도 이번은 그다지 진지하게 화를 낸 건 아닌 모양이다.

정확히는 응석에 가까운 느낌.

그럼에도 두나는 희성에게 확실하게 못을 박았다.

"절대 내 앞에서 하나 편들지 말아요. 내 편 먼저 들어줘야 해요! 희성 씨는 내 거니까!"

희성은 잠시 눈을 크게 뜨고 두나를 바라보았다. 잠시 뒤 그는 화사하게 웃으며 고개를 끄덕였다.

"네. 난 두나 씨 거니까."

그 말을 듣고 두나는 화들짝 놀랐다. 얼굴이 시뻘게진다.

"제, 제가…… 내 거라고 했어요? 미, 미안해요! 그게 아니라…… 희성 씨는 내 친구니까, 라고 하려고 한 거예요! 나만의 친구라는 의미로……."

두나는 뜨끈해진 뺨을 손으로 감쌌다.

실수를 해도 이런 실수를 하다니.

'내, 내 거라고 해버리다니……. 누가 들으면 오해하기 딱 좋잖아! 쪽팔려!'

희성은 여전히 화사하게 웃으면서 고개를 끄덕였다.

"네. 전 두나 씨 친구니까요."

그의 웃음은 꽤 기분 좋은 미소였다. 실수든 아니든 그녀의 독점욕은…… 꽤나 희성을 기분 좋게 만들었다.

생각보다 그렇게 오래 걸리지는 않을 것 같다는 생각이 들었다.

* * *

"하하하!"

"진짜 오랜만이다, 야!"

왁자지껄. 소란스러운 술자리였다. 알코올이 들어가자 하나같이 학창시절의 추억을 하나씩 떠올리며 모두가 들뜬 표정이었다.

옆자리에 앉은 여자가 까르륵 웃으며 두나의 어깨를 툭툭 쳤다.

"세상에, 이게 몇 년 만이야! 안하나!"

두나는 어색한 미소를 얼굴 가득 띤 채 대충 말을 받았다.

"그, 그래. 유주야."

익숙한 얼굴이긴 했다. 하나의 기억 속에 있는 얼굴 중의 하나였으니까. 덕분에 이름을 떠올리는 것도 쉬웠다.

지금 두나가 얼떨결에 끌려온 자리는 H 고교 동창회 자리였다. 두나는 하나의 동창들에게 둘러싸여 그들이 권하는 맥주잔을 들고서 등에서 식은땀을 흘렸다.

'내, 내가 어쩌다 여기까지 끌려온 거지?'

이 상황의 발단은 어제였다.

하나는 회사 1층에서 뜻밖의 사람과 마주치고 말았다.

종종걸음으로 회사 건물 1층을 지나가는 두나의 등 뒤에서 그녀를 부르는 소리가 들렸던 것이다.

"어? 안하나!"

정확히는 하나를.

두나는 당혹스러워하며 뒤돌아보았다. 그 자리에는 한 훤칠한 키의 남자가 서 있었다. 목에는 공영방송국 K사의 마크가 적힌 사원증이 걸려 있다.

그를 보고 잠시 고개를 갸웃하던 두나는 곧 남자의 얼굴을 자신의 기억

속에서 찾아낼 수 있었다. 아니, 정확히는 하나의 기억 속에서.

"아! ······한서진? 맞지?"

그는 씨익 웃으며 박수를 쳤다.

"정답."

두나는 그의 가슴께에 당당하게 걸려 있는 기자증을 보며 물었다.

"그런데 너 K사 들어간 거야?"

"어. 이제 겨우 1년 차야. 죽겠다. 아주. 넌 아, <인카운터> 들어갔구나. 안 그래도 거기 본사가 웹진 쪽 강화한다고 들었었는데. 나야 방송 쪽이긴 한데, 그래도 같은 언론 쪽이네."

"나야 아직 인턴이지. 만나서 반갑다."

웃으면서 환담을 나누던 서진은 그때 뭔가 떠올랐다는 듯이 놀란 표정을 했다.

"그러고 보니까 얼마 전에 손민형 사고 때 <인카운터>에서 제일 처음 특종 냈었지. 그때 기사에서 네 이름을 봤었는데, 흔한 이름이라서 동명이인인 줄 알았거든. 너였구나."

그의 말은 맞았다. 실제로 기사의 끄트머리에는 하나의 이름이 들어가 있었다.

제일 앞자리에는 부장의 이름이 들어갔지만, 그 뒤에 '안하나'라는 이름이 들어갈 수 있도록 유현이 신경을 써주었었다.

두나는 실감할 수 있었다. 두나가 어떤 일을 해도 그것은 하나가 한 일이 된다.

그것이 실수라면 피해와 뒤처리는 하나의 몫이다. 그래서 늘 두나는 위축되어 조심해왔다.

그런데 이제야 처음으로 깨닫게 되었다. 두나가 아무리 잘해도 그 결과는 두나 자신의 몫이 될 수 없었던 것이다.

모조리 하나가 한 일로 남으니까.

오랜만에 만나는 하나의 동창 입을 통해 두나는 새삼스레 그 사실을 깨달았다. 새로운 것이 없는데도, 새로운 충격이었다.

잠시 멍하니 있는 두나에게 서진이 물었다.

"……괜찮아?"

"으, 응? 아, 응. 괜찮아."

두나는 그가 자신을 걱정한다고만 생각했다. 그런데 이어진 말에 두나는 자신이 꽤나 큰 실수를 해버렸음을 깨닫게 되었다.

"다행이다. 약속 날짜가 내일이라 뭔가 약속이 있지 않을까 했거든."

"으, 응?"

두나는 뒤늦게 깨달았다.

'뭔가 이상하다?'

식은땀을 흘리는 두나에게 서진이 상큼한 미소로 청천벽력 같은 소리를 내질러버렸다.

"내일 6시 30분이야. 우리 동창회."

"어?"

"너 전화번호는 그대로지? 총무가 안내 문자 보냈다니까, 꼭 와라. 알겠지?"

두나는 그제야 깨달았다. 조금 전에 우울한 생각에 빠져 대충 들었던 서진의 '……괜찮아?' 앞에 무언가 중요한 내용이 들어 있었다는 것을.

'내일 동창회 시간 괜찮아?'

두나는 그것도 모르고 그냥 대답을 해버리고 만 것이다.

'으, 응? 아, 응. 괜찮아.' 하고.

서진은 동창회의 총무를 맡은 친구에게 벌써 메시지를 보냈다고 말하며 웃었다.

조금 전까지 아주 보기 좋았던 훈훈한 미소가 지금은 밉살맞게 보일 지경이었다.

"아, 그게…… 사실 나…… 잊고 있었는데 그때 약속이……."

"너나 나 말고도 기자나 언론 쪽으로 간 애가 더 있더라고. 공무원도 있고. 동창회 하면서 인맥도 좀 제대로 만들자고 하더라."

"아……."

동창 인맥. 아주 중요하기는 했다.

특히 언론사에 있는 사람들은 그런 인맥을 통해 기삿거리를 뽑아오는 경우가 많으니까.

이건 좋은 기회였다.

하나에게.

서진은 기묘하게 웃었다.

"올 거지, 안하나?"

하나라고 부르는 이름을 듣자, 두나는 다른 대답을 할 수가 없었다.

서진은 상큼한 미소를 남기고 사라졌다. 1층 홀에 홀로 남아 두나는 멍청한 얼굴로 탄식했다.

"어어?"

내일은, 희성과의 약속이 있는 날이다. 근 열흘 만의 만남이었다. 지난번에 한 실수에 대한 사과로 맛있는 것을 또 사주겠다며 약속을 잡아버린 것이다.

의사는 바쁘다. 사실 희성이 그 바쁜 와중에도 두나를 위해 자주 시간을 내주어서 미처 몰랐는데, 그간 시간을 내기 위해 희성은 그 외의 시간에는 엄청난 양의 업무에 시달리고 있었다고 했다.

희성이 다 죽어가는 목소리로 이렇게 말했던 것이다.

'내일 저녁에는 간신히…… 시간이 될 것 같아요.'

그 목소리가 너무 처량해서 두나는 이번에는 자신이 맛있는 걸 사주면서 희성을 위로해주어야겠다고 생각했다.

약속의 명분이야 희성이 사과의 의미로 맛있는 걸 사주겠다지만, 그건 말 그대로 명분이었으니까.

그런데 이렇게 되어버렸다.

"어, 어쩌지? 약속?"

당혹스러워하는 두나에게 대답을 해줄 수 있는 사람은 없었다.

머리를 감싸 쥐고 괴로워하던 두나는 곧 한 가지 사실을 떠올릴 수 있었다.

"그러고 보니까, 쟤…… 고3 때 하나에게 고백했다가 차인 애 아냐?"

뭔가 시작부터 불길한 예감이 들었다.

* * *

다행히 약속 시간을 좀 늦췄으면 한다는 두나의 부탁에 희성은 흔쾌히 동의해주었다. 안 그래도 일이 늦게 끝날 가능성이 더 높다는 거였다.

전화 속에서 희성은 부드럽게 웃었다.

'동창회요? 재미있게 놀아요.'

그렇게 쉽게 오케이 하는 희성의 태도에 두나는 조금, 아주 조금 서운함을 느꼈다.

그러나 이는 착각일 것이다. 약속 시간을 미루어야 하는 상황에서 스무스하게 상황이 정리되었는데, 그게 서운할 이유는 조금도 없었다.

희성은 짤막하게 덧붙였다.

'이따가 봐요.'

그 목소리는, 녹아내릴 것처럼 다정했었다.

두나는 갑자기 다시 목이 타서 맥주를 꿀꺽꿀꺽 마셨다. 얼굴이 뜨끈하다.

"와하하하!"

동창회 장소는 웃음소리로 떠나갈 듯했다.

두나 역시 어색하게나마 웃음을 띠고 분위기를 맞췄다.

그때였다. 등 뒤에서 낯익은 목소리가 다가왔다.

"얼굴이 빨갛네. 술 약해?"

두나는 고개를 돌렸다. 한서진이다. 두나가 얼떨결에 이 자리에 오게 만든 원흉.

두나는 떨떠름한 기분을 숨기고서 고개를 끄덕였다.

"응. 별로 잘 마시지는 못해."

그는 피식 웃으며 두나의 옆자리에 앉았다.

"그래도 내가 따라주는 거 한 잔은 받아줄 거지?"

말을 하면서 그는 벌써 맥주를 두나의 빈 잔에 따르고 있었다.

"벌써 따르고 있으면서."

"하하. 한 잔만 마셔."

그는 그렇게 말하며 두나의 잔에 소주를 주룩 따랐다. 반쯤 비워졌던 잔이 가득 찬다.

"역시 술은 소맥이지!"

그는 그렇게 말하며 자신의 잔을 두나의 잔에 부딪쳤다.

"자, 원샷!"

두나는 한서진의 무언가가 계속 자신의 신경에 거슬리는 것을 느꼈다. 그러나 그 거슬림을 뭐라 정확하게 표현할 수가 없었다.

두나는 말없이 잔을 들이켰다.

알코올이 들어간 사람의 입은 가벼워진다. 오랜만에 만난 옛 친구들 앞에서 술까지 마신 이들은 다들 말이 많아졌다.

"야, 담이 소식 들었냐? 걔는 살았는지 죽었는지 모르겠다니까."

"뒤늦게 공시 준비한다고 난리던데?"

누군가가 또 물었다.

"그러고 보니까 이지영 걔 사고 났다면서?"

두나에게 묻는 말이었다. 두나는 어두워진 안색으로 고개를 끄덕였다.

"응…… 교통사고였어."

"상태는 어때?"

"……아직 혼수상태야."

그래서 하나는 아직도 매일같이 지영의 곁을 지키고 있었다. 그나마 희성의 말에 따르면 차도를 보이고 있다는 것이 희망적이긴 했다.

시끌벅적하던 술자리가 잠시 조용해졌다. 다들 혀를 차며 옛 친구의 회복을 빌었다. 누군가가 가라앉은 공기 속에서 비슷하게 안 좋은 소식을 전했다.

그들은 아직 젊다 보니 또래 사이에서 이러한 소식을 듣는 일이 드물기에 갑자기 분위기가 숙연해졌다.

"그러고 보니까 누구였지……. 그 일진 따까리였던 차세훈인 가? 걔도 반년 전쯤에…… 갔다고 하더라고."

"뭐? 그 중학교 때 일진 손문태 따까리였던 걔?"

두나는 눈을 동그랗게 떴다. 처음 듣는 이름들이다. 동창 중 몇몇은 누구냐며 묻는 이들도 있었다.

차세훈과 손문태의 이름을 꺼낸 유주가 피식 웃었다. 그녀의 표정과 말투에서는 희미한 경멸이 묻어났다.

"아, 너희는 모르겠다. 걘 우리랑 같은 고등학교가 아니야. 나나…… 지영이랑 같은 중학교 나온 애들이니까."

유주가 생각났다는 듯이 두나를 보았다.

"하나 너도 같은 중학교였지?"

두나는 미간을 찌푸리다가 고개를 저었다. 하나의 기억을 아무리 뒤져봐도 저 둘에 대해서는 나오는 것이 없다.

"아니, 난 그때 부모님이 이사를 가서 옆 중학교로 갔어. Q 중학교."

아마 하나가 같은 질문을 받았더라도, 같은 대답이 나왔으리라.

유주는 고개를 주억거렸다.

"하긴 나도 걔네랑은 딱 중1 때 한 번 같은 반 된 거였으니까.

……또 같은 반 안 돼서 정말 다행이었지."

누군가가 격하게 반응한다.

"아, 그 쓰레기 자식들…… 그래서 차세훈 그 자식은 왜 죽었대?"

그 말 뒤에는 어쩐지 이런 말이 숨겨진 듯한 느낌이 들었다.

'잘 죽었네.'

두나는 약간 소름이 돋는 것을 느끼며 그런 말을 한 남자 동창의 얼굴을 흘긋 보았다.

하나의 기억에 그는 상당히 얌전한 사람이었고 타인에게 말을 함부로 하는 성격이 아니었다. 그런데 저런 말을 하다니.

유주는 피식 웃더니 대답했다.

"투신했대."

술자리의 공기가 잠시 얼어붙었다. 그러나 분위기는 전혀 달라졌다. 순간 어색해졌던 공기는 순식간에 회복되었다. 누군가가 술김에 중얼거리는 소리가 꽤 크게 들렸다.

"꼴에 죄책감이 있긴 했던 모양이지."

그러자 누군가가 그를 말린다.

"에이, 됐다, 됐어. 벌써 언제 적 일이야. 됐으니까 술이나 마시자!"

의도적으로 다들 빈 잔을 채우고 건배를 한다.

조금 전 지영의 일을 이야기할 때와 달리, 동창들은 숙연해하는 분위기가 전혀 아니었다.

가십거리를 찾는 사람들처럼 눈을 빛냈다. 그중 일부는 차라리 고소해하고 있었다.

두나는 어렵지 않게 그 이유를 눈치챌 수 있었다.

특히 차라리 잘되었다는 듯한 반응을 보이는 이들은 특정 중학교 출신 아이들이었다.

바로 지영이 졸업한 중학교인 G 중학교 출신들. 투신했다는 사람 역시 그 중학교 출신인 모양이다.

아마도 G 중학교에서 무언가 일이 있었던 모양이다. 이야기의 화제로 오른 두 남자가 주변의 인심을 완전히 잃을 정도의 일이.

'무슨 일이 있었던 거지?'

두나의 호기심이 고개를 들려던 참이었다.

서진이 두나에게 새로 딴 맥주병을 내밀었다.

"자, 마시자! 마셔!"

모두가 새로 잔을 채우고 건배를 하는 분위기. 그 분위기 덕분에 두나는 별다른 의심 없이 잔을 받았다.

소맥을 다시 말아서 비우고도 여전히 생생한 두나를 보고, 서진은 작은 목소리로 중얼거렸다.

"술 약하다더니……."

나직이 혀를 차는 소리는 주변의 소음에 가려 전혀 들리지 않았다.

* * *

1차는 9시가 조금 안 되어서 파할 분위기였다. 두나는 시간을 확인하고 안도했다. 이 정도면 희성과 만나기로 한 시간에 맞출 수 있으리라.

두나는 화장실에 들렀다 나오며 희성에게 메시지를 보냈다.

[희성 씨. 저 조금 있으면 끝날 거 같아요.]

희성의 답은 바로 왔다.

[저도 이제 정리 중이에요. 동창회 장소 저번에 말한 거기죠? 제가 차로 데리러 갈게요.]

[네. 기다릴게요.]

두나는 히죽히죽 웃었다.

술이 들어가서 그런가. 웃음이 많아졌다.

실실 웃으며 자리로 돌아가려는 두나의 앞을 키 큰 남자의 그림자가 막아선다.

두나는 화들짝 놀랐지만 상대가 아는 사람이라는 것을 알고 경계를 풀었다.

서진이었다.

그는 짐짓 다정해 보이는 미소를 띠고 물었다.

"이제 2차 갈 분위기더라. 너도 2차 갈 거지?"

두나는 고개를 저었다.

"아니. 이만 가봐야 할 거 같아."

그는 두나의 거절에 잠시 침묵했다. 표정이 불편해 보인다.

"기왕 이렇게 어렵게 만났는데 좀 더 놀다 가지."

두나는 애매하게 웃으며 대답을 흐렸다.

"미안. 선약이 있어서."

두나는 그대로 그의 옆을 스쳐 지나가려고 했다. 그런데 서진 역시 두나가 움직이는 방향으로 몸을 돌려 두나의 움직임을 막아섰다.

그리고 불쑥 묻는다.

"······너 기억하냐?"

두나는 확 하고 분노가 치솟는 것을 느꼈다. 밑도 끝도 없이 무슨 헛소리인가 말이다.

"갑자기 무슨 소리야?"

서진은 자신감 넘치는 태도로 자신의 앞머리를 쓸어 올렸다.

"그 뻣뻣한 태도는 여전하네. 뭐······ 그래도 여전히 예쁘지만."

말투의 끝에서 기름이 줄줄 배어 나오는 듯한 느끼한 멘트다.

"너 내가 고1 때 너한테 고백했던 거 기억하냐?"

'기억하냐고?'

당연히 기억한다. 두나 자신은 아니고 하나의 기억이지만.

그때도 서진은 딱 저런 태도와 말투로 하나에게 말을 했더랬다.

'너, 내 거 해라.'

중2병이 아직 다 낫지 않은 고1이었던 한서진은 여전히 병을 가진 채 직장인이 된 모양이다. 매우 유감스럽게도.

두나는 하나가 했던 대답을 그대로 돌려주지는 않았다. 그때 하나는 너무 과격하게 거절했던 것이다.

그야······ 양손 가운데 손가락을 들어 올려 보여주는 건, 고백에 대한 거절로는 좀 많이 과격하긴 했으니까.

두나는 매우 평범한 멘트로 그를 거절했다.

"나 남친 있어."

틀린 말은 아니다. 하나에게는 한 쌍의 바퀴벌레 반쪽이라 부를 수 있는 애인, 예준이 있었으니까.

그러자 서진이 당당하게 선언했다.

"야, 골키퍼 있다고 골 안 들어가냐? 나 어때? 괜찮지 않아? 우리 사무실에도 나 좋다고 난리난 애들 많아. 그런데도 내가……."

두나는 어이가 없었다. 더 듣고 싶은 생각이 전혀 들지 않았다. 발걸음을 팍 내밀어 자신의 앞을 막은 서진의 옆을 스쳐 지나면서 차갑게 끊었다.

오해하고 싶어도, 절대 오해할 수 없도록.

"골대가 싫으면 어떤 골도 안 들어가. 남친이 데리러 오기로 했어."

예준은 아니지만, 어쨌든 두나의 남자 사람 친구인 희성이 데리러 올 예정이니, 틀린 말도 아니다.

평소와 달리 유달리 차갑게 굳은 표정으로, 두나가 그를 제치고 지나갔다. 서진의 얼굴이 일그러졌다.

그러나 그는 곧 자신만만하게 웃었다. 그의 시선은 두나가 앉아 있던 자리에 놓인 음료수 컵에 닿아 있었다.

두나는 짜증이 팍 치솟는 걸 느꼈다.

두나의 주변 남자들은 꽤 매너가 좋은 편이다.

유현도, 희성도, 하나의 남친인 예준마저도 저런 식으로 사람을 불쾌하게 희롱하는 남자는 아니었던 것이다.

사무실에서 모두를 짜증 나게 하는 부장조차도 적어도 성희롱이나 성차별적인 언동으로 주변 사람을 불편하게 만든 적은 없었다.

그걸 당연하다고 생각하고 있었던 두나는, 오늘 처음으로 그게 부장의 장점이 될 수도 있다는 걸 깨달았다.

서진의 저 불쾌하기 짝이 없는 어프로치와 비교하면 그것은 확실한 장점인 것이다.

두나는 구두 굽으로 바닥을 강하게 찍으며 소리 없이 한탄했다.

'세상에 저 따위 걸 고백이랍시고 하다니!'

그러니 하나에게도 차이고, 두나에게도 차이는 거다!

두나는 기세 좋게 자신의 자리로 돌아와 앉았다. 그녀의 앞에는 아까 기분 좋게 마시던 반쯤 남은 맥주잔이 남아 있었다.

그러나 이미 기분을 망친 터라 더 이상 술을 마시고 싶지 않았다. 희성과의 약속도 있으니 이쯤에서 술은 자제해야겠다고 판단을 내렸다.

서진에 대한 분노로 머리가 잠시 뜨거워지기는 했으나, 그녀의 이성은 매우 명료했기 때문이었다.

두나는 시원한 음료수를 마시고 정신이나 차릴 겸 눈앞에 있는 음료수를 벌컥벌컥 들이켰다.

그녀는 건너편에서 곁눈질하던 서진이 그녀가 물을 마시는 모습을 보며 조용히 웃는 것을 미처 보지 못했다.

* * *

-문자 왔어요!

운전 중에 휴대폰이 메시지를 수신했다는 알림음이 울렸다. 잠시 신호대기 중에 희성은 휴대폰 화면을 켜서 내용을 확인했다.

그 알림음은 두나 전용으로 설정해둔 것이다. 내용을 확인하는 그의 손길이 제법 다급했다.

[이제 1차 거의 끝났어요. 2차 전에 빠지려고요. 남친이 데리러 올 거라고 말해뒀어요.]

그 아래에는 하나의 동창회 장소 지도가 떠 있었다.

희성의 얼굴에 부드러운 미소가 번졌다. 꽤나 만족스러운 미소다. 희성이 두나의 메시지나 전화를 받을 때 얼굴 근육이 풀어지는 경우야 많지만 이 정도로 기분이 좋은 건 오랜만이다.

두나가 틀림없이 아무 생각도 없이 보냈을 메시지의 특정 단어가 희성을 매우 만족스럽게 한 것이다.

남친.

두나 입장에서야 동창회 자리에서 부드럽게 빠져나오기 위해서 한 말일 것이다.

그러나 어떤 이유에서든 두나 자신이 희성을 '남친'이라고 표현했는데 기쁘지 않을 이유가 없다.

적어도 자신의 입으로 그렇게 표현할 정도로는 희성에게 호감을 가지고 있다는 증거니까.

희성은 이런 작은 것들부터 챙기며 차츰차츰 두나와 더 가까워지면 된다고 느긋하게 생각하고 있었다.

좀 더 정확하게 표현하자면, 자신이 있었다. 지금 그는 자신이 누구보다 두나에게 가장 가까운 이성이라고 확신하고 있었기 때문이다.

"……아."

잠시 생각에 빠진 동안에도, 몸은 익숙한 그대로 움직였다. 어느덧 두나의 동창회 장소에 도착해 있었다.

마침 가게 앞에는 막 1차가 끝났는지 대여섯 명 정도 되는 남녀가 모여서 웅성거리고 있었다.

두나의 모습은 바로 보이지 않았고, 그녀가 말해준 것보다 인원이 조금 적어 보이는 것이 조금 의외이기는 했다.

희성은 차를 세우고 그들이 있는 곳으로 다가갔다.

지금 희성은 있는 대로 신경을 써서 차려입고 있었다. 남들 눈이 있는 앞에서 두나를 데리러 가야 하는 상황이 되었기 때문이다.

게다가 예상한바는 아니지만, 두나에게 '남친'이라는 타이틀도 한시적으로 부여받았다. 적어도 동창회 무리 앞에서 그는 두나의 남친이다. 물론 그들은 하나의 남친으로 알겠지만. 어깨에 절로 힘이 들어갔다.

희성이 사람들 무리에게 가까이 다가서자 남녀 막론하고 시선이 확 모였다. 술기운에 누군가가 대놓고 감탄하는 소리도 들렸다.

"우와, 진짜 잘생겼다……."

그 옆에 서 있던 여자는 무의식적으로 약간 붉어진 얼굴로 고개를 끄덕인다. 며칠 동안 이어진 야간 근무로 인한 피로도 그의 미모를 가리지는 못했던 것이다.

희성은 부족한 시간을 쪼개가며 출발 전에 부러 방에 들러서 씻고 완벽하게 꾸미고 온 보람을 느꼈다. 덕분에 지금 그의 군더더기 없는 몸을 휘감고 있는 것은 수천만 원을 호가하는 맞춤 정장이었다.

할아버지의 지인들을 만나러 갈 때나 꺼내 입는 명품 중의 명품이다. 까막눈이 보아도 범상치 않은 옷임을 알 수 있을 정도다.

덕분에 한 치의 오차도 없이 재단된 옷은 남자 몸의 절제된 직선과 곡선의 중간을 오가는 선에서 절묘하게 재현하고 있었다. 희성의 훤칠한 체형이 유달리 강조된다.

다들 희성의 뛰어난 외모와 숨길 생각이 없는 귀티 등등에 압도되어 잠시 말을 잃고 있는 차였다. 희성이 먼저 움직였다.

"H 고등학교 동창회 모임분들 맞으시죠?"

조금 전 잘생겼다고 감탄하던 여자가 고개를 끄덕였다.

"아, 네…… 네!"

"아, 다행이네요. 안 엇갈려서요. 안녕하세요. 전 안…… 하나 씨의 남자친구입니다. 하나 씨는 어디 있나요?"

의식하고 있었는데도 다들 듣는 앞에서 하마터면 두나라고 말할 뻔했다. 간발의 차이로 실수를 면했다.

희성은 안도하며 얼굴 가득 띤 자신만만한 미소를 그대로 유지했다. 그러나 그 미소는 이어진 여자의 대답에 그대로 팍삭 깨져버리고 말았다.

"네? 하나…… 지금 없는데요?"

주변에 당혹감이 섞인 웅성거림이 번지기 시작했다. 약간의 알코올 기운이 올라온 목소리들이기는 했지만, 다들 1차에서 가볍게 달린 참이라 정신은 말짱했다.

누군가가 자신이 본 것을 증언했다.

"하나 아까 누가 데리고 가지 않았어? 1차 끝나기 직전에."

"맞아. 하나 걔 술이 갑자기 확 올랐는지 맛이 갔더라."

그 말에 희성의 안색이 창백해졌다.

그는 분명히 두나에게 메시지를 받았다.

메시지는 오타도 없었고, 평소의 두나 그대로였다. 게다가 곧 희성과 만날 예정이었다.

'겨우 20, 30분밖에 안 되는 동안에 갑자기 쓰러질 정도로 술에 취했다고?'

무언가가 이상했다.

불안감이 가슴속에서 점차 형체를 갖춘다. 희성은 남은 사람들에게 다급하게 물었다.

"누가 ……하나 씨를 데려갔는지 아시는 분 계십니까?"

희성은 진심으로 간절하게 호소하고 있었다. 그 눈빛을 보고 목소리를 듣는다면 누구라도 도와주고 싶어질 정도의 간절함.

희성은 자신과 가까운 사람의 안위에 위험이 다가오는 일에 트라우마가 있었다. 어려서 불행히 세상을 떠난 동생의 일이 아직도 가슴에 남은 탓이다.

하물며 두나는 존재 자체만으로도 희성에게 안쓰럽고 마음이 가는 사람이다. 게다가 무엇보다 그가 마음에 두고 있는 사람이기도 했다.

그의 진심이 통한 것일까? 동창회 2차 멤버들은 바쁘게 기억을 뒤지기 시작했다. 머리 여럿이 모이자, 정보가 빠르게 모아졌다.

"아, 맞아. 걔가 하나 부축하고 갔어. ……한서진!"

* * *

서진은 콧노래를 불렀다. 흥겨운 가락이 차 안의 탁한 공기를 울린다. 차량용 디퓨저가 뿜어내는 독한 향이 차 안 공기를 가득 채우고 있었던 탓이다.

두나가 깨어 있었다면 냄새가 너무 독해서 머리가 아프다며 미간을 찌푸렸을 것이다.

그러나 지금 두나는 완전히 인사불성이 되어 누워 있었으므로, 상관없었다. 조수석에 태워져 기절하듯이 의식을 잃은 두나를 한번 흘긋 보고, 서진은 만족스럽게 웃었다.

"꼴에 비싸게 굴기는……."

그때였다. 서진의 휴대폰이 요란하게 울렸다. 유행하는 가요의 멜로디가 차 안을 가득 채운다. 그는 발신인을 확인했다.

"쳇! 눈치를 챈 건가?"

휴대폰 액정에는 오늘 동창회의 총무 이름이 떠 있었다.

최대한 다른 사람의 눈을 피해 두나-그는 하나라고 알고 있는-를 데리고 나왔는데, 그새 그걸 본 눈이 있었던 모양이다.

그러나 어차피 의미는 없었다. 서진은 야비하게 웃으며 조수석을 바라보았다. 깊이 잠든 두나의 얼굴 위로 가로등의 조명이 길게 비쳐든다.

어차피 잡은 물고기다. 목적은 거의 성공했다. 전화 따위야 무시하면 그만이다.

그는 잘 알고 있는 시외의 모텔로 차를 몰고 가는 중이었다. 그는 종종 이런 '헌팅'을 했고, 그때마다 자주 들르는 모텔이 있었다.

그곳의 종업원은 말이 잘 통하는 사람이라 돈을 좀 찔러주면 CCTV도 꺼놓거나 조작해주고 그와 말을 맞추어 약에 취해 늘어진 여자가 또렷한 정신으로 제 발로 서진을 따라왔다고 증언도 해주었다.

그 덕분에 그는 몇 번의 위기를 넘긴 바 있었다. 이번에도 그렇게 될 것이 분명했다.

서진은 히죽 웃고는 갈림길에서 난폭하게 핸들을 꺾었다. 그의 숨소리는 흥분했는지 점점 거칠어지고 있었다.

* * *

"젠장!"

희성의 주먹이 분노를 참지 못하고 핸들 위를 내리쳤다.

"좀 더 일찍 와서 기다렸어야 했는데!"

두나나 주변 사람들에게 보여주겠답시고 집에 들러서 씻고 꾸미고 오는 게 아니었다. 정말로 간발의 차이였다. 겨우 10여 분. 그 차이로 두나가 사라졌다.

아니, 희성은 이 말을 정정했다.

'아니. 납치당한 거야.'

이건 확대해석이 아니었다. 남은 사람들의 증언을 모아보면 분명해진다.

분명히 이성이 있었던 사람이 술도 더 마시지 않았는데, 갑자기 인사불성이 되었다.

그리고 한서진이라는 남자가 두나를 데려가는 장면을 직접 본 사람이 적은 걸 보면, 타인의 눈을 최대한 피해서 두나를 데려갔다는 의미다.

그러고는…… 총무가 거는 전화를 받지 않았다. 희성이 보는 앞에서 총무가 열 통 가까이 전화를 걸었는데도 서진이라는 남자는 전화를 받지 않았다.

이것이 결정적이었다. 뭔가 의도가 느껴졌다. 그것도 불순한 의도가. 남아 있던 동창회 멤버들도 이 상황까지 오자, 다들 불안감을 느끼고 안색이 하얗게 질렸다.

아마도 그 작자는 미심쩍은 약물을 써서 두나를 납치한 것이 틀림없었다. 처음부터 두나를 노린 것이든 혹은 동창회 자리에서 두나를 보고 충동적으로 계획을 세운 것이든 중요하지 않았다.

중요한 건 그 남자가 두나를 건드렸다는 거다.

'감히……!'

희성은 근 10년 만에 처음으로 이성이 완전히 사라지는 극심한 분노를 느꼈다. 혈관 속에 불꽃이 타고 흐르는 기분이었다.

그는 심호흡을 하며 마음을 안정시키려 애썼다. 지금은 흥분하면 안 된다.

일을 벌인 자에 대한 분노보다 더 중요한 것은 두나의 안전을 확보하는 거다. 일단은 두나의 행방을 찾아내 그자의 손아귀에서 구해내야 했다.

'하지만 어떻게?'

그때 희성은 떠올렸다. 처음 두나를 만났던 때의 기억을. 그만이 일방적으로 가진 기억이었다.

회색의 세상 속에서 홀로 불안하게, 그러나 환하게 빛나던 두나의 혼이 가진 색을.

희성은 일상생활에서 주변의 영적인 것을 최대한 보지 않으려 노력해왔다. 보지 않으려 해도 보이는 것이 많고, 그것만으로도 고통이 컸기 때문이다.

그래서 '보기 위해' 노력해본 적은 없었다. 적어도 지금까지는.

'노력한다면 가능할지도 몰라.'

강한 의지를 가진 영혼은 흔적은 남긴다. 그 흔적이 하나의 원념이 되면 사람들이 말하는 유령이 되기도 할 만큼. 그런 것들은 희성이 원치 않아도 보이곤 했다.

그렇다면 원해서 보려 노력한다면, 그보다 훨씬 작은 혼의 흔적도 볼 수 있을지 모른다.

초조함이 치받았다. 얼굴도 모르는 남자가 두나에게 못된 의도를 가지고 납치했다.

희성이 이렇게 바보처럼 고민하는 사이, 두나가 그자에게 어떤 몹쓸 짓을 당하고 있을지도 모른다.

희성은 되뇌었다.

'아니, 볼 수 있을지 모른다로는 안 돼. ⋯⋯봐야 해. 찾아내야 해.'

희성은 눈을 감았다가 떴다. 그리고 이제까지 단 한 번도 한 적 없는 미친 짓을 시작했다.

* * *

서진은 외진 국도로 차를 몰아갔다. 그가 이런 상황에서 종종

들르는 모텔이 시외의 외진 곳에 있기 때문이었다.

그는 운전에 집중하려 애쓰면서도 옆자리에 세상모르게 잠든 여자를 흘긋 보았다. 함정에 빠져 약에 취해 기절하다시피 한 두나다.

목이 불편해 보이는 자세로 옆으로 쓰러질 듯 좌석에 위태롭게 기대어 있는 그녀의 모습을 보며, 그는 그저 기대감에 눈을 반짝일 뿐이다.

그녀의 불편함을 덜어주려는 배려 따위는 안중에도 없었다. 그가 두나를 바라보는 시선은, 덫에 걸린 사냥감을 노리는 이리와 닮아 있었다.

그때였다. 뒤에서 꽤 요란한 자동차의 엔진음이 울렸다.

부우우웅!

외제차 특유의 거센 소리가 마치 화난 짐승의 울음소리처럼 메아리치며 다가온다. 서진은 미간을 찌푸리고 사이드 미러로 뒤쪽을 바라보았다.

"……이래서 졸부놈들은……."

사이드 미러에 비친 검은색의 날렵한 차체는 재규어 같았다. 누가 보아도 스치기만 해도 직장인의 몇 달 월급을 수리비로 물어주어야 할 만큼 고가의 차량이다.

서진의 눈에 질시의 감정이 어린다. 그로서는 10년쯤 돈을 모아야 저런 차를 살 수 있을까? 아니, 그것도 10년간 월급을 한 푼도 쓰지 않고 꼬박 저축했을 경우의 이야기다.

차는 마치 위협하는 듯한 배기음을 우렁차게 울리며 일직선으로 서진의 차 뒤로 붙었다.

"쳇……."

서진은 미간을 잔뜩 찌푸렸다. 성격 같아서는 절대 비켜주고 싶지 않다.

그러나 저런 차에 함부로 시비를 걸었다가는 걷잡을 수 없을 정도로 일이 커질 수도 있었다.

한순간의 치기로 자칫 잘못하면 몇 달치 월급이 공중분해 될지도 모르니 말이다. 그는 속으로 욕설을 삼키며 마뜩잖게 차를 옆으로 몰아서 길을 비켜주었다.

검은 외제차는 그대로 서진이 비켜준 자리로 끼어 들어와 순식간에 그의 중고차를 앞질렀다. 요란한 배기음이 옆을 스치자 얇은 차체가 떨렸다.

소리가 어찌나 큰지 의식을 잃은 두나가 잠시 움찔했을 정도였다.

"으음……."

두나는 잠시 신음하며 눈가를 떨었다. 의식을 잃게 만든 약기운을 뚫고 차의 소리가 혼탁한 그녀의 의식을 두드리는 것 같았다.

마치 누군가가 정신을 차리라고 그녀를 걱정하고 닦달하는 것처럼.

두나는 그 소리에 이끌려 천근보다 무거운 눈꺼풀을 억지로 들어 올렸다.

"아……?"

흐려진 시야로 눈부신 헤드라이트가 찌르듯이 들어왔다. 약기운에 취한 두나의 머리로는 상황 파악이 잘 되지 않았다.

이곳이 어디인지, 지금 무엇을 하고 있는 건지 이전에, 자신이 누구인지를 막 기억해내려는 참이었으니까.

순간, 옆에서 귀에 선 목소리가 욕설을 내뱉는 것이 들렸다.

"젠장! 뭐야, 저 미친놈은?"

연이어 날카로운 소리가 귀를 긁었다. 타이어가 바닥과 마찰하는 소리는 마치 비명처럼 공기를 찔렀다.

끼이익!

고무 타는 냄새가 났다. 혼탁한 정신을 담은 몸이 앞으로 급격하게 쏠린다.

그제야 두나는 깨달았다.

'아, 이거 브레이크 소리……'

끼이이이익!

어느새 그들이 탄 차 앞에 좁은 국도를 긴 차체로 가로지르며 검은 차가 서 있었다.

"아악!"

두나가 천근보다 무거운 머리로 간신히 정신을 차린 것은, 그들이 탄 차가 국도를 막아선 검은 외제차 바로 앞에 서 급정거한 뒤였다.

"아, 아야야……. 머리…… 아파……."

차가 앞으로 강하게 쏠리며 약기운이 남은 머리를 뒤흔든 여파였다. 두나는 신음하며 이마를 부여잡았다.

그나마 안전벨트를 하고 있어서 어디 부딪치지는 않은 것이 천만다행이었다.

정신을 간신히 수습하려 애쓰며, 두나는 스스로 물었다.

"내가, 왜…… 이 차에 타고 있는 거지……?"

모르는 차다. 옆으로 고개를 돌리자, 경적을 울리며 욕설을 내뱉는 남자가 있었다.

"저 미친……!"

두나는 1초 뒤에 이 남자의 얼굴을 알아봤다.

한서진. 그녀를 동창회로 부른 당사자.

운전석에 앉은 게 그인 걸 보면 이 차는 그의 차인 모양이다. 두나는 영문을 알 수 없었다.

'뭐야? 어떻게 된 거야? 난 분명히…… 희성 씨를 기다리려고……'

그때, 두나는 깨달았다. 꽤나 난폭한 기세로 그녀와 서진이 탄 차를 가로막은 검은 차의 모양이 꽤나 눈에 익었다.

요즘 자주 얻어 탔던 비싼 차와 닮았다. 그리고 저 차와 같은 차종은 고급 주택가로 일부러 가보지 않는 한 일주일에 한 번 우연히 만나기도 힘들었다.

두나의 깨달음과 동시에 날렵한 검은 운전석 문이 열렸다. 그리고 한 남자가 내렸다.

그 순간, 두나는 두통마저도 잊고서 그 모습을 멍하니 바라보았다.

검은 슈트가 보기 좋게 단련된 육체를 꽉 짜인 선을 그리며 감싸고 있었다. 적당히 벌어진 어깨선은 늘씬하게 들어간 허리선 덕분에 유난히 더 넓어 보인다. 시원하게 드러난 목선 위로 약간 곱슬한 머리카락이 만든 그림자가 살짝 드리운다.

두 눈은 검은 선글라스에 가려 보이지 않았다. 그러나 흰 얼굴을 유난히 도드라져 보이게 하는 그 선글라스는 어쩐지 그 남자의 기세를 평소와 달리 사나워 보이게 했다. 날카롭게, 건드리면 베일 것처럼.

두나는 멍하니 그를 보았다. 남자는 긴 다리로 뚜벅뚜벅 걸어오며 선글라스를 벗었다. 안경에 가려져 있던 눈매가 드러나자, 두나는 새삼스레 놀라며 숨을 삼켰다.

약간 색이 옅은 갈색 눈동자가 순간적으로 맹수의 그것처럼 보일 수도 있다는 걸, 두나는 오늘 처음 알았다.

"아……!"

두나는 그가 저런 눈을 하는 걸 한 번도 상상해본 적이 없었다. 늘 그의 눈매는 두나의 앞에서는 다정하게 풀어져 있었기 때문이다.

저렇게 바짝 날이 선 눈으로 누군가를 노려보는 건 처음 보았다. 그건, 누구라도 등줄기가 서늘해질 정도의 기세를 내뿜고 있었다. 그 눈빛이 두나에게 직격으로 내리꽂히고 있지 않은데도 그랬다.

그 살의가 섞인 시선이 직접 닿는 옆자리의 남자는 얼어붙어 있었다. 그는 두려워하고 있었다. 창문 바로 앞으로 다가온 저 남자를.

두나는 멍하니 그의 이름을 중얼거렸다. 막 악몽에서 깨어난 사람의 목소리 같았다.

"희성…… 씨……."

두나는 멍한 정신으로도 몸을 움직였다. 자신이 한 기억이 없는 데도 채워져 있는 안전벨트를 풀고, 자동차 문을 열었다.

두려움에 얼어 있느라 두나의 행동을 막지 못한 서진은 뒤늦게 당황했다.

"아! 야! 야! 열지 마!"

그는 다급하게 손을 뻗었다. 두나는 벌써 문을 열고 밖으로 몸을 던지듯이 내민 차였다. 서진의 다급한 손길이 쭉 뻗어와 두나를 잡으려 했다.

그러나 그 손가락은 두나의 몸을 잡지 못했다. 대신 두나의 머리카락을 움켜쥐었다. 차 밖으로 나가려다 졸지에 머리채를 잡힌 두나는 무의식적으로 비명을 질렀다.

"꺄악!"

두나의 무사한 모습을 보고 풀어지려던 희성의 얼굴이 무섭게 굳었다. 그는 거칠게 차 안으로 몸을 들이밀며 외쳤다.

"이게 무슨 짓이야! 놓지 못해!"

그는 날렵하게 서진의 손을 잡아채었다.

"괜찮아요, 두나 씨?"

"아, 네……. 괘, 괜찮…… 은 거 같아요……."

자신이 듣기에도 말이 어눌했다. 두나는 아직도 완전히 정신을 차리지 못한 상태였다.

자신이 기세에서 밀렸다는 것을 깨닫고 뒤늦게 수치심을 느낀

서진은, 짐짓 여유로운 표정을 지으며 희성의 손에서 제 손을 잡아 빼려 했다.

"……이익!"

그러나 아무리 힘을 주어도 희성의 손아귀에서 벗어날 수 없었다. 비슷한 연배에 키 차이가 좀 있어도 체급은 별 차이가 없어 보였다.

어디서 힘으로 밀려본 적이 없었는데, 손 하나 빼내는 것조차도 할 수가 없었다. 게다가 희성이 차를 세우고 다가오는 동안, 그 기세에 위압당해 아무것도 하지 못하고 얼어 있기만 했다.

수치심이 얼굴을 벌겋게 물들였지만 서진은 이 사실을 감추기 위해 더 강하게 나갔다.

"너, 너 뭐야? 뭔데 남의 차에 함부로 들어오는 거야? 경찰에 신고할 거야!"

그러자 희성은 차가운 시선으로 서진을 노려보며 나직이 답했다.

"……네가 납치한 이 여자의 남자친구지."

정신없는 와중에도 두나에게 희성의 그 말은 귀에 콰쾅 하고 내리꽂히는 것처럼 들려왔다.

특히 '남자친구'라는 부분은 마치 천둥이 울리는 소리처럼 들렸다. 실제로는 매우 억눌린, 낮은 목소리였는데도 말이다.

그는 연이어 경고했다.

"신고하고 싶으면 해보시지. 난 오히려 환영이야. 누가 더 유리할지는 불을 보듯이 뻔하니까."

희성은 말 끝부분에 가서는 거의 씹듯이 내뱉었다. 분노가 여실히 드러났다. 그와 동시에 그는 서진의 손목을 강하게 꺾어 그가 두나의 머리카락을 놓도록 만들었다.

"끄악!"

두나는 그제야 간신히 서진의 손아귀에서 벗어날 수 있었다. 그대로 덫에서 도망치려는 다람쥐처럼 구르듯이 열린 차 문으로 뛰어내렸다.

손을 꺾어놓는 통증에 서진은 길길이 날뛰었다.

"이건 폭행이야! 폭행으로 고소할 거라고!"

희성은 여전히 나직한 목소리로 그를 비웃었다.

"폭행? 그건 네가 했겠지. 방금 네가 두…… 아니, 하나 씨 머리채를 잡아당겼으니까. 그것도 엄연한 폭력이라고. 안 그래요?"

"네, 아, 네, 네! 맞아요!"

두나는 얼떨떨하게 고개를 끄덕이며, 또다시 놀랐다.

저렇게 대놓고 상대를 경멸하고 조롱하는 어조를 보일 수 있는 사람이었나?

두나가 보아온 희성은 한없이 다정하고 상냥한 사람이었다. 그는 사이가 좋지 않은 계모에게도 저 정도까지 격렬한 분노의 감정을 드러내지 않았었다.

'꼭 다른 사람을 보는 것 같아.'

두나는 가끔 희성을 보면서 저렇게 사람이 좋기만 해서 이 험한 세상을 어떻게 살까, 하고 걱정하기도 했었다.

지금 보니까 괜한 걱정이었다.

지금의 희성을 대동하고 가면 그 어떤 환불도 15분 안에 완벽하게 처리될 것이 분명했다.

희성은 남자의 손을 더러운 것을 내던지듯이 뿌리쳤다. 그러자 서진은 자신이 당한 수모를 갚을 기회라고 생각했는지 대뜸 주먹을 휘둘러왔다.

"이 자식이!"

그러나 희성은 가볍게 고개를 돌려 그 주먹을 피하고는 그의 팔을 잡아 꺾은 다음 뒤에서 눌러 완전히 제압해버렸다.

그림으로 그린 듯한 깨끗한 제압이었다. 호신술 강의에 교재로 써도 좋을 법한 유려한 움직임이었다.

"으악!"

희성은 차갑게 덧붙였다.

"그리고 이건 어디까지나 정당방위야. 네가 먼저 손을 휘둘렀으니까. 이번에도, 조금 전에도, 난 네가 여성분에게 폭력을 행사한 것을 막은 거고. 지금은…… 내게 폭력을 행사하려는 걸 막은 것뿐이지."

"이 미친놈이!"

서진은 거칠게 소리쳤다. 그의 욕설을 듣고 있자니, 두나는 분노가 치솟는 걸 느꼈다.

이제야 정신이 좀 제대로 돌아오고 있었다. 1차에서 술을 좀 마셨다고 이렇게 기절하는 건 말이 안 된다.

누군가가 두나가 마신 음료수에 뭔가 손을 쓴 게 분명했다. 이렇게 머리가 깨질 듯이 아픈 것을 보면 그럴 가능성이 높았다. 가장 끔찍했던 때의 숙취보다 딱 2.5배 머리가 아프고 속이 울렁거렸다.

그리고 분명히 자신은 데리러 올 사람이 있다고 주변에 말해놨는데, 의식을 잃었다가 눈을 뜨니 서진의 차 안이었다.

게다가 서진은 술자리에서 수작을 부려서 두나가 대놓고 거절한 사람이었다.

지금 이 지독한 두통의 원인이 분명한 '뭔가'는 틀림없이 저놈의 짓이 분명했다!

두나는 분노의 고함을 터뜨렸다.

"감히 누구한테 욕이야! 이 범죄자 자식이!"

그리고 그 분노를, 두나는 참지 않았다.

이대로 희성이 달려와주지 않았다면 대체 어떤 일이 벌어졌을지 상상도 하고 싶지 않았다. 이런 어둑한 시외로 차를 몰아가고 있던 이유는 뻔하지 않나.

'처음부터 이럴 작정으로 동창회에 오라고 난리를 친 거냐!'

살면서 처음 경험하는 봉변으로 인한 충격이 꽤 컸다. 게다가 그런 짓을 벌인 당사자가 감히 희성을 욕하고 있었다. 그 사실이 두나의 가슴속 분노의 불씨에 가솔린을 붓고, 100% 산소를 공급했다.

분노는 타오르기 전에 폭발했다!

"이 개자식!"

두나가 무아지경으로 휘두른 분노의 펀치가 서진의 턱에 직격했다. 뼈 어딘가가 어긋나는 듯한 소리가 울렸다.

뻐억!

* * *

희성은 평소처럼 부드러운 목소리로 물었다.

"괜찮아요, 두나 씨?"

갓 내린 에스프레소에 뜨겁지 않고 따끈하게 데운 우유와 시럽을 넣은 것 같은 목소리다. 듣고 있으면 절로 안심하게 되는, 그런 목소리.

두나는 어깨에 둘러진 희성의 양복 외투 속으로 파고들었다. 그리고 눈만을 빠끔히 내놓고 희성을 훔쳐봤다.

"네, 이제 좀 괜찮아요. 머리가 조금 아픈 것만 빼면요."

희성은 피식 웃었다.

"그럼 손은요?"

"……"

두나는 희성의 외투 속에서 조금 전 처음으로 전력을 다해 휘둘러본 손가락을 접었다 폈다.

"……아파요."

희성이 두나의 앞으로 손을 내밀었다.

"손."

두나는 부끄러웠다. 분노로 이성을 잃었다고는 해도, 희성이 보는 앞에서 남자에게 어퍼컷을 날려서 기절시키는 위업(?)을 보여 준 직후니 말이다.

두나에게 얻어맞고 기절한 남자는 차를 갓길로 옮겨서 그 안에 던져두었다.

그가 두나나 희성에게 앙심을 품고 복수하려 할 수도 있었지만, 미수로 끝나긴 했어도 자신이 하려던 짓이 있으니 정말로 공권력을 동원하진 못할 것이다.

설령 정말로 그렇게 하려 한다 해도 두나와 희성의 입장에선 도리어 일이 쉬워질 거다. 자신이 두나에게 무슨 짓을 하려 했는지도 같이 밝혀질 가능성이 높으니까.

희성은 이렇게 덧붙였다.

"정말로 고소하더라도 걱정 마세요. 할아버지 친구분들 중에 법조계에 계신 분들이 있어요."

아주 든든한 말이었다.

그렇게 성폭행 미수자를 버려놓고, 희성은 두나를 자신의 차에 태우고 그 자리를 떠났다.

그 옆에서 두나의 상태를 확인할 수도 있었지만, 굳이 좀 떨어질 때까지 차를 몰아온 건 저 더러운 작자 근처에 잠시도 있기 싫었기 때문이었다.

'정확히는…… 두나 씨를 그 작자 옆에 더 놔두고 싶지 않아.'

이것이 희성의 솔직한 심정이었다.

서진의 차가 시야에 보이지 않을 만큼 충분히 멀어진 뒤, 희성은 갓길에 차를 세웠다. 그리고 두나의 상태부터 확인했다.

두나는 더듬더듬 감사의 인사를 주워섬겼다.

"고, 고마워요."

그러나 희성은 고개를 저었다.

"그것보다 이게 먼저예요. 손."

그러나 그의 채근에도 두나의 손은 밖으로 나오지 않았다.

민망함과 부끄러움, 안도감과 고마움의 도가니에서, 두나는 도롱이 속의 애벌레처럼 꼬물꼬물거릴 뿐이었다. 물론 뒤집어쓴 도롱이는 희성의 외투다.

희성은 다시 강하게 말했다.

"손."

채근하듯 두나의 앞에 내민 희성의 손이 한 번 위아래로 흔들린다. 결국 두나는 망설이다가 손을 내밀어 희성의 손 위에 얹었다. 따스한 체온이 손바닥을 감싸며 간질인다.

"……."

두나는 새삼스럽게 부끄러워졌다.

그런 두나의 상황을 아는지 모르는지 희성은 두나의 손등과 손바닥, 손목까지 꼼꼼히 살폈다.

"직접 때린 부분이 좀 빨갛긴 한데, 크게 다치진 않은 것 같아서 다행이네요."

매우 의사다운 말이다. 그 말에 두나는 조금 전 가슴을 흐물흐물하게 하고, 얼굴을 뜨겁게 하던 설렘이 조금 김빠지는 걸 느꼈다.

"다, 다행이네요."

그렇게 얼버무리며, 두나는 민망한 손을 희성의 손에서 빼내려 했다. 그러나 두나의 손이 꼼질거리며 빠져나가려 하자, 희성이 바로 낚아채어 잡아버린다.

두나는 안 그래도 동그란 눈을 더 동그랗게 떴다.

"희성…… 씨?"

두 사람의 시선이 마주쳤다. 아직 조금 전 사건 때의 날카로움이 좀 남아 있는 희성의 눈매는 평소 두나가 보았던 그의 것보다 조금 달랐다.

강하고, 조금은 위험하다.

그리고…….

조금은 섹시했다. 아니, 아주 많이.

희성은 그 위험한 눈매로 웃으면서 두나의 손을 놔주지 않았다. 그는 천천히 제 손으로 잡은 두나의 손을 자신의 앞으로 당겼다.

그는 잠시 고민하듯 아래를 보다가 눈을 들어 올려 두나와 시선을 맞췄다.

"역시, 안 되겠어요."

"뭐, 뭐가요?"

두나는 당혹스러웠다.

'뭐, 뭐지? 이 분위기는?'

순식간에 차 안의 공기가 농밀해진 것처럼 느껴졌다. 차 안 전체의 온도가 치솟는 것 같았다. 온몸의 피가 끓어오르는 듯한 열기가 화르륵 피어오른다.

"두나 씨가 부담을 느낄까 봐 좀 천천히 갈 생각이었거든요. 원래는."

"……."

"그런데 이제 안 되겠어요. 내가 초조해서."

그는 어쩐지 씁쓸한 미소를 지었다. 그리고 자신이 강하게 잡고 놓아주지 않은 채인 두나의 손등에 가볍게 키스했다.

그리고 조금 젖은 듯한 낮은 목소리로 속삭였다.

"내가 생각보다 두나 씨를, 아주 많이 좋아하고 있어서요."

따스하고 건조한 입술이 얇은 손등 위의 피부에 닿았다가 떨어졌다. 그 순간, 두나는 심장이 '쿵!' 하고 바닥에 떨어지는 듯한 착각을 느꼈다.

이 행동의 의미는 모르지 않았다. 그리고 절대 모를 수 없도록, 희성은 이어지는 말로 두나를 옭아맸다.

"아까 내가 그 불한당한테 했던 말 기억해요?"

"무, 무슨 말이요?"

"내가 두나 씨 남자친구라고 했잖아요."

"……."

"그리고 두나 씨는 그 말을 부정하지 않았죠. 물론 그런 상황이니 큰 의미는 없는 일이었을지도 몰라요. 하지만……."

꿀꺽.

긴장감에 넘어가는 침 소리가 마치 천둥처럼 두나의 귓전을 울렸다.

"……난 철없게도 두나 씨가 내 말을 부정하지 않은 게 기뻤어요."

"희, 희성 씨……."

두나의 얼굴이 새빨갛게 달아올랐다.

희성은 부드럽게 웃으면서, 그러나 단호하게 쐐기를 박았다.

"이번엔 진짜로 내가 두나 씨의 남자친구가 되고 싶어요."

12. 얌전한 고양이가 부뚜막에 먼저 올라간다

희성은 바로 대답을 하지는 않아도 된다며, 두나를 집으로 데려다주었다.

"대답, 기다리고 있을게요. 너무 부담 가지지 말고요."

그는 그 말 한마디만을 남기고 돌아갔다. 두나는 집으로 올라오고도 한참 동안 멍하니 창문으로 그가 사라진 방향을 바라보고만 있었다.

희성이 두나의 정신을 그대로 가지고 사라져버린 것 같았다. 아니, 어쩌면 이 열기에 영혼이 통째로 녹아서 사라져버리지 않을까 하는 바보 같은 생각이 들었다.

그 정도로 강렬한 열기가 몸속에서 부글부글 끓어올랐다. 두나는 밤공기를 맞으며 꽤 오래 창가에 서서 저 멀리 그가 사라진 까만 공간을 바라보고 있었다.

밤공기의 서늘함으로는 그 열기를 조금도 가라앉힐 수 없었
다.

* * *

"……나!"

"……."

두나는 멍하니 서 있었다. 어제 들은 '그 말'이 그녀의 영혼을 송
두리째 가져가서 아직도 돌아오지 않은 것 같다.

결국 몇 번이나 옆에서 자신의 분신을 부르던 하나는, 참지 못
하고 소리를 빼액 지르고 말았다.

"……야! 안두나!"

"응?"

그제야 두나는 정신을 차리고 고개를 돌렸다. 테이블 위에 상을
차리던 하나의 얼굴이 일그러진다.

하나는 손을 뻗어 두나의 앞쪽을 가리켰다.

"이쪽이 아냐! 거기! 프라이팬 보라고! 타잖아!"

"으악!"

두나는 황급히 고개를 돌렸다. 귀한 계란 두 개가 막 까맣게 타
들어가고 있었다.

"안 돼! 내 계란 프라이!"

두나는 슬프게 중얼거렸다.

"커흑. 안 그래도 비싼 계란……."

결국 두나는 계란 프라이 두 개를 구하지 못했다. 졸지에 음식 쓰레기가 된 그것들은 음식물 쓰레기봉투로 향했고, 마지막으로 남은 계란 하나를 둘이 나눠 먹어야 하는 상황에 이르렀다.

하나는 나직이 타박했다.

"그러게 왜 정신을 놓고 있었던 거야."

"그게……."

두나는 뭐라고 대답을 해야 좋을지 알 수 없었다. 바로 어젯밤 희성의 목소리가 다시 떠오른다.

'이번엔 진짜로 내가 두나 씨의 남자친구가 되고 싶어요.'

화르륵!

불꽃이 일었다. 얼굴이 시뻘겋게 달아오른다. 만약 지금 두나의 얼굴 위에 계란을 깨뜨리면, 순식간에 숯이 되어버릴 정도로 새빨갛게 말이다.

하나는 의아한 얼굴로 김치볶음밥을 입으로 가져가면서 대놓고 말했다.

"너…… 뭔가 수상한데……."

두나는 펄쩍 뛰었다.

"내가 뭐가 수상하다는 거야? 어디가?"

그 태도를 보니 수상함이 200% 올라간다. 하나의 눈매가 날카로워졌다.

'이건 어째…… 재밌는 냄새가 나는데.'

원래 남의 연애 얘기만큼 재미있는 건 없는 법이다. 물론 남이라기엔 지나치게 가까운 관계이긴 하지만, 어쨌든 하나 본인의 연애 얘기는 아니니 말이다.

"너…… 어제도 희성 씨랑 만났지?"

"으, 응? 으으응? 아니! 아냐!"

두나는 엉겁결에 거짓말을 하고 말았다.

'뭐, 뭐지?'

말해놓고 스스로 깜짝 놀랐다. 자신의 입에서 '아니'라는 단어가 나간 순간, 두나는 그 말이 그대로 망치가 되어서 자신의 뒷머리를 강타하는 듯한 충격을 받았다.

'내가…… 하나에게 거짓말을 하다니?'

두나는 하나에게 거짓말을 한 적이 한 번도 없었다. 이는 하나 역시 마찬가지였다.

둘 사이에는 거짓말이 전혀 의미가 없었기 때문이다. 동기화를 통해 기억을 공유하는 그들에게 거짓말은 의미가 없었고, 그렇기에 하나도 두나도 서로에게만은 거짓말을 할 필요성을 못 느꼈다. 무의식적인 거짓말조차도.

무언가 잠시라도 숨기고 싶은 일이 있으면, 그 말을 하지 않은 적은 몇 번 있었다. 어차피 매번 기억이 공유된 이후에는 상대방에게 들키기 때문에 자주 하지 않는 일이었지만.

그런데 이번에는 아예 대놓고 거짓말을 해버린 것이다!

자신이 해놓고도 믿을 수가 없었다.

멍해져 있는 두나의 상태를 알지 못하고 하나는 김치볶음밥으로 주의를 돌렸다.

아무 의심 없이 두나를 믿는, 그 정도로 하나는 두나가 자신에게 거짓말을 할 거라는 생각을 아예 못 하고 있었다. 그런 하나의 상태를 보고, 두나는 새삼 자신이 한 일의 심각성을 곱씹었다.

'내가 어떻게, 그리고 왜 하나에게 거짓말을 한 거지?'

두나가 스스로 던진 질문에 답을 떠올릴 여유는 주어지지 않았다.

하나의 말 때문이다.

"아, 맞다. 그리고 너 매개체 좀 줘봐."

"그, 그건 갑자기 왜?"

두나는 화들짝 놀랐다. 지나치게 놀란 티를 냈다간 하나의 의심을 살지도 모른다고 필사의 자제력을 발휘하지 않았다면, 하나의 앞에서 소금 냄비에 던져진 새우처럼 펄쩍펄쩍 뛰었을 것이다.

"동기화해야지. 벌써 안 한 지 2주 넘지 않았어?"

"……그건 그러네."

어느새 하나와 동기화를 하지 않은 지 2주가 넘어가고 있었다.

지금까지 이렇게 오랫동안 동기화하지 않은 적은 손에 꼽을 정도였다. 그리고 지금까지 가장 길게 동기화를 하지 않은 기간은 약 3주간이었다.

딱히 이유는 없었다. 둘 다 동기화가 귀찮아서 미루고 있었을 뿐이니까. 그리고 3주나 동기화를 하지 않아도 괜찮았기 때문에 이제는 군이 동기화를 하지 않아도 괜찮은 게 아닐까 방심하던 차였다.

그러나 지난번 그 방심의 그 최종적인 결과는…….

'강제 동기화였지.'

당시 두나는 학교 화장실에서 갑자기 슥 사라져버렸다. 그리고 하나의 몸속으로 돌아갔다.

만에 하나라도 그때 다른 사람들 앞에서 그런 일이 벌어졌다면, 하나는 정상적인 생활을 아예 할 수 없게 되었을지도 모른다. 그때 이후, 두나도 하나도 동기화를 주기적으로 꼬박꼬박 했다.

두나는 하나가 내민 손을 물끄러미 보았다.

저 손에 자신이 가지고 있는 매개체인 손거울을 주면 된다. 하나는 손거울을 깰 거고, 그러면 두나는 다시 하나의 몸속으로 돌아간다.

둘의 기억은 하나가 되고, 다시 하나가 두나를 불러냈을 때, 하나와 두나 사이에 갈라졌던 기억은 전혀 남지 않게 되는 것이다.

모든 기억이, 모든 순간이 공유된다.

'내가 생각보다 두나 씨를 아주 많이 좋아하고 있어서요.'

희성이 한 모든 말들이.

그 순간, 두나는 저도 모르게 고개를 저었다.

'싫어.'

하나는 의아한 표정을 했다.

"응? 왜?"

두나 자신도 이유를 알 수 없다. ……아니, 두나는 변명하지 않기로 했다. 이유는 너무나도 분명했다.

그 기억들을 하나와 아니, 하나만이 아니라 그 누구와도 공유하고 싶지 않아서였다.

그건 두나 자신만의 것이어야 하니까. 그러고 싶으니까.

두나는 스스로 놀랄 정도로 천연덕스럽게 변명을 늘어놓고 있었다.

"좀 있다가 하자. 너 어차피 좀 있다가 또 병원 가봐야 하잖아."

"아……."

그건 맞는 말이었다. 하나는 아직도 중환자실에서 의식을 회복하지 못하고 있는 지영의 곁을 지키고 있었다. 병원에서 거의 살다시피 하는 중이었다.

"지금 너 다크서클이 얼마나 진한지 모르지? 동기화했다간 너 쓰러질지도 몰라. 그러면 아마 예준 오빠가 진짜로 화낼걸?"

만신님의 설명에 따르면, 동기화는 하나의 기력을 두나에게 나누어주는 행위에 가깝다고 했다.

생각해보면 이상할 게 없었다. 애초에 없던 존재인 도플갱어가 뿅 하고 나타나려면, 어딘가에서 힘을 채울 만한 것을 가져와야 하는 것이 당연하기 때문이다.

당연히 두나가 세상 밖으로 나오기 위해 가져올 건 하나의 에너지밖에 없다. 때문에 동기화는 주기적으로, 하나의 컨디션을 봐 가면서 동기화할 때를 정하는 것이 불문율이었다.

오늘처럼 피로도가 극에 달한 상태에서 시도하는 건 좋지 않았다. 그렇게 두나에게 에너지를 나누어주고도 생생한 것이 바로 하나의 특이한 점이라고, 만신님은 말씀한 적이 있었다.

'영적인 기력이 남들보다 훨씬 강해서 가능한 게지. 똑같은 일을 다른 사람이 했다면 반드시 죽었을 게다. 반쪽 존재가 잠시라도 따로 움직일 수 있

는 힘을 나눠주는 것이 쉬운 일일 리 없지 않겠니?'

바로 그 넘치는 기력의 소유자이지만, 오늘은 시꺼먼 다크서클에 찌든 하나는 결국 두나의 설득에 넘어가고 말았다.

두나 입장에서야 동기화를 미루고 싶어서 생각나는 대로 주워섬긴 거였는데, 그게 정곡을 찌른 것이다.

"으. 네 말이 맞긴 하다……."

"그래, 그래! 너 지금 컨실러를 처발라도 다크서클이 안 가려질 거 같아."

"……나도 아니까 우울한 현실을 지적하지 말아줘. 그러면 나중에 하자. 저번에 3주 조금 넘어서 강제 동기화됐었으니까 그전에만 하면 되겠지."

"그래. 그러니까 그전에 좀 쉬어두고. 지영이 빨리 일어났으면 좋겠다."

"응. 진짜 빨리 정신 차렸으면 좋겠어. 그래도 조금 나아졌다고 하더라. 희성 씨가 신경 써서 봐주고 있어서 정말 다행이야."

하나는 고개를 주억거리면서 김치볶음밥 위의 계란 노른자를 깨트렸다. 그걸 볶음밥과 비벼서 입에 넣는다.

"……음?"

하나는 미간을 살짝 찌푸렸다.

"너 계란에 소금을 좀 많이 쳤다?"

계란 프라이는 두나의 작품이었다.

비슷하게 남은 계란 노른자를 한 입에 삼키던 두나는 고개를 갸웃했다.

"응? 난 괜찮은데? 안 짜."

"으음?"

두나는 지나가듯이 중얼거렸다.

"오늘 김치볶음밥 간이 좀 덜 됐네."

하나는 고개를 저었다.

"아닌데? 오늘 간이 완전히 딱 맞는데?"

하나와 두나의 입맛은 완전히 같았다. 어떻게 간이 된 것이 좋은지, 어떤 음식을 좋아하고 또 싫어하는지까지 동일했다.

적어도 지금까지는.

그 미묘한 변화를, 두 사람은 미처 눈치채지 못한 채 넘어간 어느 날의 아침이었다.

* * *

"힘들죠?"

익숙한 목소리에 두나는 고개를 돌렸다. 그러자 익숙한 얼굴이 눈에 들어온다.

어느 한 곳 모나거나 날카로운 데가 전혀 없는 부드러운 인상의 얼굴. 그가 당장에라도 녹아내릴 것처럼 다정한 미소를 지었다. 안경 안쪽의 눈매가 부드러운 곡선을 그리며 휜다.

강유현.

"아니에요. 대리님."

두나는 환하게 웃으며 고개를 저었다.

"장비 세팅 다 해놓고 타이밍만 기다리고 있는 건데요, 뭐."

두나는 그렇게 말하며 삼각대 위에 완벽하게 세팅해둔 카메라를 톡 쳤다. 카메라는 전혀 미동도 하지 않았다.

당연하다. 카본제 삼각대 자체 무게만 해도 3kg은 되는데, 그 위에 얹혀진 카메라와 망원 렌즈만 합쳐도 4kg은 된다. 도합 7kg의 무게는 두나가 톡 친다고 해서 흔들릴 리 없었다.

그리고 그 장비를 전부 가져와서 세팅까지 한 것이 두나다. 유현은 한숨을 쉬었다.

"같이 와서 대기했어야 했는데, 미안해요. 혼자 먼저 와 있게 해서."

"아니에요! 택시 타고 와서 하나도 안 힘들었어요! 오다가 갑자기 차 사고 나셨다면서요. 괜찮으세요?"

유현은 녹아버릴 듯한 눈매를 가늘게 접으며 웃었다.

"걱정해줘서 고마워요. 단순 접촉 사고라 다치진 않았어요. 상대랑 실랑이를 하느라 좀 지체되었지만."

함께 현장에 와서 촬영기기를 세팅해놓고 기다려야 할 유현이 늦는다는 연락을 보낸 뒤 두나는 혼자 장비를 끙끙대며 들고 왔다. 그리고 지금까지 2시간 30분을 기다린 것이다.

유현이 미안해하는 것도 당연했다. 그러나 두나는 본인이 말한 대로 조금도 개의치 않았다. 그녀도 와야 하는데 늦어진 사람이 팀장이었다면 아마 꽤 화가 나고 짜증도 났을 것이다.

그러나 상대는 유현이다. 그를 상대로 화를 내는 것은 어려운 일이었다. 게다가 늘 자기 일을 미루는 데만 골몰하는 팀장과, 최선을 다해 자신의 일을 하려는 유현이 같을 리 없었다.

두나는 진심이었다.

"정말 괜찮아요!"

유현은 조금은 안도한 듯 보였다.

"대신이라기는 뭐하지만, 제가 나중에 한턱 쏠게요. 비싼 거 먹고 싶은 거 생각해두세요."

두나는 환하게 웃으며 고개를 끄덕였다.

'어쩐지 요즘 맛있는 거 사주겠다는 사람이 늘었네. 먹을 복이 넘치는 때인 건가?'

어이없는 생각이 떠오름과 동시에 두나는 자신의 얼굴이 시뻘겋게 달아오르는 것을 막지 못했다.

유현의 말처럼, 이미 두나에게 몇 번이나 맛있는 걸 사준 남자가 떠오른 탓이었다.

'내가 생각보다 두나 씨를 아주 많이 좋아하고 있어서요.'

단어 하나하나가 망치가 되어서 두나의 머릿속을 댕댕 치는 것 같았다.

그의 목소리는 머릿속에 기억으로 남아 있었다. 그것이 다시금 재생된다. 그리고 귓전을 쟁쟁 울리는 정도를 넘어서서 두나의 심장을 마라톤 선수의 그것처럼 뛰게 만들었다.

두나는 얼굴을 휘휘 저었다. 달아오른 열기를 식혀야 한다.

'바보 안두나! 지금은 그런 일을 떠올리고 있을 때가 아니잖아!'

두나는 눈을 질끈 감았다가 떴다. 시야가 명료해지며 앞에 펼쳐진 상황을 깨끗하게 비춘다.

지금 두나와 유현은 K대 병원 앞 정문에 서 있었다. 주변에는 몇몇 방송국과 잡지사의 연예부 기자들이 있었다. 그들의 목적은 같았다.

두나의 옆에 서 있던 방송국 VJ가 짜증 나는 목소리로 중얼거렸다.

"아, 젠장. 손민형은 왜 안 나오는 거야?"

그는 함께 온 동료에게 물었다.

"분명히 손민형 기획사에서 퇴원시간 2시라고 말해줬다면서?"

"그렇다니까. 지금 벌써 3시 넘었는데 뭘 꾸물거리고 있는 거야?"

"사람 봐가면서 시간 안 지키기로 유명하다더니 진짜인 모양이네."

대놓고 투덜대는 그의 말에 옆자리의 동료가 옆구리를 쿡 찔렀다. 동료는 근처에 몰려와 한 무리를 이루고 있는 플래카드를 든 소녀팬 무리에 시선을 고정하고 있었다.

VJ는 낮게 혀를 한 번 차고는 촬영 장비로 시선을 돌렸다.

두나 역시 심정적으로 그들과 다르지 않았다. 그녀의 마음을 읽기라도 한 것처럼 옆에서 유현의 나직한 속삭임이 들려왔다.

"정말 늦네요. 두나 씨 12시 30분쯤부터 여기서 대기 타고 있었죠?"

"하하. 네. 좀 빨리 와주면 좋을 텐데 말이에요."

유현은 그의 성격에 어울리지 않게 대놓고 팀장의 행태를 비난했다.

"손민형 퇴원을 왜 굳이 이렇게 거창하게 기사로 쓰겠다는 건지 이해를 못 하겠네요."

실제로 직접 지시를 받았을 때, 두나 역시 이미진 대리와 메신저로 팀장의 흉을 보았다.

다시 기사 조회수가 떨어지니까, 얼마 전에 재미를 봤던 손민형 특종과 관련된 기사를 내보내겠다는 속셈인 모양이다.

기사 내용도 이미 결정되어 있었다. 팀장의 지시대로, 이미진 대리가 열심히 작성해두었던 것이다.

조명 추락사고 경위를 설명하고, 사고를 일으킨 범인이 아직도 자신이 어떻게 사고를 일으킨 건지 전혀 기억나지 않는다고 버티는 중이라는 짤막한 설명이 곁들여질 예정이다. 범인은 전과 7범이라는 사실 역시. 전과도 있고, CCTV 영상 증거가 너무나도 분명해서 아무도 범인의 말을 믿지 않았다.

거기에 손민형이 사고에 휘말린 코디의 병원비를 비밀리에 내줬다는 뒤늦게 알려진 미담이 더해지고, 마지막으로 건강한 모습으로 퇴원하는 손민형의 사진을 첨부해서 특집 기사로 내겠다는 것이 팀장의 원대한 포부였다.

이에 대한 <인카운터> 직원 내부의 반응은 이러했다.

'그런 기사가 퍽이나 흥하겠다.'

두나 역시 동의하고 있었다. 이렇게 현장에 나와서 2시간 30분째 대기하고 있어도, 그건 마찬가지다. 아무리 봐도 이건 조회수를 확 올릴 수 있는 기삿거리가 아니었다.

하지만 대놓고 팀장의 지시를 무시할 수도 없는 처지. 그러니 어쩔 수 없이 대기 중이었다.

유현은 상사에 대한 비난에 한마디를 더 덧붙였다.

"배우 하나 퇴원하는 일에 사람들이 얼마나 관심을 가지겠어요. 솔직히, 쓸데없는 일에 하나 씨만 고생하는 것 같아서 마음이 안 좋네요."

두나는 눈을 동그랗게 뜨고 유현을 바라보았다. 어딘지 의외라는 듯한 표정이다.

"왜 그래요? 내 얼굴에 뭐 묻었어요?"

"아뇨. 깨끗해요. 그냥…… 이상해서요."

"뭐가요?"

유현이 고개를 갸웃했다. 두나는 살짝 난처해하다가 망설이면서 말을 꺼냈다.

"……조금 의외라서요."

"의외, 요?"

"네. 강 대리님은 그런 말…… 절대 안 하실 거라고 생각했었거든요."

여기까지 말한 두나는 자신의 말이 실례되는 말이라는 것을 깨닫고 아차 했다.

"아, 그게…… 그러니까…… 제 말은……."

두나가 당황해서 버벅거렸다.

어떻게 수습하지!

"내가 상사 흉보는 일은 절대 안 할 것 같아 보였어요?"

유현의 질문에는 웃음기가 섞여 있었다.

"아, 그게…… 그러니까…….."

유현은 참지 못하고 웃었다. 억눌린 웃음이 아니라 드러내놓고 웃는 시원한 웃음이었다.

"안 보이는 데서는 나라님 욕도 한다잖아요. 저라고 왜 불만이 없겠어요. 그리고 불만이 있으면 이렇게 흉도 보고 그러는 거죠. 아, 혹시 하나 씨, 팀장님께 일러바치려는 건 아니죠?"

두나는 눈을 동그랗게 뜨고 열심히 고개를 저었다.

"아뇨! 절대 안 그럴 거예요!"

유현은 기분 좋게 고개를 주억거렸다.

"그러면 다행이네요. 방금 말하고 조금 걱정했는데."

"절대 안 그래요. 사실, 저도 오늘 이미진 대리님이랑 비슷한 얘기 했었거든요."

두 사람은 마주 웃었다. 작은 비밀을 공유한 공범자들의 미소였다.

그때 두나의 휴대폰이 울렸다. 메시지 알림이다. 내용을 확인해 보니 취재 온 뒤 벌써 다섯 번째로 날아온 팀장의 메시지였다.

[아직 멀었어?]

두나는 땅이 꺼져라 한숨을 쉬며 짤막하게 답신을 보냈다.

[네. 아직이에요.]

조금 엇박자로, 유현의 낮은 속삭임이 덧붙여졌다. 바로 옆에 있었던 덕분에 두나에게만 들리는 목소리였다.

"날 그렇게 좋은 사람으로 봐줬다니……. 조금 기쁘네요."

그러나 그 목소리엔 전혀 다른 감정이 묻어났다.

지독한 씁쓸함.

두나는 의아해하며 고개를 들었다. 그리고 유현에게 시선을 돌렸다.

두나가 던진 시선의 끝에는, 그녀가 잠시 눈을 돌리기 전과 여전히 똑같은 다정하기 짝이 없는 표정의 남자가 서 있었다.

방금 목소리에서 느낀 알 수 없는 위화감 따위는 흔적도 없는, 두나가 아는 강유현의 이상적인 모습 그대로.

'뭐지? 방금 전 그 느낌은?'

두나는 어쩐지 그 모습이 너무나 아득하게 느껴져서 말문을 잃고 유현의 모습을 멍하니 보고만 있었다.

몇 분 뒤, 드디어 기다리던 손민형 일행이 병원 문을 나서기 전까지.

"왔다!"

"손민형이다!"

"드디어 나왔네……!"

취재진들은 탄성을 내지르며 기나긴 기다림의 끝을 반겼다. 그들보다 반 박자 앞서서 목이 터져라 기쁨의 비명을 내지르는 이들도 있었다.

바로 손으로 직접 만든 <우.욧.빛.깔.손.민.형>이라는 플래카드를 흔드는 소녀팬들이었다.

"꺄악! 오빠!"

"어떡해! 얼굴이 반쪽이 됐어!"

'아닌데. 입원 전보다 1.5배는 체중이 는 거 같은데?'

두나는 떨떠름한 표정으로 손민형 일행의 모습을 카메라로 찍으면서 소녀팬들의 말에 속으로 태클을 걸었다. 물론 소리 내어 진짜로 태클을 걸지 않을 정도의 이성은 있었다.

기자들의 플래시 세례를 웃는 낯으로 대응하던 손민형은, 자신의 팬들이 목청껏 내지르는 날카로운 비명에 일순간 표정이 무섭게 굳었다.

두나는 파인더 너머로 그 표정을 보고 흠칫했다. 그 표정은 순간을 박제한다는 사진으로도 잡아내지 못할 정도로 찰나의 순간 손민형의 잘생긴 얼굴에 머물렀다 사라졌다.

"……."

절로 긴장감에 목구멍이 바짝 말랐다. 정말로 한순간이었고, 그 표정이 직접 두나를 향한 것도 아니었다.

그럼에도 그 얼굴은 너무나도 난폭했고 상대를 멸시하는 듯한 감정을 여실히 드러내고 있었다.

병실에서 진행되었던 짜여진 각본대로의 인터뷰가 끝난 뒤에 보였던 표정과 닮아 있었다. 그리고 아마도 자신의 코디를 모욕주고 닦아세우던 그때에도 조금 전과 비슷한 얼굴을 하고 있었으리라.

그러나 지금 손민형의 얼굴은 달랐다. 인터넷 기사 말마따나 얼굴만큼이나 인성도 잘생긴 남자의 가면이 원래 그의 피부라도 되는 양 단단하게 자리 잡고 있었던 것이다.

두나는 등줄기가 서늘해졌다.

'겉과 속이 다른 사람들이야 꽤 많지만…… 이런 느낌은 처음이야.'

그렇게 생각하는 두나 역시, 속마음과는 다르게 태연한 표정으로 파인더 너머를 보고 있었다. 손은 셔터를 누르느라 여념이 없었다.

스스로 생각하기에도 아이러니했다. 두나는 씁쓸한 마음을 애써 누르며 하던 일에 집중했다. 이건 '일'이니까.

그때, 파인더 너머로 기이한 것이 보였다.

"어?"

이번만은 생각과 말이 일치했다. 몰려든 인파 속에 모자를 푹 눌러쓰고 잠바 주머니에 두 손을 찔러 넣은 남자가 있었다.

길을 가다 보면 흔히 마주치는 평범해 보이는 남자였다.

그러나 두나의 눈에는 그 남자가 너무나도 이질적으로 보였다.

왜냐하면 그 남자 주변에는 불길한 검은 그림자가 일렁이고 있었기 때문이다.

찰칵!

두나는 당혹감에 무의식적으로 셔터를 눌렀다. 그리고 곧바로 카메라에서 눈을 떼고 고개를 퍼뜩 들어 올려 조금 전 자신이 사진을 찍은 남자를 찾아 이리저리 살폈다.

두나의 당혹감이 그대로 드러난 모양인지 옆에서 유현의 당황한 목소리가 들렸다.

"하나 씨? 갑자기 왜 그래요?"

그때 두나는 그 기이한 검은 그림자에 둘러싸인 남자를 찾아냈다. 그 남자의 어깨와 머리 근처에는 여전히 검은 그림자가 마치 아지랑이처럼 일렁이고 있었다.

마치 누군가를 향한 악의처럼.

아니, 두나는 이제 확신했다.

'저건…… 분명한 악의야. 아니, 살의에 가까워. 그리고 그 대상은…….'

검은 그림자에 둘러싸인 남자는 조심스럽게 어딘가로 걸어가고 있었다. 그 방향에 있는 이는 바로 그 사람이었다.

'손민형!'

다시, 손민형이다!

두나는 다급하게 유현을 잡고 물었다.

"대리님! 저기 저 남자, 모자 눌러쓰고 잠바에 손 넣은 저 남자요. 이상하지 않으세요?"

두나의 긴장한 목소리에 유현은 얼떨떨한 표정으로 두나가 가리키는 방향으로 시선을 옮겼다.

"네? 뭐가 이상한데요? 그냥 평범한데요."

그의 눈에는 저 검은 그림자가 전혀 보이지 않는 모양이었다. 두나는 뭐라고 말해야 좋을지 알 수 없었다.

저 남자가 누군가의 조종을 받아서 손민형을 노리고 있다고 말할 수는 없지 않은가. 그렇게 말하면 유현조차도 두나를 무슨 사이비 종교 신도 보듯이 바라볼 것이다.

덕분에 이런 말밖에 할 수 있는 말이 없었다.

"그, 그게 그러니까……! 딱 봐도 느낌이 좀 위험해 보이는 것 같……!"

그때, 날카로운 비명이 인파 속에서 터져 나왔다.

"카, 칼이다!"

그 말에 두나와 유현의 시선이 휙 돌아갔다. 조금 전 두나가 지적한 그 남자가 있는 방향으로.

두나가 지목한 그 남자는 어느새 주머니에서 잭나이프를 꺼내 들고 있었다. 그는 손민형의 바로 옆까지 접근해 있었다.

두나와 유현뿐 아니라 주변에 있던 모든 사람들이 순간적으로 놀라 몸이 딱 굳어버렸다.

따로 훈련을 받은 사람이 아닌 한, 갑작스러운 사태에 직면하면 순간 온몸이 얼어붙은 것처럼 꼼짝할 수 없는 것이 인간의 자연스러운 반응이다.

바로 그사이에 잭나이프를 꺼내 든 남자가 손민형에게 달려들었다. 은색 호선이 날카롭게 빛났다.

"으악!"

손민형의 것이 분명한 비명이 울렸다.

달려든 습격자와 피습된 피해자는 순식간에 한 덩어리가 되어 나뒹굴었다.

그제야 뒤늦은 비명이 사방에서 울렸다.

"꺄악!"

"저거 뭐야?"

"미친! 말려!"

손민형과 함께 나오던 스태프들이 당황하여 달려들었다. 그들은 곧 칼을 휘두른 남자를 제압해 손민형에게서 떼어낼 수 있었다.

습격한 남자를 제압한 스태프가 격렬하게 외쳤다.

"이 미친 새끼!"

두나는 이후에 벌어질 일을 예상할 수 있었다. 곧 저 남자는 의식을 잃을 것이다. 끈 떨어진 꼭두각시처럼. 그리고 지금 저 남자의 주변에 일렁이는 검은 아지랑이는 순식간에 흩어져버릴 것이다. 이미 두 번이나 본 일이다.

상황은 그녀가 예측한 대로 진행되었다.

"……뭐, 뭐야?"

사람에게 칼을 휘두르던 테러범이 픽 고꾸라지자 남자를 제압했던 스태프는 당혹감을 감추지 못했다.

이 모든 상황을 눈에 담은 두나는 곧 주변 곳곳을 살피기 시작했다. 누군가가 영적인 능력으로 사람을 조종해서 손민형을 노리고 있었다.

'그렇다면, 이 일을 벌인 '누군가'는 지금 이 현장에 있지 않을까?' 하는 생각이 처음으로 들었던 것이다.

시야에 차례로 주변 사람들이 들어왔다. 바로 옆에 선 유현. 그리고 취재를 온 언론인들. 비명을 지르거나 경찰에 신고 중인 팬들. 단순한 구경꾼들. 손민형을 살피는 스태프들.

그때, 그녀의 시야 끄트머리에 이상한 모습이 걸렸다.

"아……."

익숙한 사람의 모습이 병원 창문에 보였던 것이다. 이 병원에 있는 것이 당연한 사람이기는 했다. 이 병원에서 일하니까.

바로 얼마 전 두나를 구해주고 그녀에게 대놓고 구애를 한 바로 그 남자였다.

'희성, 씨……?'

온 사방에서 홍수처럼 플래시 세례가 쏟아지고 있었다. 그 사이에서 두나는 멍하니 서 있었다.

* * *

K대 병원 1층에 위치한 카페는 꽤 한산했다. 주말인 데다 이제 곧 병원이 문 닫을 시간이라 그러한 모양이다.

그 구석 자리에 여자 한 명이 심각한 얼굴로 앉아 있었다. 그녀는 노트북을 켜놓고, 그 화면을 뚫어져라 바라보고 있었다.

노트북 화면에는 사흘 전 있었던 충격적인 사건의 범인이 찍힌 사진이 떠 있었다.

사진 위에는 자극적인 기사 제목이 달려 있다.

[충격! 인기 연예인 피습!]

[원한인가, 무차별 범죄인가?]

두나는 눈가를 찡그리며 화면을 위로 올려 뻔한 기사 내용을 화면에서 치웠다.

가장 크게 나온 사진을 띄운다. 범인의 사진이었다.

모자를 푹 눌러쓰고 있어서 얼굴 위쪽은 거의 보이지 않았으나, 콧대와 그 아래 입매는 제대로 보였다. 잠바 주머니에 찔러 넣은 손은 무언가를 쥔 듯했다. 무얼 쥐고 있는지는 분명했다. 손민형을 습격할 때 사용한 잭나이프일 것이다.

이건 두나가 현장에서 본의 아니게 찍은 사진이었다.

그녀의 손가락이 조심스레 사진 귀퉁이 근처에 보이는 검은 그림자를 더듬었다. 이걸 볼 수 있는 사람은 두나뿐이었다. 적어도 사무실 사람들 중에서는.

아무도 두나의 눈에 선명하게 보이는 이 검은 아지랑이를 지적하지 않았다. 팀장은 사진을 보고는 아예 습격 순간을 찍었으면 더 좋았을 거라고 혀를 찼을 뿐이었다.

그러나…… 이 사진은 분명히 이번 사고의 배후에 누군가가 있다는 증거였다.

'하나와 예준 오빠도 이걸 알아봤어.'

사고가 일어난 그날 저녁, 두나는 사진을 현상해서 두 사람에게 보여주었다. 그리고 이 아지랑이가 자신의 눈에만 보이는 게 아니라는 확답을 받았다.

예준은 심각한 얼굴로 그것을 보다가 이렇게 말했다.

'이거 할머니께 보내볼게. 보시고 설명해주시는 걸 듣기 전까지는 너도 함부로 움직이지 마.'

예준도 하나도 그 그림자에서 뭔가 섬뜩함을 느꼈다. 누군가를 향한 한 인간의 악의와 원한이 너무나도 강했던 것이다.

하지만 두나는 얌전히 기다리고 있을 생각이 없었다. 두나는 속으로 중얼거렸다.

'이건 내 사건이야.'

그런 알 수 없는 확신이 든다. 하나에게 말한 것처럼, 이 문제는 자신이 반드시 해결해야 할 일이라는 근거 없는 직감이 들었다. 할 수 있을 것이라는 직감도.

가져다 붙일 수 있는 이유는 많았다.

법으로 단죄하기 힘드니까. 일반인들은 결코 해결할 수 없는 일이니까. 이대로 두면 피해가 커질 테니까.

그러나 그런 건 다 부차적인 이유였다.

'이걸 해내면, 나 자신이 좀 더 가치 있는 존재가 될 수 있을 것 같아.'

그런 기분이 든다.

언젠가 만신님이 말했던, 두나 자신이 이 세상에 불완전하게나마 태어난 이유를, 그럴 만한 가치를 이것으로 확인할 수 있지 않을까 하는 마음이 들었다.

그러니 두나는 절대 이 사건을 그냥 지켜볼 마음이 없었다. 하나나 예준의 걱정대로 물러나 있을 생각도 없었다.

'물러서 있을 거면 여기 와 있지도 않아.'

그녀의 결심은 이미 강철보다 굳건했다.

* * *

현재 이 사진은 인터넷상에서 꽤 화제가 되고 있었다.

'손민형 테러범이 범죄를 저지르기 30초 전 사진'이라는 제목으로 기사가 나갔던 것이다.

팀장은 그 덕분에 조회수가 꽤 올랐다며 두나에게 예의상 몇 마디 칭찬을 던져주었다. 덕분에 추가 취재를 위해 K대 병원에 다녀

오겠다는 두나의 말에도 기꺼이 고개를 끄덕여주었다.

손민형은 사흘 전 사건으로 테러범에게 상해를 입고 다시 K대 병원에 입원한 상태였다. 그 병원 의사 중에 아는 사람이 있다는 두나의 말에 팀장은 눈을 빛내며 기꺼이 외근을 허락해주었던 것이다.

'진짜로 희성 씨에게 취재를 하려고 온 건 아니지만…….'

그러나 이번 취재 대상은 그보다 더 이번 사건에 연관이 있을 수도 있는 사람이다.

두나는 이곳에서 그 제보자를 기다리고 있었다.

가슴이 뿌듯할 정도로 두근거렸다.

이건 희성이나 유현을 대할 때의 두근거림과는 달랐다. 심장이 기분 좋게 뛴다. 그 고동이 더해질 때마다 두나는 자신이 더더욱 단단해지는 기분이 들었다.

'이러니까 진짜 사회 비리를 캐는 기자가 된 것 같아!'

두나는 그렇게 생각하며 지금까지 파악한 내용을 정리하기로 했다.

달칵.

아무 생각 없이 무의식적으로 움직인 손가락이 포털 메인 화면을 띄웠다. 그곳에는 대문짝만 하게 이번 사건에 관한 기사가 떠 있었다.

대낮에 취재진을 비롯한 수많은 사람들이 보고 있는 앞에서 벌어진 사건이었다. 화제가 안 될 수 없었다.

이제는 잊혀져 있던 조명 추락사건까지 재조명되며 온갖 억측이 쏟아져 나왔다.

조명 추락사건의 범인도, 이번 테러의 범인도 모두 자신이 저지른 범행을 부정하고 있었다. 아무 기억도 나지 않는다고.

당연히 그런 무책임한 말 때문에 범인들은 더욱 거센 비난을 받고 있었다. 술에 취해 폭력을 휘두르고도 술 때문에 기억나지 않는다고 변명하는 파렴치한 같았기 때문이었다. 그러나 범인 모두 술은 한 방울도 마시지 않은 것으로 밝혀졌다.

두나는 이번 범인을 목격하고 확신했다.

"누군가가 이 두 사람을 조종한 게 분명해······."

물론 근거는 하나밖에 없었다. 안두나의 감. 그러니 누구에게 대놓고 물어볼 수도 없었다.

그리고 한 가지 더 기이한 범인들 간의 공통점이 있었다.

달칵.

두나는 노트북 마우스로 북마크 해둔 기사를 클릭해서 열었다.

이번 사건과 관련해서 나온 수많은 기사 중 하나였다. 거기에는 손민형을 습격한 두 범인이 각각 전과 7범과 12범이라는 사실이 언급되어 있었다.

그중 한 명은 몇 년 전에 대중의 분노를 산 사건의 범인으로, 미성년자를 대상으로 한 성범죄자였다. 다른 한 명도 기사로 보도된 적이 있는 중범죄자였다.

"이건 꼭 구제불능의 범죄자를 도구로 쓰는 것 같아."

그렇게 말하고 두나는 의문을 떠올렸다. 범죄자를 도구로 삼아 조종해서 누군가를 노리는 이번 일의 범인은…… 대체 어떤 사람일까?

누군가를 조종할 수 있는 힘을 가진 범인은 왜 하필이면 그 힘을 이런 데에 사용하는 걸까?

타인을 조종할 수 있는 힘. 어마어마한 능력이 아닌가 말이다.

두나는 만약 자신이 그런 힘을 가지게 된다면 하고 싶은 일들이 엄청나게 많았다. 하지만 누군가를 조종하여 타인을 공격하는 일은 결코 하고 싶지 않았다.

'대체 어떤 사람이…… 어떤 과거를 가진 사람이어야 이런 범죄를 계획하고 실행할 수 있는 거지?'

그리고 묘하게 걸리는 부분 또한 바로 범죄자를 이용했다는 점이었다. 지나가는 사람 중 하나를 무작위로 골라 이용한 게 아니라는 점이 가장 마음에 걸렸다.

'이건 연쇄적인 계획범죄야.'

혹시라도 피해자들이 사망했다면, 연쇄 살인이 되었을 거다.

'연쇄.'

그렇다. 이 사건의 범인은 계속해서 범죄를 일으켰다. 손민형을 두 번 노린 것만을 두고 하는 소리가 아니다.

똑같이 검은 그림자에 둘러싸인 사람에게 습격당한 이를 두나는 한 명 더 알고 있다.

'이지영.'

하나의 가장 친한 친구. 두나의 눈앞에서 지영이 사고를 당했던 그때, 그 운전자 역시 이곳에 입원했었다. 그리고 그 사람이 음주

운전으로 사람을 불구로 만든 전과가 있다는 사실을 이미 들은바 있다.

결국 손민형을 노린 범인은 같은 방법으로 이지영 역시 노리고 있었던 것이다.

지영은 두나에게도 친숙한 사람이다. 그렇기에 더더욱 범인의 범행 동기에 의문이 갔다.

'손민형은 그렇다 치자. 유명한 연예인이고 원래 성격을 보면 적이 있어도 이상할 게 없으니까.'

그러나 지영은 다르다. 하나의 기억 속 지영은 초등학교 시절부터 지금에 이르기까지 특별할 것이 하나도 없는 평범하기 짝이 없는 사람이었다.

'하지만 지영이와 손민형을 노린 그 악의는 분명히 같은 사람의 것 같았어.'

게다가 뿌리 깊은 원한이 느껴졌다.

범인은 어떤 이유로 손민형과 이지영에게 원한을 가지고 있고, 때문에 범죄자들을 이용해 이 사건을 일으키고 있는 것이다.

두나는 그렇게 판단을 내렸다.

'같은 사람에게 원한을 샀다면, 아마도 두 피해자 사이에 연결 고리가 있을 거야.'

그걸 찾아야 범인의 윤곽이 드러난다.

두나는 한숨을 쉬었다.

'제일 간단한 건 지영이에게 직접 물어보는 건데 불가능하네.'

아직 지영은 혼수상태에서 깨어나지 못했다. 덕분에 하나는 매일같이 이 병원에 출퇴근을 하고 있다.

게다가 두나가 일 때문에 이쪽에 오는 일이 늘어나자, 하나의 스트레스가 더 늘었다. 혹시라도 회사 동료에게 두나와 하나가 같이 있는 모습을 들키기라도 하면 큰일이 아닌가.

덕분에 하나는 두나가 K대 병원으로 온다고 미리 알려주면, 감쪽같이 변장을 하고 있었다.

희성의 말에 따르면 지영은 점점 회복되고 있지만, 언제 눈을 뜰지는 알 수 없다고 했다.

그렇다면 다른 방향에서 정보를 얻어야 한다. 두나는 바로 그 다른 방향의 정보를 얻기 위해, 여기 와 있는 것이다.

"이제 곧 약속 시간이지?"

두나의 손이 스마트폰을 들어 올린다. 화면 잠금을 열고, 내용을 확인한다. 거기에는 오늘 오전에 받은 메시지가 있었다.

[지난번에는 정말 감사했습니다. 기자님. 말씀드리고 싶은 게 있습니다.]

발신인의 이름은 '유석만'.

바로 손민형 대신 다치고도 억울하게 해고된 전 코디네이터였다.

두나가 막 휴대폰으로 그 메시지를 다시 확인한 순간, 때를 맞추어 카페 문이 열렸다.

그 자리에는 그녀가 기다리던 사람이 도착해 있었다. 두나는 환한 얼굴로 몸을 일으켰다.

"아, 여기예요."

남자는 마주 웃으며 천천히 다가왔다. 목발을 짚고서, 절뚝거리면서.

석만은 자리를 옮기자고 말했다. 주변의 시선에 신경을 쓰는 것 같았다.

'하긴 이 주변에는 아직 손민형 소속사 사람들도 있고, 기자들도 많이 오가니까.'

두나는 근처의 인적이 드문 카페로 그를 안내했다. 가는 내내 석만은 걸음이 불편해 보였다. 그러나 그는 두나가 도와주겠다는 청도 마다하고 꿋꿋하게 제 힘으로 걸었다.

"하……."

자리를 잡고, 그는 길게 한숨을 쉬었다.

마음 같아서는 어서 말해달라고 닦달이라도 하고 싶지만, 그럴 수는 없다. 두나는 최대한 침착하게 기다리기로 했다. 그의 입이 열리기를.

석만의 무거운 입이 열린 것은 장사 안 되는 가게의 맛없는 음료를 겨우겨우 반쯤 비웠을 때였다.

"사실……. 이걸 말씀드리는 게 맞는지 아닌지는…… 아직도 잘 모르겠어요."

두나는 조심해서 말을 골랐다.

"혹시 손민형 씨와 관련된 일인가요?"

석만은 고개를 끄덕였다.

"네."

그의 손가락이 무언가를 찾는 듯이 까딱였다. 담배를 찾는 듯했다. 두나의 시선을 느끼고 그는 쓰게 웃었다.

"끊으려고 하는데 잘 안 되네요."

"적어도 부상이 다 나으실 때까지는 참으시는 게 좋지 않을까요?"

그는 어색하게 웃었다.

"그래야죠."

석만은 그러고도 잠시 더 고민했다. 그러다 마침내 더는 말을 피하지 못할 타이밍이 되었다 판단을 하고, 이야기를 시작했다.

"이번 사고, 직접 보지는 못했지만 소식은 들었어요. 그렇게 심하게 다친 건 아니라는데 얼굴을 다쳐서 아주 난리도 아니라더군요."

이건 처음 듣는 소리였다. 두나는 눈을 동그랗게 떴다.

"어, 얼굴이요?"

"네. 원래 연예인들한테 얼굴 다치는 건 참 치명적인 일인데…… 게다가 그 인간 성형 많이 해서 그런 흉터 남으면 더 치명적일 거예요. 솔직히 좀 고소하다는 생각을 했어요."

"……."

그는 고해하듯 말을 하고는 쓸쓸하게 덧붙였다.

"이런 생각을 하다니 참 저 자신이 싫네요."

두나는 그를 위로하려 애썼다.

"석만 씨가 당한 일을 생각하면…… 그 정도 원망은 당연해요. 자책하지 마세요."

그는 힘없이 웃었다.

"그렇게 말해주셔서 감사합니다, 기자님."

그는 길게 한숨을 쉬더니, 반쯤 남은 맛없는 스무디를 빨대로 휘휘 저었다.

"사건 소식을 듣고 나니까…… 그 범인이 무슨 사정이 있는 건지 궁금해지더라고요."

"아……!"

두나는 무어라고 말해야 좋을지 알 수 없었다. 그는 아마도 자신의 처지와 범인의 처지가 비슷하지는 않을까 생각하고 있는 듯했다. 손민형에게 모욕당하고, 그를 구하고도 해고당한 자신의 처지와.

그러나 범인은 석만처럼 착한 사람도 아니었고, 손민형에게 직접적인 원한이 있는 사람도 아니었다.

허나 이 사실을 그에게 말해줄 수는 없었다. 두나는 씁쓸한 침묵을 씹어 삼켰다.

"범죄자이긴 하지만, 손민형에게 무슨 짓을 당했길래 저런 일까지 벌인 건가 생각하면 조금 마음이 안 좋아요."

"그렇…… 군요."

잠시 망설이던 그의 목소리가 낮아졌다.

"아니, 그냥 이것도 핑계일지도 모르겠네요. 그냥…… 손민형 그 개자식에게 한 방 먹이고 싶은 걸지도요."

"……."

그는 무언가를 토해내듯 변명을 쏟아냈다.

"그럴 거면 기왕이면 고마운 기자님께 알려드리는 게 낫겠다 싶었고요."

두나는 입술을 깨물었다. 여기서 고맙다고 말하는 건 이미 자괴감에 젖어 있는 사람에게 좋은 일일까 나쁜 일일까. 선뜻 판단이 서지 않았다.

그녀가 결론을 내리기 전에 석만의 말이 먼저 이어졌다. 그는 초조하게 말을 쏟아냈다.

"손민형의 학창시절이 알려져 있지 않은 건 아시죠?"

"아, 네."

"……해외에서 고등학교를 나온 건 맞아요. 하지만 초등학교, 중학교는 우리나라에서 나왔다고 하더라고요."

두나는 떠올릴 수 있었다. 유현과 함께했던 인터뷰에서 손민형은 학창시절을 언급하자 예민한 반응을 보였다.

'설마 그 시기에 무슨 일이 있었다는 걸까?'

"그때, 정확히는 중학교 시절에 크게 사고를 친 모양이에요. 이름도 개명하고, 성형까지 할 정도인 걸 보면요."

그 말에 두나의 눈이 휘둥그레졌다.

"개명에 성형이요?"

석만은 고개를 끄덕이며 설명을 이었다.

"이 사실은 안 알려져 있지만, 손민형 집안은 대대로 정계의 거물이에요. 그 집안의 내놓은 막내아들이…… 손민형이죠. 자세히는 모르지만 중학교 때 무슨 사고를 쳤고, 집안의 힘으로 그걸 다 묻어버렸다고 하더라고요."

그는 잠시 한숨을 쉬더니 한마디 덧붙였다.

"어쩌면 이번 사건 범인이 그때 그 피해자일지도 모르죠."

그게 아니라는 걸 두나는 잘 알고 있었다. 그러나 말할 수는 없었다.

두나는 목소리를 낮추어 물었다.

"중학교 때 그 사건이라는 거…… . 더 자세히는 모르시나요?"

어쩌면 그 사건이 이번 연쇄 사건의 범인이 손민형에게 원한을 가진 계기일지도 모른다. 그리고 이 사건이 지영과도 연관되어 있지 않을까.

석만은 고개를 저었다.

"아쉽지만 그것까지는 저도 몰라요."

"아, 그렇군요…… ."

두나는 안타까움이 얼굴에 번지는 걸 막지 못했다. 구체적인 사건의 원인이 손에 잡히는 듯했는데, 직전에 빠져나가버렸다.

그때였다. 한번 실망한 두나에게 마치 구원의 동아줄처럼 석만의 말이 떨어졌다.

"손민형의 개명 전 본명과 그 중학교는 알고 있어요."

두나의 눈이 번쩍 떠졌다. 긴장감에 목소리가 떨릴 지경이다.

"알려주실 수 있나요?"

석만은 무거운 얼굴로 고개를 끄덕였다.

"손민형의 본명은 손문태예요. 그 학교는 대구에 있는 G 중학교고요."

두나의 머리 위로 무언가가 쿵 소리를 내고 떨어진 것 같았다. 손민형의 본명과 학교, 이름 모두 그녀가 근래에 들은 적 있는 이름이었으니까.

찰칵 하고 무언가가 맞물려 돌아가는 소리가 귀에 들리는 듯했다. 제각기 연관이 없어 보였던 톱니바퀴들이 맞아떨어져 함께 돌아가기 시작하는 듯한 소리가.

* * *

"두나 씨?"

석만과 만났던 장소는 병원 근처였다. 석만 본인이 아직 입원 중인 환자였으니 당연한 일이다.

취재를 끝내고 근처 벤치에 멍하니 앉아서 생각을 정리하던 중이었다. 두나는 천천히 고개를 돌렸다.

이 근처에서는 만날 확률이 꽤 높은 사람, 그리고 그녀를 두나라고 부를 수 있는 몇 안 되는 사람 중 하나. 희성이 거기 서 있었다.

가로수의 짙은 그늘에는 장식처럼 햇볕이 조각조각으로 매달려 있었고, 희성은 그 아름다운 무늬를 장식처럼 두른 채였다. 워낙 잘생긴 얼굴 덕분일까. 그 화려함이 매우 잘 어울렸다.

희성이 환하게 웃었다. 햇살보다도 화사하게.

"이렇게 우연히 만나다니 기쁘네요. 사실 따져보면 며칠 안 지났는데, 못 만난 지 꽤 오래된 것 같은 기분이었거든요."

두나는 마주 웃었다. 웃음의 끄트머리가 약간 어색한 건 어쩔 수 없었다.

"그사이에 워낙 일이 많아서 그런가 봐요."

희성은 고개를 저으며 두나의 옆자리에 앉았다.

"그렇다기보단…… 두나 씨 대답을 기다리느라 제가 꽤 초조해하고 있어서일 거예요."

"아……."

잊고 있었던 건 아니었다. 그런 일을 절대 잊을 수 있을 리 없지 않은가. 지금도 그 순간을 떠올리면 심장이 날뛰고 숨이 가빠오는데.

하지만 지금은 그쪽에 신경을 쓸 여유가 없었다. 그리고 깊이 생각하지 않고 대답을 주고 싶지 않았다.

"조금만 더 기다려주세요. 지금 제가 하는 일이 다 끝나면, 그때 말씀드릴게요. 지금은 이 일에 집중하고 싶어요."

희성은 이해한다는 듯이 고개를 끄덕였다.

"계속 기다리겠다고 했잖아요? 얼마든지 기다리게 해도 괜찮아요."

"그러면…… 제가 죄송하잖아요."

희성의 얼굴에 도리어 만족스러운 미소가 걸렸다.

"그러면 더 좋죠. 죄책감 때문에라도 대답이 긍정적이 될 가능성이 꽤 높아질 테니까."

"희성 씨……."

"하하. 농담이에요. 농담이니까 그렇게 진지한 얼굴 하지 마세요."

잠시 어색한 침묵이 가라앉았다. 화제를 돌리기 위해서였을까. 희성이 먼저 물었다.

"또 취재차 오신 건가요?"

두나는 고개를 끄덕였다.

"비슷해요. 저번에 제가 취재했던 손민형의 코디분이 제게 알려줄 정보가 있다고 하셨거든요."

그 말에 희성의 얼굴에 놀라움이 떠올랐다.

"역시 대단해요."

난데없는 칭찬에 두나의 얼굴이 붉어졌다.

"뭐, 뭐가요?"

희성의 얼굴을 물들인 미소는 부드럽지만 바늘도 들어가지 않을 정도로 단단했다. 확신에 차 있다.

"개인적으로 지난번에 그 코디분 취재하는 모습을 보고 감탄했었거든요. 진정한 의미에서 기자답다고요."

"비행기 태우지 마세요."

"진짜 생각 그대로 말하는 거라니까요!"

희성의 말은 확신을 가지고 이어졌다.

"아마 그 코디분도 같은 생각이셨을 거예요. 두나 씨를 보고 제대로 된 언론인답다고 믿었던 거겠죠."

얼굴이 화끈하다. 못 견디게 부끄러웠다. 그리고 참을 수 없을 정도로 기뻤다.

"두나 씨가 옳으니까 해온 행동이 결실을 맺은 거예요."

두나는 무언가가 울컥하는 걸 느꼈다. 그러나 여기서는 웃는 것이 맞을 것 같았다. 그래서 있는 힘껏 웃었다.

"……고마워요."

"별말씀을. 응원하면서 기다리고 있을게요. 대답해주실 때까지요."

희성도 마주 웃었다.

두나는 이 순간, 자신의 대답이 결정된 것 같다는 생각이 들었다. 일이 다 해결되고 나면, 그에게 들려줄 기쁜 대답이.

13. 뿌린 대로 거둔다

다음 날, 퇴근 직후 두나는 바쁘게 강남 인근의 카페로 향했다. 누군가를 만나기로 약속한 장소였다.

어제 K대 병원에서 만난 석만이 준 실마리를 좀 더 구체화시켜 줄 수 있는 사람.

바로 얼마 전 동창회에서 만났던 하나의 동창 서유주였다.

지영, 하나와 고등학교 동창인 그녀는 G 중학교 출신이었다. 지영과는 중·고등학교를 같이 나온 사이인 것이다.

게다가 그때 동창회에서 들은 대화를 생각하면, 아마도 석만의 입에서 나온 G 중학교와 손민형의 본명, 손문태에 대해서도 잘 알고 있는 것 같았다.

유주는 서진의 사건이 있은 뒤, 두나에게 따로 연락을 해서 안 좋은 일을 당하지는 않았는지 걱정해주기까지 했다.

그때 서진에게 끌려가는 걸 미처 눈치채지 못한 것이 미안해서였는지, 그녀는 두나의 부탁에 적극적으로 협조해주었다.

'이게 전화위복이라는 건가.'

저녁 시간의 강남역은 사람들로 넘쳐나고 있었다. 인파를 반대로 거슬러 오르며, 두나는 그런 생각을 했다.

'고생한 보람이 있기는 있네.'

그때 서진이 음료수에 탔던 약이 뭔지는 모르겠지만 다음 날까지 머리가 깨질 듯이 아팠다. 다행히 그 외에 몸에 특별한 이상은 없는 것 같았지만 말이다.

그 덕분에 이번 사건을 해결할 수 있는 실마리를 얻게 된 것이다. 두나의 걸음걸이가 점점 더 빨라졌다.

카페 문을 열고 들어가자 입구 근처에 앉아 있던 유주가 두나를 알아보고 손을 들었다.

"아, 하나야! 여기!"

두나는 웃으며 유주에게 다가갔다. 그리고 유주와 함께 카페에서 사람들 눈에 잘 띄지 않는 구석으로 자리를 옮겼다.

어쩔 수 없이 주변을 신경 쓰게 된다.

자리에 앉자마자, 유주가 다시 한 번 걱정스러운 얼굴로 말문을 열었다.

"그때 진짜 놀랐어. 그 자식이 설마 그런 나쁜 짓을 하려 들 줄은……."

두나는 환하게 웃었다.

"걱정 마. 아무 일도 없었고, 도리어 그 녀석한테 한 방 먹여줬어."

유주는 다시 안도하며 고개를 끄덕였다. 그리고 또 분노했다.

"내가 동창회를 열자고 했는데, 그 자리를 그런 짓을 하려는 데 이용하다니……. 진짜 쓰레기야, 그놈은."

일을 당할 뻔한 두나보다 본인이 더 분노하는 것 같았다. 그렇게 자기 일처럼 걱정해주는 게 고마워서 두나는 더욱 활기차게 대답했다. 큰일을 겪을 뻔한 사람 티를 내면, 아마 유주 본인이 크게 자책할 것 같았기 때문이다.

"걱정 안 해도 돼. 진짜 제대로 혼을 내줬다니까. 게다가 그놈, 내…… 남친한테 완전히 쫄았어. 내가 직접 그 자식 턱을 날려버렸다니까. 나중에 폭력으로 나 고소할지도 몰라."

유주는 통쾌하다는 듯이 웃었다.

"잘했어! 고소할 거면 하라고 해. 내가 그놈이 하려고 한 짓 증인이 돼줄 테니까!"

"혹시 진짜로 고소당하면 연락한다?"

유주는 조금 전보다 눈에 띄게 편해진 얼굴로 웃었다.

"그래, 그래. 하긴…… 그때 네 남친 진짜로 멋있더라, 야."

'남친.'

유주는 희성을 그녀의 남자친구로 알고 있었다.

자기 입으로 그렇게 말해놓고 두나는 새삼 부끄러웠다. 그 말이 희성을 가리키는 상황이 되어버렸으니 더욱 그랬다.

희성이 고백하기 전이었다면 도리어 남친이라는 말을 기분 좋게 웃어넘길 수 있었을 거다. 하지만 바로 유주와의 대화 소재가 된 저 사건을 계기로, 그는 두나에게 고백을 했다. 그러니 희성에게 신경이 안 쓰일 수가 없었다.

그때의 일을 이야기하고 있자니, 절로 희성이 떠올랐다.

희성을 다시 떠올리자, 가슴속에 답답하고 뜨거운 무언가가 들어찬 듯한 느낌이 들었다. 조금은 간질거리고, 또 이상한 느낌이었다.

지금은 그럴 상황이 아니다. 두나는 자신을 다잡았다.

'정신 차리자, 안두나. 지금 중요한 건 그게 아니니까!'

두나는 마치 손가락에 돋은 가시처럼 잊고 있기 힘든 희성에 대한 생각을 의식적으로 지우려 애썼다.

두나는 밝은 목소리로 화제를 다른 방향으로 돌렸다. 유주와 만난 목적부터 해결해야 했다.

"그보다 내가 부탁한 거 가져왔어?"

"아, 응. 가져왔어. 걱정 마."

유주는 이제 본론에 들어가자는 두나의 말에 고개를 끄덕이며, 가방에서 커다란 책자를 하나 꺼냈다. 짙은 남색의 두꺼운 표지에 금박이 들어간 촌스러운 글씨체로 <G 중학교 졸업앨범>이라고 적혀 있었다.

유주는 카페의 작은 테이블 위에 가득 차는 거대한 책자를 펼쳤다.

"걔가 어느 반이었더라……. 나도 자세한 사항까지는 모르겠는데, 졸업을 얼마 앞두고 그 '사고'가 터졌어. 그 뒤로 손문태는 학교에 안 나왔지만, 졸업은 했고. 졸업식은 안 왔어도 졸업 사진은 찍었었으니까 여기에 사진이 있을 거야."

유주는 기억을 더듬으려 애쓰며 각 반의 단체 사진을 훑었다.

"아마 3반인지 4반인지 그랬을 텐데……."

잠시 헤매던 그녀는 곧 단체 사진에서 원하는 사람의 얼굴을 찾아내었다.

"여기, 얘야."

유주의 손가락이 가리키는 사진의 얼굴을 본 두나는 숨을 삼켰다. 너무나도 달랐고, 동시에 그대로였기 때문이다.

'얼굴은 완전히 다른 사람인데, 눈빛은…… 똑같네.'

성형수술을 했다고 하더니 누가 보아도 절대 같은 사람이라고 할 수 없을 정도로 손민형의 얼굴과는 딴판이었다.

명실상부 미남인 손민형과 달리, 사진 속의 손문태는 길거리에서 흔히 볼 수 있는 평범한 얼굴이었다.

그러나 그 눈빛만은 똑같았다. 정확히는, 유현이 학창시절에 대해 질문했을 때 그가 순간적으로 보였던 사나운 눈빛을 그대로 가지고 있었다.

두나는 유주에게 물었다.

"이 사진, 내가 좀 찍어가도 돼?"

"응. 얼마든지. 이 앨범 그냥 빌려줄 수도 있으니까."

두나는 손문태의 사진 몇 장을 얼굴이 잘 보이도록 신경 써서 찍었다. 심각한 얼굴로 졸업앨범을 찍고 있는 두나를 물끄러미 바라보다가 유주가 조심스레 물었다.

"그런데…… 갑자기 손문태에 대한 건 왜 알아보려는 거야?"

두나는 잠시 망설였다. 그러나 이번 사건과 전혀 연관이 없는 유주에게 자세한 내용을 말할 수는 없었다. 특히 유명 연예인 손민형이 손문태라는 사실을 알릴 수는 없었다.

그래서 이렇게 변명할 수밖에 없었다.

"요즘 학교폭력 관련된 사건이 많잖아. 지난번에 동창회에서 듣고 관련 기사를 좀 취재해 보고 싶어서 그래."

유주는 진지하게 고개를 끄덕였다.

"하긴, 그때 그 사건…… 진짜 심했었으니까."

드디어 그때의 정황에 대한 자세한 이야기를 들을 수 있게 되었다. 두나는 유주에게로 몸을 바싹 붙였다.

"그 '사건'이 정확히 어떤 사건이었던 거야? 저번에 동창회에서 들어보니까 학교폭력 문제인 것 같던데. 난 학교가 달라서 자세한 건 전혀 모르거든."

그 말에 잠시 미묘한 표정을 하던 유주가 뜬금없이 물었다.

"혹시…… 그때 일에 대해서 지영이가 너한테 뭐라고 말한 건 없었어?"

두나의 눈이 커졌다.

역시 지영도 그 일과 무관하지 않은 모양이다.

"아니. 없었어."

유주는 잠시 한숨을 쉬었다.

"너한테도 말 안 했구나. 하긴…… 그게 그렇게 편하게 말할 수 있는 일도 아니지……. 걔도 맘이 편했을 리 없으니."

유주의 목소리는 더없이 무거웠다. 하긴 이런 사건이 벌어진 원인이 된 일이다. 보통 일일 리 없었다.

두나는 자신의 말투가 단순한 호기심에서 캐묻는 것으로 느껴지지 않기를 빌며 말을 이었다.

"혹시 괜찮으면, 나한테 그때 일에 대해 자세히 설명해줄 수 있니?"

유주는 잠시 깊게 고민하는 듯한 얼굴을 했다. 그러나 다행히도 결심한 듯한 얼굴로 고개를 끄덕여주었다. 두나는 마른침을 삼키며 유주의 입을 뚫어져라 바라보았다.

"나도 같은 반은 아니어서 상세한 사정까지는 몰라. 하지만 대략적인 이야기라면 해줄 수 있어."

그렇게 길고 무거운 이야기가 시작되었다.

유주의 입에서 나온 말은 어찌 보면 식상한 사건이었다. 비슷한 사건은 오랜 기사를 뒤져보면 몇 건은 더 찾을 수 있으리라. 그러나 그렇다고 해서 그 사건의 심각성이 사라지는 건 아니다.

유주와 헤어진 뒤, 두나는 혼자서 멍하니 대로변을 걸었다.

일부러 들고 온 쇼퍼백이 유달리 묵직하게 느껴졌다. 그녀가 가진 근심의 무게인 것처럼.

사실은 유주에게서 받아온 G 중학교 졸업앨범의 무게라는 것을 잘 알고 있지만 말이다. 아니, 어쩌면 그 물건의 무게가 곧 지금 두나가 느끼는 번민의 무게일지도 모르겠다.

가슴 가득 찬 한숨이 절로 새어 나왔다.

"……하아."

그러나 마음은 조금도 가벼워지지 않았다. 결국 달팽이처럼 군중 사이를 느릿느릿 걸어가던 두나의 두 발이 마음의 무게를 이기지 못하고 멈춰 섰다.

"이렇게 사람 많은 데서 무슨 민폐야……."

"저 사람 뭐야?"

갑자기 보행을 방해받은 사람들의 볼멘소리들이 귓가를 두드린다. 두나는 얼른 길가로 자리를 옮겼다.

퇴근 시간 강남역 주변은 사람들로 인산인해를 이루고 있었다. 이렇게 무수히 많은 사람들 속에 있는데, 두나는 외따로 있는 듯한 고독감이 들었다.

그녀의 머릿속으로 유주의 설명이 다시 재생되었다.

'네 예상대로 학교폭력 사건이 있었어. 가해자는 손문태와 차세훈이라는 애야.'

유주는 앨범을 뒤져 차세훈이라는 이름과 사진을 찾아서 보여 주었다.

차세훈. 기억할 수 있었다. 같은 중학교 출신이었던 하나의 고등학교 동창들이 경멸하듯이 말했던 이름.

분명히 자살했다고 했다. 그게 정말 자살인 걸까?

'주동자는 손문태였어. 차세훈은 손문태의 말대로만 움직이는 부하였고. 손문태의 집안이 국회의원까지 배출한 세력 있는 집안이라 학교 선생님들도 함부로 못 건드렸거든.'

손민형의 뒷배가 대단하다는 이야기는 이미 들어서 알고 있었다. 연예계에까지 손이 뻗을 정도의 집안이면 지방의 중학교에 어느 정도 영향력을 끼쳤을지는 충분히 상상이 갔다.

'손문태와 차세훈 패거리는 반에서 얌전한 애들만을 골라서 괴롭혔어. 선생님까지 손문태를 무서워했기 때문에 아무도 막는 사람이 없었어. 딱

한 명 빼고는.'

유주는 잠시 쉬었다가 이렇게 덧붙였다.

'그 애 하나만 손문태가 다른 아이들을 괴롭히는 걸 막았어. 그리고……
곧 괴롭힘의 대상은 그 애로 바뀌었지.'

예상 가능한 이야기였다. 불의에 저항하고 나선 용기 있는 사람
이 결국 그 불의의 희생자가 되는 건.

'하지만 그 애는 끝까지 굴복하지 않았어. 그러자 손문태 패거리의 폭력은
더욱더 심해졌지. 그 상황에 저항을 하려던 건 그 애와 또 그 애보다 먼저 손
문태에게 괴롭힘을 당했던 그 애의 가장 친했던 친구 하나밖에 없었어.'

유주는 길게 한숨을 쉬더니 물을 마셨다.

'괴롭힘이 점점 더 심해지던 차에 사건이 터진 거야. 그 애가 손문태 패
거리에게 끌려가자 그 애 친구가 반장과 선생님들에게 도움을 청했어. 하
지만 아무도 도와주지 않았지.'

그 말에 두나는 어째서 이 일에 지영이 얽혀 있는지 알 것 같았
다.

하나의 기억으로 지영은 초등학교, 중학교 시절 반장을 도맡아
했다. 그러다가 이사해서 하나와 같은 고등학교에 진학한 이후에
는 선생님이 반장이나 부반장을 맡으라고 권유해도 한사코 거절
했던 것이다.

'설마……'

두나의 예상은 그대로 맞아떨어졌다.

'그때 그 반 반장이 지영이었거든. 그래서 사건 있고 나서 선생님들이니
경찰이니 불려 다니기도 많이 한 모양이더라. 나중에 고등학교 때 지영이

를 다시 만났었는데. 그때까지도 많이 괴로워했었어.'

두나는 고개를 끄덕였다. 중학교 3학년 때쯤, 하나의 기억에도 비슷한 일이 있었다. 그때 지영은 정말로 많이 힘들어했다.

그즈음 지영의 부친이 돌아가셨으므로, 그 때문이라고만 생각했다. 그런데 이런 일이 있었을 줄은 몰랐다.

'결국 그 애 친구가 옥상에서 손문태 패거리와 그 애를 발견했을 때…… 이미 그 애는 심각한 상태였대. 병원으로 옮겨졌지만…… 몇 달 동안 혼수 상태로 있다가 결국 죽었다고 하더라.'

그러나 그 사건의 가해자들이 벌을 받는 일은 없었다.

그들은 자신들이 피해자에게 약간의 폭력을 행사한 건 인정했다. 하지만 죽음에 이르게 할 의도는 없었다고 주장했다. 그저 지나치게 활기찬 중학생 친구들 사이에 얼마든지 있을 수 있는 사소한 충돌 정도였다는 것이다.

그들은 도리어 혼수상태에 빠질 정도로 심각한 부상을 입은 건 피해자 본인의 과실이라고 주장했다. 피해자가 그들에게서 도망치려다가 균형을 잃고 넘어지면서 머리를 부딪쳐서 그런 거라고.

아무도 손문태 패거리의 말이 사실일 거라 믿지 않았다.

유주도 그렇게 말했다.

'그렇겠지. 건너 건너 들은 나도 안 믿어지는데.'

그러나 손문태의 말을 믿지 않은 사람들도, 피해자에게 도움을 주지는 않았다. 자신에게 해가 갈까 두려웠던 것이다. 그들은 그렇게 보신을 선택하고, 양심을 저버렸다.

'결국 사건은 흐지부지 끝났어. 처벌다운 처벌을 받은 사람도 없었지.'

가해자들이 미성년자인 데다 주동자인 손문태의 집안이 가진 어마어마한 영향력 때문이었다. 사건의 가해자들이 무사히 해당 중학교를 졸업할 수 있었을 정도니 말 다했다.

가혹한 사건이었다. 하지만 한국 사회에서는 그다지 드물지 않게 발생하는 일이기도 했다.

두나는 확신할 수 있었다.

'이 과거의 사건이…… 지금 벌어지는 사건의 원인임이 틀림없어.'

그건 처음부터 어느 정도 예상하고 있었다.

유주와의 만남은 예상을 확인하고 증거를 넘겨받기 위한 절차였을 뿐이다. 그러나 전혀 예상하지 못한 사실이 마지막에 불쑥 튀어나왔다.

두나는 휴대폰을 꺼내 들었다. 그리고 유주가 가져온 졸업앨범 속에서 찍은 사진 파일을 열었다.

G 중학교 옥상에서 사망한 피해자의 사진이다. 앳되고 순해 보이는 인상.

그런데 그 눈매와 얼굴선이 그녀가 잘 아는 누군가와 닮아 보이는 건 착각일까? 두나를 볼 때면 녹아내리는 그 부드러운 눈매와.

두나는 유주가 말해준 피해자의 이름을 천천히 되뇌었다.

"천…… 희민."

혀끝에 걸리는 단어가 낯설면서도 익숙하다.

이번에 처음 알게 된 이름이다. 그러나 처음 듣는 이름 같지가 않았다. 저 특이한 성과 같은 돌림자를 쓰는 듯한 이름을 가진 남자를, 두나는 너무나도 잘 알고 있었으니까.

'설마…….'

그럴 리 없다고, 아니라고 생각했다. 그러나 두나의 머릿속에 검은 점처럼 떠오른 의혹은 곧 무럭무럭 자라나기 시작했다.

천희성.

맑은 물 한 컵에 떨어뜨린 검은 잉크처럼. 컵 안은 온통 흙탕물처럼 검은 물이 출렁거리게 되었다.

두나는 희성을 만난 지 얼마 안 되었던 때의 일이 떠올랐다. 그때 한 초밥집에서 셰프가 '천 원장님'이라는 호칭을 입에 올렸을 때, 두나는 그 사람이 희성과 혈연관계가 있지 않을까 하는 생각했었다. 천 씨 성이 꽤 드물었기 때문이었다.

그리고 우연히 만났던 희성의 계모에게서 들은 이복동생의 이름은 희완. 그렇다면 희성의 항렬은 '희' 자를 돌림자로 쓴다는 말이 된다.

같은 성과 같은 돌림자. 친족일 가능성이 높다고 생각하는 건 결코 억측이 아니었다.

게다가 그것만이 아니다.

두나는 휴대폰을 들어 올렸다. 자신의 손끝이 아주 가늘게 떨리고 있는 걸, 떨리는 휴대폰을 보고 알았다. 두나는 거기서 시선을 돌렸다.

그러고는 휴대폰 화면에 떠올라 있는 피해자의 사진을 뚫어져라 바라보았다. 그 얼굴에 희성의 얼굴이 겹쳐졌다. 누가 보아도 혈연관계이리라 예상할 수 있는 참 많이 닮은 얼굴.

희성이 했던 말이 떠올랐다.

'동생은 중학교 때 안 좋은 일로 먼저 떠났어요.'

그 '안 좋은 일'이라는 게 정확히 어떤 사건인지 이제 알 것 같다. 아니, 알아버리고 말았다.

두나는 고개를 저었다.

'하지만 희성 씨가 그럴 리 없잖아. 그런 짓을 할 리 없잖아.'

두나가 보아온 희성은 그런 짓을 벌일 만한 성품이 아니다. 그는 처음 만난 두나를 보고 제령을 해주겠다며 오지랖을 떨었던 사람이었다. 게다가 희성이 얼마나 두나에게 무르고 다정했는지 본인이 가장 잘 안다. 그런데 그런 그가 이런 범죄를 일으켰다고?

'게다가 희성 씨한테 사람을 조종할 힘이 있을 리가 없어······.'

희성이 영능력을 가진 것은 맞지만 그는 두나를 데리고 제령을 하다가 실패한 엉터리 무당일 뿐이다. 그 뒤로 그는 다른 능력을 구체적으로 보여준 적도 그런 능력이 있다고 자신에게 말해준 적도 없었다.

그때 머릿속에서 다른 목소리가 속삭인다. 이성의 소리였다.

'너 바보니? 정말 희성 씨가 그런 능력을 가지고 있고 그 힘으로 동생의 복수를 할 생각이면 너에게 그걸 말해줄 리 없잖아.'

두나는 고개를 저었다.

'그럴 리가 없어.'

다시 이성이 지적했다. 그녀도 알고 있는 사실이다.

'그래도 희성 씨는 그 만신님 제자야. 그 정도 힘은 있을지도 몰라.'

동시에 다른 반론이 머릿속에서 오간다.

'만신님께 제대로 인정받지는 못했다고 했어. 게다가 만신님은

희성 씨에게 능력을 쓰지 말라고 하셨다고…….'

'그걸 정말 믿을 수 있겠어? 증거가 있어?'

자신의 이성이 던진 질문에 두나는 대답하지 못했다.

혼란스러웠다. 개펄의 물과 흙을 넣은 병을 마구 흔든 것 같은 머릿속이다. 확실한 것은 아무것도 없었다.

이성이 다시 속삭인다.

'아니, 어쩌면 확실하지 않다고 믿고 싶은 걸지도.'

분명한 건 희성이 영능력을 가졌다는 것과, 그의 동생이 손문태와 관련된 과거의 피해자라는 사실이었다.

희성에게는 동기가 있었고, 그런 일을 벌일 힘이 있을 가능성이…… 분명히 있었다.

그렇게 인정하는 일은 너무나도, 지독하게 힘든 과정이었다.

생각이 구체화되자마자 끔찍한 악몽이 밀려왔다. 절로 고개가 좌우로 돌아갔다.

'아니야.'

하지만 두나의 이성은 그런 자신의 생각을 정정했다. 얄밉게도.

'제발 아니었으면 좋겠어…….'

두나는 필사적으로 이 사건과 희성의 연결고리를 부정하기 위해 애썼다.

사실 유주로부터 사건에 대해 자세히 들은 직후 두나가 범인 후보로 꼽은 건 사실 다른 사람이었다.

피해자인 천희민의 친구.

처음 손민형에게 괴롭힘 당했고, 지영에게 도움을 청한 그 사람.

그러면 손민형 일파에게 원한을 가져도 이상하지 않다. 두나는 동아줄에 매달리는 것처럼 유주에게 물었다.

'사건의 발단이 된, 처음 손문태에게 괴롭힘을 당한 사람 있잖아. 그 사람 이름은 뭐야?'

유주는 고개를 갸웃하다가 다행히 기억해냈다.

'이름이…… 그래, 선…… 선호였어. 김선호였나, 강선호였나.'

어쩌면 그 사람일지도 모른다.

그러나 두나의 희망인지 의심인지 알 수 없는 감정은 유주의 한마디로 깨어졌다.

'사건이 있고 나서 그 애는 결국 3학년이었는데도 멀리 전학을 갔는데……. 걔도 죽었다는 소문이 돌았어.'

손문태 일파와 이지영을 노린 것은 죽은 자가 아닌 산 사람이다. 이미 죽은 사람이라면, 용의 선상에서 벗어나게 된다.

그럼 남는 것은?

두나는 아득한 감각을 느꼈다.

* * *

"……?"

"…….'

"……씨?"

"…….'

"하나 씨? 괜찮아요?"

유현의 얼굴이 어느새 앞으로 다가와 있었다. 두나는 그제야 자신이 정수기 물을 머그잔에 받다가 생각에 **빠진** 나머지 어느새 물이 컵을 넘쳐 바닥에 줄줄 흐르고 있었음을 깨달았다.

"세상에……! 죄, 죄송해요!"

이렇게까지 넋을 놓고 있었다니!

두나는 자책하며 컵을 치우고 바닥에 넘친 물을 닦기 시작했다. 유현이 잠시 두나가 허둥지둥 치우는 모습을 보더니, 화장실에서 대걸레를 가져왔다.

티슈를 **뽑아** 들고 바닥을 닦던 두나는 당황했다.

"놔두세요! 제가 치울게요!"

그러나 유현은 부드럽게 웃으면서 두나를 옆으로 밀어냈다.

"괜찮으니까 비키세요. 어차피 그냥 물이라서 바닥에 떨어진 것만 닦으면 되니까요."

두나는 망연한 얼굴로 대걸레질을 하는 유현의 뒷모습을 바라보았다.

"……."

어제부터 지금까지 마치 꿈을 꾸고 있는 기분이다. 기분 나쁜 악몽. 그러나 꿈일 리는 없었다. 새삼 두나는 깨달았다. 유현이 그녀를 '하나'라고 부르고 있는 건, 지금이 꿈이 아닌 현실이라는 증거다.

지금은 정신을 차려야 할 때다. 그 어느 때보다도 명료하고 맑은 정신으로 매사에 임해야 한다.

그러나…… 그것이 정말로 가능할까.

바닥에 엎질러진 물이 흥건했다. 유현이 대걸레를 움직일 때마다 그 고인 물이 슥슥 사라진다. 그러나 그 흔적은 남았다.

대리석 바닥에는 물을 닦아낸 흔적이 남아 있다. 한두 시간만 지나면 말라서 사라질 흔적. 하지만 저 흔적은 두나가 저지른 실수의 증거였다. 적어도 이 순간은 너무나도 분명한 증거.

어느 때보다 정신을 차려야 하는 때에 이렇게 넋을 놓고 있다니. 두나는 새삼스레 자신이 한심해졌다. 그나마 조금은 성장했다고 스스로 뿌듯해한 며칠 전의 자신이 얼마나 성급했는지 알 것 같았다. 아직 한참은 멀었다.

두 뺨을 만지니 열감이 느껴진다.

어제 잠을 자지 못해서일까. 머리도 멍했다.

어떻게든 정신을 차려야 한다. 자기 자신을 닦아세우며, 그녀는 화장실에 가서 찬물로 세수를 하고 돌아왔다. 찬물이 닿자 조금은 제정신이 드는 듯한 기분이 들었다.

정신이 조금 들자, 바로 유현에게 사과부터 했다.

"정말 죄송해요, 강 대리님!"

정말로 멍청한 모습을 보이고 말았다. 가장 그런 모습을 보이고 싶지 않은 사람에게 말이다.

이른 아침이라 아직 다른 사람들은 출근하기 전이었다. 그나마 유현 외에 다른 이들에게 이런 한심한 모습을 보이지 않아서 다행이었다.

두나는 유현에게 감사의 의미로 커피를 사기로 했다. 아직 출근 시간은 한참 남았다. 그들은 함께 사무실 건물 1층의 카페로 향했다.

두나는 다시 한 번 고맙다는 인사를 했다. 커피와 함께.

"정말 감사했어요."

"별것 아닌데요, 뭐. 이건 잘 마실게요."

유현은 상냥하게 웃으며 커피 잔을 들어 올려 보인다.

"덕분에 커피도 얻어먹고 좋네요."

유현은 평소와 똑같았다. 조금의 변화나 이상도 없었다.

평소와 다름없는 유현의 다정함과 상냥함이 두나에게는 그나마 유일한 위안이었다. 그나마 땅에 발을 디디고 있는 것 같은 기분이 들게 해주는 것이었다.

조금은 숨통이 트이는 듯한 기분.

두나는 한숨을 쉬며 평소보다 샷을 하나 더 추가한 커피를 마시기 시작했다. 일부러 시럽도 듬뿍 넣었다. 어떻게든 멍한 머리가 제대로 돌아가도록 카페인과 당분의 폭탄을 들이붓는 것이다.

유현은 딱 보아도 상태가 좋지 않아 보이는 두나의 모습을 보고 물었다.

"혹시 어디 아파요? 안색이 진짜 창백한데."

두나는 애써 웃어 보였다.

"아, 잠을 좀 설쳐서 그래요."

변명하듯 뒤에 몇 마디를 덧붙였다.

"요즘 사건이 워낙에 많잖아요. 취재거리도 많고. 고민을 하다 보니까 잠이 안 오더라고요. 좀 있으면 인턴 기간도 끝나가고요."

다행히 유현은 그녀의 말을 그대로 받아들인 모양이다.

"하긴. 곧 정규직 전환 여부가 결정될 테니까 긴장되는 건 당연하겠네요."

그의 눈매가 안경 속에서 화사하게 웃었다.

"걱정 말아요. 하나 씨는 꼭 정규직 전환될 거예요. 성과도 꽤 있었잖아요."

손민형 사건 때의 기사와 사진을 말하는 것이리라. 실제로 팀장은 그렇게 하도록 지시한 자신의 선견지명을 가장 뽐냈지만, 큰 건을 해낸 두나에게도 조금은 칭찬을 해주었다.

이미진 대리도 정규직 전환은 걱정 안 해도 될 거라고 말하기도 했다. 평소라면 이 말에 정말로 기뻐했을 텐데 지금은 그쪽에 신경을 쓸 여력이 전혀 없었다.

두나는 애써 웃어 보였다.

"감사합니다."

최선을 다해 말투와 표정을 평소처럼 유지하려 애썼다. 그러나 그다지 소용이 없었던 모양이다. 결국 유현이 가라앉은 목소리로 이렇게 물어온 걸 보면 말이다.

"저…… 무슨 안 좋은 일 있었나요, 하나 씨? 친구분 상태가 많이 안 좋으세요?"

"아……."

두나는 작은 한숨을 흘리며 말을 삼켰다. 여기서 뭐라고 대답해야 좋을지 알 수 없었다. 그저 얼버무릴 수밖에 없었다.

"친구는 조금씩 나아지고 있어요. 걱정해주셔서…… 고마워요. 그렇게 심각한 일은 아니에요."

유현은 약간은 안타까운 듯이 웃었다.

"저번에 말했다시피 하나 씨에게 애인이 있는 건 잘 알고 있어요. 그 이상으로 뭔가를 바라거나 더 가까워지길 바라는 것도 아니고요. 그러니까 그렇게 경계하실 필요는 없어요."

그는 여전히 슬플 정도로 다정하게 웃는다. 그 웃음은 대학 시절 두나가 진심으로 동경했던 당시의 강유현의 모습을 떠올리게 하는 표정이었다.

그때의 얼굴로 유현은 진심으로 그녀를 걱정해주고 있었다.

"그냥, 하나 씨가 걱정되어서 그래요. 좀 과한 오지랖일지도 모르겠지만, 지금 하나 씨에겐 임금님 귀는 당나귀 귀라고 외칠 대나무 숲이 필요한 곳 같아 보여서요."

"대나무 숲……."

유현의 낮은 목소리는 커피 속으로 부드럽게 녹아드는 우유와 시럽처럼 부드럽고 달았다.

"두나 씨만 괜찮으면, 잠깐 내가 대나무 숲이라고 생각해도 돼요. 굳이 내가 아니라도 다른 사람에게라도 상담을 해보세요. 걱정되어서 하는 소리니까요."

이렇게까지 말하는 유현의 호의를 거절하는 건 쉽지 않았다. 그리고 지금 두나의 머릿속을 지배하는 혼란이 너무나도 컸다. 누구에게라도 매달리고 위안을 받고 싶을 정도로.

그전의 두나였다면, 가장 먼저 달려가서 매달릴 사람은 하나일 것이다. 두나에게 하나는 자기 자신이자 가족이었으니까.

하지만 이 일만은 하나에게 상담할 수 없었다. 그러고 싶지 않았다. 더구나 하나 역시 지금은 지영의 병간호로 지쳐 있었다. 더 부담을 주고 싶지 않았다.

의혹의 대상인 희성은 하나와는 별 관련이 없는 사람이었고, 무엇보다 이 일은 두나 자신이 해결해야 할 일이라고 스스로 정했기 때문이다.

하지만 이 일 자체가 두나에게 주는 충격은 너무 컸다. 하소연하고 상담할 사람이 필요했다. 차라리 이번 일과 관련이 없는 제삼자에게라면 조금은 마음 편하게 말을 꺼낼 수 있지 않을까, 하는 생각이 들었다.

결국 유현의 앞에서는 약해질 수밖에 없었다. 피로와 혼란에 찌들어 지쳐 있지 않았더라도 마찬가지였으리라.

두나는 결국 이렇게 말하고 말았다.

"그러면 잠시만…… 제 대나무 숲이 되어주실래요?"

유현은 기쁘게 웃었다.

"기꺼이요."

그러고도 두나는 쉽사리 입을 열지 못했다. 유현은 고맙게도 인내심을 가지고 기다려주었다. 몇 번을 망설이고 또 망설이다 간신히 말문이 터졌다.

"강 대리님은……."

유현이 고개를 저었다.

"그냥 유현이라고 불러요. 정 회사 동료의 거리감을 유지하고 싶으면 그냥 유현 씨도 좋고요."

안 그래도 비밀스러운 일을 상담하려는 와중에, 호의를 베푸는 유현의 말까지 거절하기는 힘들었다. 두나는 조금 망설이다 결국 고개를 끄덕이고 말았다.

두나는 '유현'과 '유현 씨', '대리님' 사이에서 결국 '유현 씨'라는 호칭을 골랐다. '유현'은 너무 가깝고 '대리님'은 너무 멀었으니까. 지금 두나에게는 그 정도 거리의 사람이 너무나도 절실했다.

"우선 한 가지 가정을 해볼게요. 유현 씨에게…… 꽤 가깝고 호의를 가진 사람이 있다고 말이죠."

유현은 약간 장난스럽게 웃었다.

"저랑 하나 씨처럼 말이죠?"

그 말에 두나는 피식 웃었다. 그렇게 웃고 나서 두나는 조금 놀랐다. 평소의 자신이라면 농담이라는 걸 알아도 저런 말을 듣는 순간 얼굴이 시뻘게지고 말았을 거다. 그러나 방금은 아무렇지도 않게 넘길 수 있었다.

유현의 앞에서 늘 긴장되고 떨리던 마음이 이상할 정도로 안정되어 있었다.

평범하게 좋은 동료 혹은 친구처럼.

덕분에 두나는 아주 자연스럽게 유현의 농담을 맞받아칠 수 있었다.

"비슷해요."

유현의 얼굴에 약간의 미묘한 표정이 스쳐 지났다. 그러나 유현은 곧 미소를 회복했고, 절박하게 고민에 빠져 있는 두나는 그런 유현의 모습을 미처 눈치채지 못했다.

"그렇게 유현 씨의 소중한 사람이 악행을 저질렀고, 또 저지르려 한다는 걸 알게 되면 어떻게 하실 거예요?"

유현의 얼굴에 떠오른 미소가 돌연 굳어졌다. 안색 또한 하얗게 질렸다.

"악행이요?"

역시 이런 일을 상담하는 건 잘못하는 일일지도 몰랐다. 유현에게 지나치게 마음의 짐을 지우는 일이 될지도 모르니. 하지만 이미 걸음을 떼었고, 시작한 이상 멈추는 건 불가능했다.

두나는 살짝 변명하듯 다시 덧붙였다.

"네. 물론 이건…… 어디까지나 가정이에요. 실화는 결코 아니에요."

그렇게 강조하자, 도리어 이게 정말로 실화라고 강조하는 것처럼 들렸다. 속으로 한숨을 삼키며, 두나는 속에 든 말을 조금씩 풀어놓기 시작했다.

어제 유주를 만난 뒤, 그녀를 뜬눈으로 밤새우게 한 고민들을 아주 두루뭉술하게 뭉뚱그렸다.

"그 사람은…… 나름대로 사정이 있어요. 과거에 가까운 사람을 안타깝게 잃었고, 그에 대한 복수를…… 하려는 거죠."

"복수……."

유현의 눈이 어둡게 가라앉았다. 두나는 입가에 맴도는 쓴맛을 애써 누르며 계속해서 말을 이어갔다.

"유현 씨의 가깝고 소중한 사람이 복수를 위해서 악행에 손을 더럽히고 있다면, 그리고 그 사실을 유현 씨 혼자만 알고 있다면…… 어떻게 하시겠어요?"

"……"

침묵이 길게 내려앉았다. 그 침묵의 시간이 길어질수록 두나는 새삼 깨달았다.

자기 입으로 말해놓고 나니 그 무게감이 더더욱 실감이 난다. 이건 희성에게도 유현에게도 못 할 짓이다. 바로 무거운 후회가 밀려왔다.

'이 일을 유현이에게 물어보다니……. 내가 진짜 제정신이 아니긴 하구나.'

두나는 유현의 대답이 나오기 전에 급하게 사과의 말을 해버렸다.

"아, 아뇨! 방금 한 말 잊어주세요. 그냥 못 들은 걸로 해주세요. 죄송해요."

그렇게 말하며 다급하게 자리에서 몸을 일으켰다. 자기 자신의 한심함에 스스로 할 말을 잃게 된다.

자리에서 일어나 뒤로 물러나려던 두나의 시도는 무위로 돌아갔다. 유현의 손이 뻗어와 두나의 손목을 잡았던 것이다.

"잠시만요. 하나 씨."

두나는 새삼 낭패감에 고개를 저었다.

"제가 실수한 것 같아요. 죄송해요. 그러니까 그냥 못 들은 걸로……."

유현의 낮은 목소리가 그녀의 말을 막았다.

"그렇게 말하지 마세요. 제게 미안해하고 저를 먼저 생각하기보다는……."

"네?"

"당신 자신부터 생각하세요."

"······."

"저는 당신이 한 이야기가 누구의 이야기인지 몰라요. 알려는 생각도 없고요. 하지만 이것 하나만은 물어볼게요."

"······."

"지금 당신이 이렇게 힘들어하는 이유가······ 그 일 때문인 건가요?"

두나는 대답하지 않았다. 이미 가상의 이야기라는 변명은 빛이 바랜 상황.

유현은 힘없이 웃었다.

"······그 상대도, 정의감도, 의무도 모두 다 잊고 그냥 당신 자신만 생각하세요."

"나······ 자신이요?"

두나는 눈을 동그랗게 떴다.

안두나 자신?

"가장 중요한 건 바로 당신 자신이니까. 당신이 어떻게 느끼고 어떻게 생각하는지요. 그것만을 생각하세요."

무슨 의미인지 바로 들어오지 않았다. 그러나 유현은 진심으로 말하고 있었다.

두나는 멍하니 유현의 말을 듣고만 있었다. 잠시 말없이 두나를 바라보던 그는 천천히 잡고 있던 그녀의 손목을 놓아주었다. 그리고 단 한마디만을 덧붙였다.

"나도, 그럴 테니까요."

두나는 잠시 혼란스러워졌다. 지금 그와 자신이 무슨 이야기를 나누고 있는 것인지 잘 이해가 되지 않았다.

그러나 두나의 혼란은 제대로 해결되지 못한 채 이어졌다. 유현이 한번 희미하게 웃어주고는 먼저 자리를 떠났기 때문이다.

남은 건 그가 남긴 말 중 한 문장뿐이었다.

'당신이 바라는 대로 해요.'

* * *

몸이 물에 젖은 솜처럼 피로에 절어 있었다.

"하아……."

두나는 한숨을 길게 내쉬었다. 막 퇴근하고 집에 온 참이다. 서늘하고 어두운 방이 낯설다.

두나나 하나가 퇴근하고 집에 올 무렵이면, 다른 한 명은 집에 남아 기다리고 있는 경우가 대부분이었다. 그리고 집에 남아 있는 사람이 집 안을 청소하고 식사를 마련해두고는 했다.

그것이 지금까지 하나와 두나 사이의 불문율이었다. 반드시 지켜온 것은 아니지만, 사정이 허락되는 한 대체로 지키려 애썼다.

그러나 지난 한 달간은 전혀 그러지 못했다.

하나도 두나도 사정이 여의치 않았으니까.

틱.

불을 켜자, 차라리 어두운 상태가 더 나아 보이는 집 안 상황이 한눈에 들어왔다.

"집 안 꼴이 엉망이네."

바닥에는 오늘 아침 두나가 쓰고 던져둔 수건이 말라비틀어져 있었다. 그 옆에 있는 뱀허물 같은 옷은 어제 퇴근하고 벗어놓은 옷이다.

싱크대에는 그릇이 여러 개 쌓여 있었다. 하나도 두나도 집에서 제대로 식사를 못 하다 보니, 식사한 그릇을 그냥 놔둔 채로 일주일이 넘게 지난 것이다. 그나마 이상한 냄새를 안 풍기는 것이 다행이었다.

방 안의 우중충한 모습을 보고 있자니, 안 그래도 천근만근 무거운 마음이 더 무거워지는 기분이다.

오늘 하루는 꼭 이 방 상태 같았다. 그 덕분에 유현에게 폐를 끼치고, 또 위로까지 들었다.

이대로 축 늘어져만 있을 수는 없었다.

두나는 자신을 다잡기로 했다. 가방을 내려놓고 주먹을 불끈 쥐었다. 다분히 의식적인 행동이었지만 억지로라도 자신에게 힘을 불어넣고 싶었던 것이다.

"자, 안두나. 힘내자!"

거의 한 달 가까이 놓고 살았던 방 청소를 시작했다.

집 안 곳곳에 산더미처럼 쌓인 빨랫감을 모아서 세탁기를 돌렸다. 음식물 찌꺼기가 말라붙은 그릇들에 뜨거운 물을 부어서 불린 다음 설거지를 했다.

"이제 청소기를 돌리자!"

그전에 사방에 늘어놓은 쓰레기를 정리했다. 분리수거가 가능한 쓰레기는 한곳에 모았고, 재활용이 안 되는 쓰레기는 종량제 봉투를 꺼내 차곡차곡 담았다.

그렇게 방 안을 부지런히 돌아다니던 두나의 시선에 바닥에 떨어져 있던 사진 하나가 눈에 들어왔다.

"아, 이건……."

두나는 탄성을 내뱉으며 그 사진을 들어 올렸다. 얼마 전 찍은 사진이었다. 그걸 드물게 인화한 것이다.

'맞아. 이 사진을 인화했었지……'

사진을 보니 기억이 났다.

두나는 손가락 사이에 끼워진 사진을 천천히 들어 올렸다.

그 작은 사각의 매끄러운 종이 위에는 그녀가 파인더 너머로 훔쳐보았던 한 남자의 한순간이 찍혀 있었다.

바로 병원에서 희성을 찍었던 때의 사진이다. 사이 나쁜 계모와의 난처한 대화에서 희성을 구해주기 위한 방편이었을 뿐이다.

그런데 그때의 반장난 같았던 촬영에서 단 한 컷이 기이하게 가슴에 남았다. 그래서 카메라의 메모리에서 그 사진은 지우지 못했다. 그걸 넘어서 이렇게 인화까지 해버렸고 말이다.

그는 어딘지 먼 곳을 보는 듯한 시선으로 앵글 밖을 응시하고 있었다. 그 어깨가, 시선이, 목선이, 그를 이루는 모든 선과 면, 그리고 색이 전부 그의 고독과 외로움을 드러내기 위한 것으로 보였다.

물론 착각일 것이다. 그러나 두나의 눈에는 그 사무치는 외로움과 쓸쓸함이 와 닿았다.

그래서 참지 못하고 찍어버렸다. 한발 더 나아가서 인화까지 해 놓은 거다.

'하필이면 지금 이게 눈에 들어오다니……'

정말이지 묘한 우연이다. 어제부터 오늘까지 두나를 너무나도 힘들게 한 남자의 사진이 이렇게 딱 눈에 들어오다니.

두나는 자신이 무얼 하고 있었는지도 잊고 잠시 홀린 듯 그 사진을 내려다보았다.

"……"

사진 속의 남자는 여전히 고독하고 많이 외로워 보였다. 두나는 어째서 자신이 사진을 찍고 인화까지 한 것인지 알 것도 같은 기분이 들었다.

정확히는 사진에서 느껴지는 그의 분위기가, 거기서 풍기는 슬픔과 고독이 그녀의 가슴을 물들였다고 보아도 좋으리라.

그러나 여전히 이 사진이 왜 그렇게까지 두나의 가슴을 울리는 건지는 알 수 없었다.

두나는 꽤 오랫동안 그 사진을 물끄러미 내려다보고 있었다. 시간의 흐름도, 또 그들을 둘러싼 복잡한 사건도 잠시 잊은 채.

정신이 들었을 때는 어느새 또 날이 밝아오고 있었다. 방은 반도 채 정리하지 못한 채였다.

"아……"

그러나 두나의 머릿속과 가슴속은 어느 정도 정리가 끝나 있었다.

어떻게 행동해야 할지.

막상 유주에게 '천희민'의 존재에 대해 들은 직후, 그녀는 바로 희성에게 물어야겠다고 생각했다. 그러나 두려움이 앞서 그러지 못했다.

넋을 놓고 꼬박 하루를 보내고, 유헌에게 매달리듯 조언을 구했다. 그 모든 건 사실상 눈앞에 닥친 상황을 어떻게든 외면하고 싶었던 필사적인 몸부림이었다.

'하지만 부질없는 몸부림이지.'

아무리 두렵더라도 해야만 하는 일이다. 그 사실을 직시하는 데 이렇게 시간이 많이 걸렸다.

'그리고 어떻게 할지 결정도…… 됐어.'

두나는 그 사진을 책상 서랍 아래에 넣어두었다.

* * *

"아, 두나야!"

하나는 반쪽이 된 얼굴로 반가워하며 두나를 맞았다. 두나는 혀를 차며 가지고 온 쇼핑백을 건네주었다. 거기에는 병원에서 간병 중인 하나를 위한 갈아입을 옷가지 같은 필수품이 들어 있었다.

"너, 얼굴이 완전히 상했어. 밥은 제대로 먹는 거야?"

하나는 어색하게 웃었다.

"대충."

두나는 한숨을 크게 한 번 쉬고는, 하나에게 다른 작은 쇼핑백을 더 건네주었다. 쇼핑백 아래쪽에는 죽 전문점에서 사온 포장된 죽이 들어 있었다. 먹기 좋게 여러 개로 나누어서 포장되어 있었다.

"잊지 말고 챙겨 먹어. 지영이 깨어나기도 전에 네가 먼저 쓰러지겠다."

"알았어. 고마워."

하나는 감격한 표정으로 웃는다. 이렇게 하나를 챙기고 있자니, 두나 입장에서는 어쩐지 감격스러웠다.

평소에는 하나가 늘 그녀를 챙겨주었는데, 이제는 두나가 하나를 챙겨주고 있다. 그 변화가 스스로 성장했다는 증거 같아서 두나는 조금 뿌듯했다.

"그나저나 지영이는 좀 어때?"

하나의 표정이 다시 어두워졌다.

"좀 나아지긴 했다는데……. 여전히 그대로야."

두나의 표정도 덩달아 어두워진다.

"벌써 한 달이 넘었는데."

두나는 자신의 입으로 말해놓고도 아차 싶었다. 일부러 얼굴을 펴고 밝은 목소리로 말했다.

"아냐. 금방 일어날 거야. 너무 걱정하지 마."

"응……."

하나 역시 그럴 거라 믿는 표정이라기보단 그러기를 바라는 표정으로 웃었다.

하나가 지쳐가는 게 눈에 띄었다. 그러나 이건 두나가 어떻게 해결해줄 수 있는 일이 아니었다. 가끔 필요한 물건이나 가져다주고, 며칠에 한 번 정도 집에서 쉬도록 그동안 병실을 잠시 지키는 일만 해줄 수 있을 뿐이다.

어색하게 웃던 하나는 곧 얼굴을 굳혔다.

"그러고 보니까, 넌 괜찮아?"

"응? 뭐가?"

하나는 두나가 잠시 까맣게 잊고 있던 사실을 상기시켜주었다.

"너 동기화 벌써 한 달 넘게 안 했잖아. 괜찮아?"

그 말에 두나의 눈이 커졌다.

"……그러고 보니 그러네."

두나는 제 손을 들어 올렸다. 손가락이 자신의 몸에 제대로 붙어 있는 걸 확인하려는 듯이 까딱거린다.

"이상은 없어."

하나가 고개를 갸우뚱했다.

"진짜? 지금까지 이렇게 오래 동기화 안 한 적 없었잖아."

지금까지는 3주가 최장 기간이었다. 그 기간을 한참 전에 넘긴 것이다.

"정말 이상 없어?"

두나도 당혹스러운 얼굴로 고개를 끄덕였다.

"응. 전혀."

두나가 하나의 밖에 나와 이상 없이 활동이 가능한 기간은 지금까지는 3주가 가장 긴 시간이었다. 그 기간이 지나면 두나는 강제로 하나에게로 돌아갔다. 그러나 동기화를 하지 않은 지 이미 한 달을 넘긴 지금까지도 두나는 너무나 멀쩡했다.

"이상하긴 하네. 그전에 3주 안 했을 때는 끝 무렵쯤 몸에 이상이 왔었는데."

그때는 의식이나 몸의 일부가 흐려지는 등 분명한 이상 징후가 있었다. 그럼에도 두나는 동기화를 안 하겠다고 고집을 부렸었다.

'유현이를 좋아한다는 걸 깨달은 직후였었지……'

그 깨달음을, 그 마음을 온전히 자신의 것으로 하고 싶었다. 그래서 투정을 부리듯 동기화를 미루고 미루었던 것이다.

결국 속절없이 하나에게로 저절로 돌아가버렸지만 말이다.

그게 벌써 몇 년 전이었더라. 아직 대학생일 때의 이야기다. 벌써 까마득하기만 했다.

하나가 불안한 듯이 물었다.

"너 혹시 내가 체력이 딸리니까 일부러 무리해서 동기화 미루는 거 아냐?"

그 말에 두나는 고개를 저었다.

"아냐. 그냥 몸 상태가 평소랑 똑같아. 신기하네."

하나는 고개를 갸우뚱했다.

"그래? 그렇다면야…… 다행이지만……."

하나는 한숨을 길게 내쉬었다.

"지금 내 몸 상태로는 다시 동기화했다간 기절할 테니 차라리 다행인가."

두나는 고개를 끄덕였다.

"그래, 엄청 다행이지. 이제 나도 좀 의지할 만한 상대가 된 증거 아닐까?"

씩 웃는 두나를 보고, 하나 역시 마주 웃었다.

"뭐, 틀린 말은 아니네. 요즘 아주 의지가 되고 있어, 안두나."

"그렇다면 다행이고."

하나는 두나가 챙겨온 죽 포장을 하나 뜯으며 물었다.

"사건 해결한다는 건 무슨 진전이 있어?"

"……아주 조금?"

"진전이 있다는 게 더 대단하네."

두나는 부드럽게 웃으면서 하나에게 자신이 그동안 알아낸 정보에 대해 대략적으로 설명해주었다.

물론 전부를 설명한 것은 아니었다.

설명이 끝나고 나자, 죽을 한 술 뜨던 하나의 얼굴이 더욱 어두워졌다.

"역시 위험한 거 같은데……."

"걱정 말라니까. 도플갱어의 감으로 위험은 다 피해가고 있으니까."

"도플갱어의 감은 또 뭐야?"

하나는 두나의 실없는 농담에 피식 웃었다.

그들은 그렇게 잠시 한담을 나누며 휴식 시간을 보냈다. 그동안 하나는 죽 한 그릇과 주스 한 캔을 비웠고, 두나는 들고 온 그란데 사이즈의 커피를 전부 마셔버렸다.

"이제 슬슬 가봐야겠다. 약속 있거든."

"그래? 하긴 나도 다시 병실로 돌아가봐야겠네."

두나는 티 없이 해맑게 웃었다. 지나치게 환해서 도리어 마음에 걸리는, 그런 웃음. 하나가 무어라 더 말하기 전에 두나가 먼저 움직였다.

"그럼 난 이만 갈게."

"어, 응……."

"몸조심해."

하나는 여전히 이유를 알 수 없는 기묘한 기분에 사로잡혀 대꾸했다.

"너야말로."

두나는 대답 없이 웃으며 총총히 사라졌다.

* * *

두나를 배웅한 뒤, 하나는 여전히 앙금처럼 남은 찜찜한 기분을 그대로 안은 채 병실로 돌아왔다.

그리고 바로 두나가 챙겨준 쇼핑백을 풀어놓았다. 두나가 가져다준 옷가지와 수건 등을 꺼내서 정리해놓으려는 것이다. 그런데 접힌 속옷 더미를 들어 올리자 무언가가 툭 하고 떨어졌다.

"어?"

익숙한 물건이다. 하나는 놀라서 그 물건을 집어 들었다.

"이게 왜 여기 있지?"

'매개체'였다. 하나가 두나를 몸 밖으로 꺼낼 때의 매개체인 거울. 예비용으로 사놓은 것 중 하나인가 했는데 만져보니 알 수 있었다. 이건 지금 두나의 매개체인 거울이었다. 이 거울을 깨면 두나는 하나의 안으로 되돌아오게 된다.

두나는 늘 이 매개체를 가지고 다녔다. 동기화할 때를 스스로 정하고 싶어 했기 때문이다.

그래서 이 매개체 역시 두나가 가지고 있던 것이었다. 그런데 이게 왜 두나가 주고 간 쇼핑백에 들어 있단 말인가?

하나는 내내 남아 있던 찜찜한 기분이 돌연 불길함으로 바뀌는 느낌을 받았다.

거울을 주머니에 넣고, 다급하게 휴대폰을 열었다. 두나의 번호가 저장된 단축키를 누르는 그녀의 얼굴에는 초조함이 가득했다.

뚜르르. 뚜르르르…….

그러나 두나는 전화를 받지 않았다.

* * *

"……."

두나는 계속해서 울리는 휴대폰 화면을 내려다보았다. 화면에는 하나의 번호와 이름이 떠 있다.

메시지도 날아와 있었다.

[두나야. 너 매개체 놓고 갔어.]

[이거 왜 놓고 간 거야?]

[전화 왜 안 받아?]

하나의 메시지들은 하나같이 다급했다. 어쩌면 본체인 하나는 어느 정도 두나의 이상을 눈치챘을지도 모르겠다.

본래 한 몸이었던 그들은 쌍둥이 이상으로 연결되어 있으니까.

하나에게 매개체를 맡긴 건 조금 충동적인 행동이었다. 만약을 대비한 것이기도 했다.

'진짜로 위험해지기라도 하면, 차라리 하나가 가지고 있는 게 나을 거야.'

하나와 두나 사이에는 서로의 상태를 알 수 있는 직감이 있었다. 그리고 하나에게 매개체가 있으니, 하나는 두나에게 어떤 이상이 벌어진 걸 느끼면 매개체를 깨트려줄 것이다.

'그런 만약의 상황이 오지 않았으면 좋겠는데⋯⋯.'

그러기를 바라고 있다. 그러나 확신할 수는 없었다.

복잡한 마음을 안고 약속 상대를 기다리는 두나에게 익숙한 인기척이 다가왔다. 두나는 이를 느끼고 고개를 들었다.

잘 아는 잘생긴 얼굴이 거기 있었다.

희성이 반가운 얼굴로 손을 흔들었다.

"두나 씨!"

두나는 늘 희성이 저렇게 자신의 이름을 부를 때면, 절로 마음에서 기쁨과 힘이 넘쳐나는 걸 느꼈다.

자신만의 이름.

자신만의 사람.

두나에게는 가슴이 벅찰 정도로 기쁘고 또 절박한 존재였다. 그런데 저 부름을 이렇게 어둡게 가라앉은 머리로 듣게 될 줄은 미처 몰랐다.

두나는 애써 평온한 척 웃어 보였다. 그러나 그녀는 그다지 자신의 감정을 숨기는 데 익숙하지 못했다. 그 기묘한 균열이 겉으로 드러난 모양이다. 희성의 표정도 굳었다.

"무슨 일 있어요, 두나 씨?"

두나는 고개를 저었다.

"아뇨. 그냥…… 요즘 좀 피곤해서 그래요."

잠시 고개를 갸우뚱하던 희성은 곧 평소처럼 웃는 낯으로 물었다. 저 미소도 그의 목소리도 평소와 똑같았다.

평소와 다른 태풍이 일고 있는 건 두나의 마음속이었다.

희성은 장난스럽게 웃었다.

"무슨 일로 보자고 하신 건가요? 혹시 벌써 일이 다 해결되어서 제가 대답을 들을 수 있는 건가요?"

두나는 애써 웃으며 말했다. 그러나 도저히 얼굴 근육이 이를 따라주지 못했다.

"……아직, 아니에요."

"아쉽지만, 약속한 대로 기다리도록 하죠."

희성은 시간을 확인하고 자리를 옮길 것을 권유했다.

"그러면 벌써 시간이 이렇게 되었는데, 저녁 식사라도 같이할래요? 두나 씨 용건은 먹으면서 듣죠."

그 말에 두나는 천천히 고개를 저었다.

"아뇨. 여기서…… 이 장소에서 물어보고 싶은 게 있어요. 희성 씨에게요."

그녀의 눈은 차분하게 가라앉아 있었고, 표정은 지금까지 보인 모습 중에 가장 진지했다. 결연한 의지가 느껴지는 모습이었다.

희성은 잠시 놀란 눈으로 그녀를 보다가 고개를 끄덕였다.

"……물어보세요."

무언가를 결심한 듯한 태도였다. 그의 순순한 태도가 도리어 불길하게 느껴지는 건, 두나가 가진 의혹의 탓인 걸까.

지금 이곳은 K대 병원 앞이었다. 손민형이 칼을 맞은 바로 그 장소.

'그때 난 희성 씨를 봤었어.'

그렇다. 두나는 보았더랬다. 우연히 병원 건물에서 사건이 벌어진 현장을 바라보고 있던 희성의 모습을. 그때 그는 무서울 정도로 차가운 눈을 하고 있었다.

지금 자신을 향해 웃는 희성은 며칠 전 이 근처에서 보았던 그와는 다른 사람 같아 보였다. 그 간극이, 두나가 의혹을 완전히 떨치지 못하는 이유 중 하나였다.

그때의 그 서늘한 경멸 어린 표정이 아직 가슴에 남아 있었다. 처음에는 그 표정이 범죄를 일으킨 범죄자를 향한 것이라 생각했다.

그러나 아니라면? 어쩌면 그때 그 희성의 경멸이 손민형을 향한 것이라면?

희성을 불러내 갑자기 이 말을 던진 건 그래서였다.

"저번에…… 진짜 큰 사건이었죠. 많이 놀랐어요."

잠시 의아해하던 희성은 곧 두나가 무슨 말을 하는 것인지 이해했다.

"아, 저도 그랬어요. 유명 연예인이 퇴원한다고 기자들도 몰려오고 난리도 아니었는데, 거기서 그런 사건이 벌어질 줄은 상상도 못 했죠."

"희성 씨, 그 사고 장면 보셨죠?"

희성의 얼굴이 굳었다.

"……네?"

"손민형 사건이 벌어졌을 때, 저 여기 있었거든요. 취재 중이었어요. 사진도 찍었고요. 그때 희성 씨가 병원 건물에서 사고 현장 쪽을 바라보는 걸 봤어요."

희성은 곧 다시 평정을 되찾았다.

"……네, 맞아요. 봤죠."

"희성 씨 눈에도 보였어요? 이번에 이용당한 범인을 둘러싼 그 악의가?"

잠시 침묵이 가라앉았다. 희성은 무겁게 고개를 끄덕였다.

"네, 봤어요."

두나는 자신의 말이 조금 공격적으로 느껴지지 않나 걱정했다. 그러나 물을 수밖에 없었다.

"저한테 그걸 봤다고, 왜 알려주지 않으셨어요?"

두나는 희성에게 타인을 영적인 힘으로 조종해서 테러를 가하는 범인에 대해 상담했다. 희성이 그 현장을 직접 목격했다면, 우선 두나에게 이를 알리는 것이 일반적인 순서일 것이다. 적어도 두나가 생각하기에는 그랬다. 그러나 희성은 그때 자신이 본 것을 두나에게 알려주지 않았다.

마치 숨기려는 것처럼.

그 모든 의혹이 두나의 질문에 모조리 내포되어 있었다. 그것이 희성에게 느껴지지 않을 리 없었다.

희성은 잠시 망설이다가 대답했다.

"……그때 두나 씨가 여기 있는 걸 봤거든요. 그러니까 굳이 다시 알려줄 필요가 없다고 생각했어요."

변명으로밖에 들리지 않는 말.

두나는 이를 바로 지적하지 않았다.

희성의 반응이 두나의 가슴속에서 출렁이는 회색에 가까운 불안감을 더욱 짙게 만들었다.

'설마……?'

여기서 또 왜 이런 질문이 떠오르는 건지 모르겠다. 두나는 그런 자신을 막고 싶었다. 그러나 머리는 그런 감정을 누르고 이미 질문을 꺼내놓고 있었다.

"전에…… 저랑 스파게티 먹으러 갔을 때 기억나세요?"

"네. 하나 씨 친구 지영 씨가 사고를 당했을 때였죠."

희성은 정확히 기억하고 있었다.

다행히도. 혹은 불행히도.

"그때 갑자기 사라지셨다가 늦게 나타나셨잖아요. 어디 다녀오셨던 거예요?"

희성은 부드럽게 웃었다. 대답은 질문과 거의 차이를 두지 않고 나왔다.

"그때 말씀드렸잖아요. 화장실 다녀왔어요."

두나는 확신했다.

'거짓말.'

이 남자는 지금, 거짓말을 하고 있었다.

놀랄 만큼 확실하게 알 수 있었다. 왜냐하면 지금까지 희성은 두나의 앞에서 저렇게 가면 같은 미소를 보인 적이 단 한 번도 없었기 때문이다.

이런 이질적인 표정과 이질적인 어투는 처음이었다.

"……."

입 안이 바짝 말랐다. 목구멍 안쪽까지 까끌까끌할 정도다. 침을 삼키려 해도 소용이 없었다.

두나는 제 목소리가 불쾌하게 갈라지지 않기를 바라며, 결국 이 질문을 던질 수밖에 없었다.

"……전에 돌아가신 희성 씨 동생분이 있다고 하셨잖아요. 그 분…… 성함을 여쭤봐도 될까요?"

꽤나 무례한 질문이라는 자각은 있었다. 그러나 묻지 않을 수 없었다. 가장 핵심적인 일이니까.

희성은 잠시 침묵했다. 돌처럼 무겁고 또 꺼끌거리는 침묵이었다. 그는 침묵을 통째로 집어삼킨 듯 가라앉은 표정으로 그녀를 바라본다.

그리고 마침내, 대답을 내주었다. 그녀가 예측한 대답을.

"천희민이에요."

바람이 불어왔다. 유난히 차가운 바람이 심장까지 파고드는 것 같았다.

14. 시간은 진실을 시험한다

"……."

두나는 스스로도 놀랐다. 희성의 입에서 저 이름이 나오리라는 건 어느 정도는 예상하고 있었다.

하지만 정말로 저 이름이 나오면 어떤 기분일지는 상상할 수 없었다. 예측을 해보려 노력했으나 실패했다.

그러나 그 무수한 가정 중에 지금과 같은 자신의 반응은 없었다.

"……."

두나는 자신의 가슴을 내려다보았다. 귀를 기울여보았다. 심장의 고동도, 숨소리도 평소와 똑같았다.

차분하고 안정되어 있었다.

그런 자신의 반응에 두나 스스로도 놀랐다. 크게, 아주 크게 충격을 받으리라 생각했었는데. 적어도 놀라기라도 해야 하는 것 아닌가? 왜 이렇게 차분한 거지? 지나치게 놀라면 도리어 차분해지기도 하나?

그제야 깨달았다. 자신이 왜 이렇게 기이할 정도로 차분한지.

'희성 씨가 놀라지 않고 있어.'

희성은 두나가 갑자기 자신을 불러내 던지는 민감하고 기이한 질문들에 전혀 당황해하지 않았다. 그 불길한 차분함이 두나 자신까지 물들인 것이다.

이 비정상적인 차분함은 어쩌면 불길한 증거일지도 모르겠다.

두나는 자신을 타일렀다.

'아냐. 아직 아니야. 정말 그렇다고 확신할 상황은 아니야.'

정말 그 사건의 피해자가 희성의 친동생이라고 해도, 그 사실이 희성이 이 사건의 범인이라고 단정 지어주는 건 아니다.

하지만 희성이 범인일 가능성이 높아지는 건 사실이다.

여전히 두 생각이 두나의 안에서 싸웠다. 자신이 둘로 찢어진 듯한 기분이다.

"……."

"……."

두 사람은 침묵 속에서 서로를 바라고만 있었다. 그들은 서로의 얼굴과 분위기를 통해 상대방의 생각을 읽으려 애썼다.

그다지 성과는 없었다. 두 사람 모두 지나칠 만큼 차분해서 아무것도 겉으로 드러내지 않았기 때문이다.

결국 대화 외에 다른 방법은 없었다.

운을 뗀 건 희성 쪽이었다.

"두나 씨가 그 애 이름을 물으실 줄은 몰랐어요."

두나는 툭 하고 말을 내뱉었다.

"별로 안 놀라시네요?"

"……."

희성은 대답하지 않았다. 그의 얼굴에 떠오른 표정을 두나는 조금 알아볼 수 있었다.

그는 조금 전 지영이 사고를 당한 그날, 어째서 잠시 자리를 비웠는지 물었던 그때와 똑같은 표정을 하고 있었다. 그때도 왜 그런 걸 묻는지 어리둥절해하는 표정이 아니었다.

희성은 두나가 어떤 의혹을 가지고 이 질문을 하는지 잘 알고 있는 것이다.

두나는 희성이 이 순간 아무 대답도 하지 않는 것에 차라리 안도했다. 저 가면 같은 표정을 짓고 있는 지금, 그가 입을 연다면 거짓말이 나올 수밖에 없으리라는 걸 확신했기 때문이다. 조금 전 그러했던 것처럼.

그러나 그녀는 다시 물을 수밖에 없었다. 진실을 알려면 다른 방법이 없었다.

두나는 더 구체적인 질문을 다시 던졌다.

"희성 씨는…… 혹시 손민형의 본명이 손문태라는 걸 알고 있었나요?"

"……."

이번에도 희성은 대답하지 않았다.

두나도 대답을 크게 기대하지는 않았다. 그러나 목소리에 허탈감이 짙게 배어 나왔다.

"하나도 대답을 안 해주시네요."

희성은 쓰게 웃었다.

"······두나 씨."

두나는 새삼스레 자신의 눈앞에 있는 남자를 바라보았다. 분명히 그는 가까이 서 있었다. 두나가 손을 뻗으면 그의 손을 잡을 수 있을 정도로, 한 발만 가까이 가면 그에게 안기는 것도 가능할 것이다. 그러나 너무나도 멀었다. 까마득한 벼랑 너머에 서 있는 것처럼 느껴졌다.

희성과 그리 오래 알고 지낸 건 아니었다. 아주 짧은 기간이었다. 그러나 희성이 자신에게 얼마나 큰 의미를 가지고 있는지, 그 무게감이 얼마나 무거운지 두나는 이 순간에 와서야 절감했다.

유일한 친구, 그리고 자신을 좋아한다고 고백한 남자.

그 모든 걸 제쳐두고서라도, 그가 이미 그녀의 안에서 차지한 자리가 너무나도 컸다.

두나가 태어나서 한 번도 가져본 적 없는, 자신만의 존재. 그의 앞에서는 마음 편하게 온전히 안두나로 있을 수 있었다. 그것이 얼마나 자신에게 소중한 일이었는지, 그녀를 얼마나 구원해주고 또 강하게 지지해주었는지를 정말로 가슴 시리게 깨달았다.

지금의 두나에게서 희성을 빼앗는다는 건 겨우 숨 쉴 수 있게 된 사람에게서 공기를 빼앗는 꼴이었다. 너무나도 잔인한 일이었다.

게다가 빼앗으려는 사람이 두나 자신이었다. 아니, 희성이라고 해야 할까.

두나는 새삼 깨달았다.

'그래. 이 사람이 이미 내 안에서 이렇게 커져 있었구나.'

희성이 이 사건의 범인일지도 모른다는 생각을 한 순간, 발밑이 꺼져 들어가는 듯한 절망감을 느꼈을 정도로.

머리가 아찔하고, 가슴이 선뜩했다. 밤새 얼마나 고민하고 또 고민했던가. 마치 미로를 헤매는 것 같았다.

그 길고, 어둡고, 혼란스러운 미로 속을 두나는 밤새 홀로 헤맸다. 해가 뜨기 전 두나는 새삼스럽게, 그리고 너무나도 당연하게 깨닫고 말았다.

그 미로는 사실은 미로가 아니었다는 걸. 처음부터 정해진 길을 인도해줄 실을 손에 쥐고 들어간 미로는 미로일 수가 없었다.

이미 생겨나 있었던, 그러나 그 존재를 미처 깨닫지 못했던 감정이 두나의 손에 들려 있었다. 그것이 있는 한 결론은 하나일 수밖에 없었다.

두나는 입을 열었다. 다 갈라져 쇳소리가 섞인 목소리가 흘러나왔다.

"밤새 고민을 해봤어요. 내가 알게 된 모든 정보가…… 희성 씨가 손민형을 노린 범인이라고 말하는 것 같았으니까."

희성은 말없이 그녀의 말을 기다려주었다.

두나는 작게 되뇌었다.

"손민형, 이지영……. 그리고 어쩌면 그들보다 먼저였을 차세훈."

그녀는 기억하고 있었다. 동창회에서 들었던 다른 이름.

차세훈은 손민형, 즉 손문태의 부하였다고 했다. 차세훈 역시 아마도 천희민의 죽음에 큰 연관이 있을 것이다. 그의 죽음에 분노하고, 그 원한을 갚으려 하는 것이 범인의 목적이라면, 차세훈에게도 원한이 있을 것이다.

두나는 유주와 헤어진 뒤 내내 정신을 놓고 있지만은 않았다. 희성을 찾아오기 전에 차세훈에 대해 조사했다. 물어물어 차세훈의 지인들을 찾아가 그 자살에 대해 물어볼 수 있었다.

아무리 작은 웹진이라도 기자라는 직함은 정말로 큰 도움이 되었다. 그녀가 찾아간 차세훈의 주변인들은 그가 자살 같은 걸 할 인물이 결코 아니었다고 증언했다. 자살 전날, 새로 차를 샀을 정도로.

"차세훈이 정말로 자살한 거였을까요? 전 그렇지 않을 거라는 확신이 들어요. 만약 그 죽음부터가 자살이 아니라 타살이라면…… 범인은 이미 살인을 저질렀어요."

살인.

자신의 입에 담고도 두나는 새삼 그 단어가 주는 끔찍함에 놀랐다.

범죄자를 조종해서 원한이 있는 이를 노린다. 그 행위 자체가 이미 섬뜩하지만 그래도 아직 타깃이 된 이들이 사망하지는 않았기 때문일까.

아직 범인이 마지막 '선'을 넘지 않았다는 느낌은 남아 있었다.

그러나 차세훈의 사망이 자살이 아니라 타살이라면, 범인은 처음부터 마지막 선을 이미 넘은 것이 된다.

돌이킬 수 없는 선을.

그 사실이 가슴을 서늘하게 했다.

"만약 그렇다면, 범인은 이미 한 명을 죽이고도 모자라서 손민형과 이지영 두 사람을 더 노리고 있는 거예요. 그들의 목숨을."

조명 추락.

흉기 난동.

자동차 사고.

범인은 이 모든 사고를 타인을 조종해서 저질렀다. 제대로 죗값을 다 치르지 못했다 할 수 있는 범죄자들을 조종해서 말이다.

어느 것도 인명사고가 나도 이상할 게 없는 일들이다. 최종 목적은 역시 타깃들의 죽음이리라. 실제로 그 타깃 중 하나였던 지영은 지금 중환자실에 있다. 만에 하나 지영이 이대로 깨어나지 못한다면, 범인은 두 번째 살인을 저지른 셈이 된다.

"그 사람들은 전부 G 중학교에서 있었던 사망사건과 연관이 있었어요."

"……."

"손민형과 차세훈은 가해자. 그리고 이지영은 아마도 방관자였겠죠."

희성은 고개를 저었다.

"한 가지 틀렸어요. 두나 씨."

전혀 뜻밖의 말. 두나는 그대로 굳었다. 희성의 설명은 친절하게 이어졌다.

"이지영 씨는 방관자가 아니에요. 오히려 가해자에 가까웠죠."

"……네?"

희성은 자신의 이마 위로 흐트러진 앞머리를 쓸어 올렸다.

"전 그때 참 바보 같은 형이라서 말이죠. 멀리 떨어져서 어머니와 지내는 동생에게 무슨 일이 있는 줄도 몰랐어요. 사정을 알게 된 건 그 애가 병원으로 실려 가고 어머니에게서 연락이 온 뒤였으니까요. 그동안 희민이와 종종 연락을 했으면서도 그 아이가 어떤 상태인지 전혀 몰랐어요. 정말이지…… 바보 같게도요."

그의 목소리에는 숨기지 못하는 비애가 묻어 나왔다. 비극적인 사건으로 가족을 잃은 유족이라면 이 정도의 반응은 보일 만했다. 아니, 오히려 지나칠 정도로 침착한 것이 아닌가 하는 생각이 들 정도였다.

"……."

두나는 입술이 떨어지지 않았다. 조금 전 덤덤하게 자신이 아는 사실을 늘어놓으며 희성을 몰아세우던 기세는 어디로 간 것인지 스스로도 알 수 없을 정도로.

희성은 그렇게 꿀 먹은 벙어리가 된 두나에게 한 번 쓰게 웃어 보였다.

"희민이가 죽은 뒤에 그 애의 유일한 친구에게 자세한 사정을 들었어요. 희민이 장례식에 와준 것도 그 애가 유일했죠. 그 친구가 먼저 손문태 일파에게 괴롭힘을 당했고, 그걸 막으려다가 희민이가 표적이 되었다고 하더군요."

이건 처음 듣는 이야기였다. 유주는 이지영이나 손문태, 그리고 피해자와는 반이 달랐다. 그래서 학교 내에 알려진 표면적인 이야기들만을 전해주었던 것이다.

생각해보면 당연했다. 희성은 피해자인 천희민의 친형이다. 그 유족이 해당 사건에 대해 더 자세히 알고 있는 건 조금도 이상하지 않았다.

"희민이와 그 친구를 도와준 이들은 아무도 없었어요. 급우들도 선생들도 외면했죠. 희민이가 죽은 뒤 나나 어머니가 가만히 있었던 건 아니었어요."

희성은 잠시 말을 멈추고 한숨을 쉬었다. 그 한숨 소리에 고통스러운 과거에 대한 기억이 녹아 있는 듯했다.

두나는 손을 뻗어 그의 힘들어 보이는 어깨를 감싸주고 싶다는 충동을 간신히 억눌렀다.

"희민이의 친구도 우리에게 계속 사과하며 어떻게든 가해자들이 제대로 된 죗값을 받도록 노력했어요. 하지만 그때 가해자들 중 제대로 벌을 받은 사람은 없었어요. 단 하나도."

"그, 그러면 지영이는……."

희성은 고개를 약간 숙였다. 얼굴 위로 짙은 그림자가 졌다. 그 표정을 정확히 알아볼 수가 없었다.

"당시 그 반의 반장이었던 이지영 씨는 증인이었어요. 다른 증인들도 있었지만, 이지영 씨의 증언이 결정적이었죠. 왜냐하면 그때 희민이 친구의 부탁으로 옥상에 함께 올라갔던 목격자였으니까요."

"……."

"이지영 씨는 경찰에 이렇게 증언했어요. 손문태는 희민이의 손을 잡았을 뿐이고, 그걸 뿌리치려 하다 희민이가 근처의 잡동사니에 발이 걸려 넘어지면서 벽에 머리를 부딪쳤다고요."

그리고 경찰은 그 증언을 채택하여 사건을 종결지었다.

가해자인 손문태, 즉 손민형 일파가 바라는 대로 말이다.

이것으로 너무나도 명확해졌다. 어째서 이지영이 범인의 타깃이 되었는가가. 빠져 있던 퍼즐조각이 몇 개 더 맞아들어 갔다. 이 것으로 그림의 거의 모든 부분이 완성되었다.

희성이 말해준 정보로 인해, 의문이 남았던 부분이 사라진 것이다. 그렇다면 희성이 범인일 가능성은 더 높아졌다고 볼 수 있다.

다시금 절망감이 두나를 덮치려 했다.

"……."

입에 아교가 붙은 것 같았다. 말이 떨어지지 않는다.

그때였다. 두나가 해야 할 질문을 희성이 먼저 던졌다.

"그래서 두나 씨는, 내가 범인이라고 생각하시나요?"

쿵 하고 세상에서 가장 무거운 질문이 두나의 심장 위로 떨어졌다.

"……."

두나는 그렇게 묻는 희성의 얼굴을 바라보았다. 여전히 희성은 살짝 고개를 숙이고 있었고, 그 때문인지 기이할 정도로 그림자가 짙었다.

그의 눈이 제대로 보이지 않았다. 늘 두나를 볼 때면 다정하게 풀어지던 그 눈동자가.

밤보다 새까맣던 그의 머리카락과는 달리 그의 눈은 옅은 갈색이었다. 그리고 맑았다. 그래서 꼭 얇은 유리로 된 구슬 같았다. 살짝 건드리면 그대로 금이 가지 않을까 싶을 만큼.

그 색 때문일까, 아니면 그가 두나를 볼 때마다 내부의 약한 면을 무방비하게 드러내곤 해서일까.

늘 두나에게 희성의 눈빛은 연약하고 언제든 깨질 것만 같아 보였다. 겉으로는 강해 보이지만, 사실은 너무 상냥해서 도리어 약한 사람이라는 걸, 두나는 잘 알고 있었다.

사실은 상처도 많고 외로움도 많이 탄다는 걸. 마치 두나 자신처럼. 그렇기에 만난 지 얼마 지나지도 않았는데 이렇게 스며들 듯 그와 가까워진 것일 터다.

이런 기분을 두나는 무엇이라고 불러야 할지 알 수 없었다.

가슴에 눈물이 가득 차서 출렁거리는 기분이었다. 아니, 그 눈물로 찬 바다 위에서 하염없이 흔들리는 조각배가 된 기분이었다.

가슴이 울렁거렸다. 감정은 닻 없는 배처럼 파도 위에서 위태롭게 흔들린다.

그녀의 감정은 그랬다. 그러나 두나의 이성은 어떠한가.

그의 질문은 두나의 머리와 가슴 양쪽을 뒤흔들었다. 그에 대한 감정과 지금 그녀가 처한 상황에 대해.

이제 와서야 깨닫게 되었다.

언제부터 유현에게 이전과 같은 두근거림을 더는 느끼지 않게 된 것인지. 희성이 범인일지도 모른다는 의혹이 구체화되자마자 이렇게 혼란스럽고 괴로운 것인지. 괴로움에 질식할 것 같고, 발밑이 꺼질 것 같은 절망감마저 드는 것인지.

이유는 하나밖에 없었다. 그 외에는 있을 수 없다.

천 년 동안 열리지 않을 것만 같던 두나의 입술이 마침내 열렸다.

가슴에서 터질 듯 출렁거리는 감정과 달리 공기 중으로 흘러나온 목소리는 갈라질 듯 건조했다.

"범인일 가능성은…… 희성 씨가 가장 높다고 생각해요."

* * *

잠시 서글픈 침묵이 내려앉았다. 희성이 물었다.

"범인이라고 추정할 만한 다른 사람은…… 혹시 있나요?"

두나는 무겁게 고개를 저었다.

"아뇨."

쓸쓸한 웃음기 어린 목소리가 울린다.

"그러면 지금으로서는 제가 유일한 용의자인 셈이군요."

두나는 화들짝 놀랐다.

"난 그런 말을 하려던 게……!"

그녀의 말은 더 이어지지 못했다. 스스로 제 말의 맹점을 알았기 때문이다. 애초에 희성을 의심하지 않았다면 이렇게 직접 묻지도 않았을 테니까.

그리고 만일의 사태를 대비하기 위해 하나에게 매개체를 맡겨놓고 오지도 않았을 테니까.

분명히, 안두나는 천희성을 의심하고 있었다.

이건 분명한 사실이다.

그걸 부정하는 건 거짓을 말하는 것과 같다.

두나는 스스로 한탄했다.

"죄송해요. 이렇게 추궁해놓고……. 그렇지 않다고 하는 건 말도 안 되는 변명이네요."

희성은 낮은 목소리로 한탄했다.

"역시 절 의심하고 계시군요."

희성의 목소리에서는 너무나도 선명한 슬픔과 안타까움이 선연하게 묻어났다.

자신이 좋아한다고 고백한 여자에게 이런 의심을 받는 상황이다. 그의 반응은 당연했다. 그 생각을 하자, 두나 자신이 더더욱 서글퍼졌다. 눈가가 뜨거웠다.

아니라고 대답할 수 있으면 얼마나 좋을까. 그러나 입술을 떨어지지 않았다.

"……."

말문이 턱 막혔다. 가슴에 돌덩이가 콱 틀어박혀 있는 기분이었다. 자신을 의심하느냐는 질문에 무어라고 대답해야 할까.

그에게 이런 질문을 할 수밖에 없는 상황이 싫었다.

물론 이대로 아무것도 보지 못한 것처럼, 어떤 것도 알아내지 않은 것처럼 가슴에 묻어두고 잊을 수도 있으리라. 그렇게 하면 두나는 희성을 잃지 않을 수 있을지 모른다.

하지만 안두나는 그럴 수 없었다. 확인하지 않을 수는 없다. 그렇게 진실 앞에서 눈 돌리고 불의와 타협한다면, 두나는 자기 자신을 잃게 될 것이다.

이건 안두나가 안두나로서 존재하기 위해 필요한 일이다.

아무리 가슴이 아프고 또 안타까워도, 외면하고 눈 돌릴 수는 없었다.

때문에 두나는 여기서 희성에게 직접 물어야만 했다. 어떤 대답이 나오더라도, 진실을 외면해서는 안 된다.

하지만, 그럼에도……. 아니, 그렇기에 두나는 더 마음을 다잡고 고개를 들어 목소리를 높였다.

"범인일 가능성이 가장 높은 게 희성 씨라고 생각하고 있어요. 제가 알아낸 정보들이 그렇다고 말하고 있으니까요."

슬픔과 괴로움이 가슴을 먹먹하게 한다. 하지만 말해야 했다. 외면할 수 없었다. 직시해야 한다. 울컥거리며 점점 부푸는 아픈 감정들은 말이 이어질수록 점점 더 커져만 갔다.

"희성 씨에게는 동기가 있어요. 동생의 복수라는 동기가. 지영이가 사고를 당했을 때, 그때 잠시 자리를 비우셨죠. 사라진 동안 어디 가서 무엇을 했는지는 이야기해주지 않았어요. 게다가 손민형의 본명이 손문태라는 걸 말해도 조금도 놀라지 않았고요. 그리고…… 희성 씨에게도 영능력이 있죠. 어쩌면 나는 모르는 당신의 힘 중에 타인을 조종하는 그런 힘이 있을지도 모르겠어요."

"꼭 나 말고 범인은 없다고 단정하시는 것처럼 들리는데요."

두나는 고개를 들었다. 어느새 희성은 성큼 그녀의 앞으로 다가와 있었다. 그가 고개를 든다.

비로소 희성의 얼굴이 가까이서 보였다. 낮은 숨소리가 귓전을 울릴 정도로 가깝게. 그는 정말로 쓰게 웃고 있었다.

그 미소는 너무나도 슬펐다. 그의 입이 그려내는 건 분명히 미소임에도, 그 눈 안에 담겨 출렁이는 감정이 전혀 달랐으므로.

그 순수한 슬픔과 안타까움이 결정이 되어서 가슴을 저미는 것 같았다. 그에게 이런 말을 해놓고, 이런 아픔을 느끼는 자신이 못 견디게 싫고 미웠다.

차라리 자신이 이 모든 사실을 외면할 수 있었다면, 그랬다면 덜 아팠을까. 차라리 희성이 왜 자신을 믿지 못하느냐고 화를 낸다면 조금은 덜 아팠을까.

마침내 더 부풀 수 없을 정도까지 차오른 슬픔이 흘러나왔다. 뺨을 타고 흐른 이슬이 턱에 아롱졌다. 그 눈물처럼 젖은 목소리가 흘러나왔다.

"만약…… 만약 당신이 정말로 범인이라면……."

그가 아니라는 단언은 할 수 없었다. 그건 자신의 이성과 판단을 외면하는 일이니까. 그런 짓을 하면, 자신이 더 이상 자신이 아니게 되어버릴 것이다.

하지만 그가 아니기를 바랐다. 이것만은 진심이었다.

그리고 설사 그가 범인이라 하더라도, 지금 그녀의 가슴속에서 출렁이는 이 감정은 변함이 없을 것이다.

많이 힘들고 아프겠지만, 사라지지도 변하지도 않을 거다. 그것만은 분명히 알았다.

그것이 기뻤다. 정말로.

그래서 두나는 할 수 있는 가장 환한 미소를 띠고 말했다.

"설령 그렇더라도 좋아해요, 희성 씨."

두나가 내릴 수 있는 결론은 이것 하나였다.

희성을 의심하는 건 사실이다. 그렇다고 그가 범인이라 확신하는 건 아니다. 아직 확률은 반반이라 생각하고 있다.

아무리 고민하고 고민해도 내릴 수 있는 결론은 이것 하나였다. 설사 희성이 그 모든 일을 일으킨 범인이라 해도, 두나는 그가 좋았다.

희성의 얼굴에 당혹감이 번졌다.

그의 얼굴은 온갖 감정이 범벅이 되어 혼란 그 자체였다.

기쁨과 희열, 안타까움과 당혹스러움. 그 모든 것이 그의 안에서 소용돌이 치고 있었다.

그는 복잡한 표정과 비슷한 목소리로 물었다.

"……만약 내가 정말로 그 범인이면 어쩌려고 이렇게 아무런 대

책도 없이 대뜸 물어보는 겁니까?"

이어 그가 묻는 말투는 조금 화가 난 듯도 했다. 걱정이 묻어나는 말투.

"그랬다가 내가 진짜 범인이라 당신에게 해코지라도 하면 어쩌려고요?"

두나는 눈을 동그랗게 떴다.

"희성 씨가 저한테 해코지를 할 리 없잖아요?"

추호의 의심도 없는 대답이었다.

"희성 씨가 진짜 범인이라 해도 저를 해칠 리는 없다고 생각해요. 그럴 수 있는 기회가 지금까지 몇 번이나 있었는데요."

이번에는 희성의 눈이 둥그렇게 커질 차례였다. 그는 잠시 뒤통수를 얻어맞은 듯한 표정으로 두나를 바라보았다.

그리고 곧 내내 슬픔으로 굳어 있던 그 표정이 조금씩 풀리기 시작했다. 마침내 그의 얼굴에 환한 미소가 걸렸다.

희성이 두 팔을 뻗었다. 두나 역시 기꺼이 앞으로 다가섰다. 슬플 정도로 따스한 체온이 두나를 감싸 안는다.

두나는 그 체온에 제 눈물을 더하며 속삭였다.

"……여전히 내가 알아본 정보들을 생각하면, 희성 씨가 범인일 수도 있다는 가능성을 놓을 수 없어요. 기자로서 난 의심을 버릴 수가 없어요."

"……알아요."

"하지만 희성 씨가 아니기를 바라고 있어요. 진심으로."

"……알고 있어요."

"그리고 만에 하나…… 정말로 희성 씨가 범인이라면……. 그렇더라도 난 희성 씨가 좋아요."

결국 이것이 현재 두나가 선택할 수 있는 유일한 길이었다. 기자로서의 자신과, 그냥 자기 자신을 분리하는 것. 이성과 감정을 별개로 보는 것.

한참 만에 나온 희성의 대답은 조금 떨리고 있었다. 말끄트머리가 젖어든다.

"……고마워요."

그렇게 말하고, 희성은 잠시 두나의 어깨에 얼굴을 묻었다.

그들은 꽤 오랫동안 아무런 대화도 없이 서로의 체온에만 의지하며 서 있었다.

사람이 많지는 않았으나 행인들은 기이한 눈으로 서로를 끌어안은 두 사람에게 시선을 던졌다. 그러나 두 사람은 조금도 신경 쓰지 않았다.

그들이 자리를 옮긴 건 해가 완전히 지고, 어둠이 깔린 뒤였다.

* * *

두 사람은 한참 후에야 자신들이 거리를 오가는 행인들에게 꽤 웃긴 볼거리를 제공하고 말았다는 걸 깨달았다.

뒤늦게 좀 정신이 든 두 사람은 주변 시선을 신경 쓸 필요가 없는 곳으로 옮겨왔다.

장소를 옮기자마자, 희성이 장난스럽게 물었다.

조금 전 심각하게 사건의 범인으로 몰린 사람이라고 생각하기에는 지나치게 밝은 어조다. 아니, 오히려 그는 그 사실을 지우려는 것처럼 밝게 말했다.

"아까 그거 대답 맞죠? 내 고백에 대한."

두나의 얼굴이 새빨갛게 달아올랐다. 그대로 펑 터져버릴 것 같다. 두나는 제 얼굴을 두 손으로 가리고 고개를 돌렸다.

"모, 몰라요!"

희성이 고개가 돌아가는 방향으로 따라 움직였다. 그러면서 계속 재촉했다.

"내가 고백한 지 얼마나 지났는지 알아요? 내가 얼마나 마음 졸이면서 기다렸는지 알아요?"

이 상황에서 전에 말한 대로, 사건을 해결한 뒤에 대답해주겠다는 건 이미 물 건너갔다.

두나는 새빨개진 얼굴로 외쳤다.

"그걸 내가 굳이 또 입으로 말해줘야 해요? 다 알면서!"

그러나 희성은 요지부동이었다. 그는 두나가 도망치려고 꼼질꼼질거리는 것을 붙잡았다. 그리고 속삭였다.

"아뇨. 확실하게 말해줘요. 다시 한 번. 아니, 몇 번이라도."

두나는 손가락 사이로 희성을 빼꼼히 바라보았다. 햇살처럼 환하게 웃는 그는 너무나도 잘생겨서 새삼 심장이 두근거리다 못해 터져 나갈 것 같았다.

'대체 언제부터 이렇게 좋아하게 된 거람. 처음에는 이상한 도르미인 줄 알았는데.'

어느새 정신을 차려 보니 이다지도 좋아하고 있었다.

스르르, 두나의 얼굴을 철벽처럼 가로막고 있던 두 손이 천천히 내려갔다. 그러자 잘 익은 홍시 같은 얼굴이 그대로 드러났다.

희성은 그 모습이 너무나도 귀여워서 잠시 웃고 말았다.

"……."

잠시 이리저리 눈을 굴리며 고민하던 그녀는 곧 굳은 결심을 마쳤다. 두 눈을 질끈 감는다. 그러고는 기습하듯이 얼굴을 내밀었다.

"……!"

살짝 두 입술이 닿았다가 떨어졌다. 마치 병아리가 한 번 쪼는 것만 같은, 귀여운 베이비 키스.

두나는 다시 부끄러움으로 고개를 푹 수그린 채, 중얼중얼 변명했다.

"이, 이제 대답 또 달라고 하지 말아요."

희성은 그대로 굳어 있었다. 그대로 망부석이나 소금기둥이 된 것처럼. 그가 지나치게 굳어 있자, 두나가 더 당황했다. 그녀는 희성의 앞에서 손을 휙휙 흔들었다.

"저, 희성 씨?"

천희성이라는 남자가 좋아하는 여자에게 고백한 다음 대답을 기다리다가 키스로 대답을 들은 대가로 망부석이 되는 불운은 다행히 벌어지지 않았다.

희성이 번개처럼 움직였던 것이다. 갑작스레 다가온 희성의 기세에 두나는 놀라서 작은 비명을 올렸다.

"으앗!"

그리고 그 비명은 그대로 희성의 입술에 삼켜졌다.

희성의 팔이 두나의 허리를 단단히 휘감아 고정했다. 그에게서 도망치는 건 용납하지 않겠다는 듯. 그 단단함이 두나에게는 차라리 안도감을 주었다.

"……"

"……"

두나는 두 팔을 뻗어 희성의 목을 감싸 안았다. 절대로 놓지 않으려는 듯.

두 사람은 다시 잠시 동안 서로만을 느끼면서 시간을 보냈다. 꿈처럼 행복한 순간이었다.

* * *

두나는 어색하게 웃었다.

"이상해요."

"뭐가요?"

"난 희성 씨랑 이렇게 될 줄은 전혀 몰랐거든요. 처음엔 좀 이상한 사람이라고 생각했고…… 나중엔 나만의 친구가 생긴 게 기뻤으니까."

희성의 얼굴에 떠오른 미소는 세상을 다 가진 사람의 것이었다.

"전 어느 정도 예상했달까……. 사실은 이렇게 되길 바랐던 것 같아요."

두나는 눈을 동그랗게 떴다.

"정말요?"

"두나 씨를 처음 본 순간에는 몰랐는데, 나중에 생각해보니까 사실 이미 그때 두나 씨에게 반했던 것 같거든요."

그 말에 두나의 볼이 다시 발갛게 달아올랐다.

정말이지 부끄러운 말을 잘도 저렇게 아무렇지도 않게 해대는 남자다. 물론 부끄럽긴 하지만, 절대 싫지는 않았다.

달콤하고 따뜻한 꿀과 시럽이 머리 위로 줄줄 쏟아지는 기분이다. 이대로 그 달콤함에 빠져 허우적거리고 싶은 마음이 강하지만, 그럴 수가 없었다.

그보다 먼저인 것이 아직 있었으니까.

두나는 느슨하게 풀어지려는 마음을 다잡았다. 그리고 다시 눈을 똑바로 뜨고 그를 바라보았다.

"희성 씨, 아직도 저한테 숨기고 있는 거 있으시죠? 이번 일에 대해서요."

그는 아까 두나의 매서운 질문에도 끝내 답하지 않은 몇 가지가 있었다.

그 지적에 내내 풀어져 있던 희성의 얼굴이 굳어졌다. 그 표정 자체가 두나의 질문에 대한 대답이나 마찬가지였다.

"……미안해요. 하지만 지금은 두나 씨에게 말할 수가 없어요. 두나 씨 자신을 위해서라도요."

그는 낮은 목소리로 덧붙였다.

"하지만 이것 하나만은 확실하게 말해줄 수 있어요. 난 절대로 두나 씨 앞에서 부끄러운 일은 하지 않았고, 앞으로도 하지 않을 거예요."

적어도 그의 말이 진심이라는 건 잘 알 수 있었다. 그의 목소리에서는 진실함이 느껴졌다.

확신을 주는 목소리. 두나는 고개를 끄덕였다.

"알았어요. 믿을게요."

희성이 두나의 손을 꼭 잡았다. 믿음직하고 따스한 손길이 긴장감에 식어 있던 두나의 손을 감싸 안는다.

"두나 씨, 잠시만…… 잠시만 취재를 멈추고 기다려주면 안 될까요?"

두나는 말끄러미 그를 올려다보았다. 희성은 자신이 무리한 말을 하고 있다는 걸 이미 알고 있는 듯했다. 어투는 더없이 간곡했다. 그러나 그 아래 깔린 체념을 두나는 알아보았다.

"제가 거절할 수밖에 없다는 거, 희성 씨도 잘 아시잖아요."

"두나 씨……."

"희성 씨에게 사정이 있는 건 잘 알겠어요. 범인이 희성 씨든 아니든……. 아니 설사 희성 씨라고 하더라도, 내가 아는 희성 씨라면 그 이유가 절대 나쁜 목적 때문이 아닐 거라고 확신도 할 수 있어요."

"그러면……."

두나는 고개를 저었다. 그 작은 몸짓은 칼처럼 단호했다.

"하지만 희성 씨의 말을 따를 수는 없어요. 희성 씨에게 희성 씨만의 사정이 있는 것처럼, 제게도 제 생각과 의지가 있거든요."

"……."

"이건 제가 정한 제 사건이에요."

두나는 물러설 생각이 없었다.

그 순간 희성의 눈에는 보였다. 그의 눈에는 늘 그 사람의 영혼이 가진 색이 보였다. 두나는 정말로 특이하고 안타까운 영혼의 색을 가졌다.

지금 당장 꺼진다 해도 이상하지 않을 만큼 위태로이 깜빡거리는 깜부기불.

첫눈에 희성의 시선을 사로잡았던 그 안타까운 색.

그러나 지금 이 순간 두나의 영혼이 내뿜는 빛은 달랐다. 그 어느 때보다도 강렬하고 선명하게, 여느 보통의 사람들보다도 밝게 빛나고 있었다.

그 빛은 그를 안도하게 하고 또다시 반하게 했다.

희성은 결국 고개를 끄덕일 수밖에 없었다.

이 의지를 꺾으려 들면, 결국 그 영혼의 빛까지 해치는 일이 되고 말리라. 희성은 감히 그럴 수 없었다.

"네. 내가 무리한 부탁을 했죠. 미안해요, 두나 씨."

두나는 고개를 저었다.

"희성 씨. 한 가지만 부탁해도 돼요?"

두나가 어떤 부탁을 할 건지 알 것 같았다. 희성은 두나를 안심시키기 위해 마주 웃었다.

"……네. 걱정하지 말아요. 절대로 더 희생자가 나오지 않도록 노력할 테니까. 지금까지도 그러고 있었고요."

그 말에 두나는 고개를 저었다.

"그 말이 아니에요. 그건 굳이 내가 부탁하지 않아도 희성 씨가 알아서 할 거라고 생각하니까."

"그러면……?"

두나는 희성의 손등을 제 손으로 쓸어내렸다.

"무슨 일이 있어도 희성 씨 자신의 안위를 먼저 생각해주세요."

그의 눈이 커졌다.

두나는 해사하게 웃었다.

"사실 희성 씨 꽤 위태로워서 불안해 보이거든요. 안 그런 거 같으면서도, 은근히 약해 보여서 걱정될 정도로요."

"두나 씨……."

"약속해줘요."

희성은 고개를 끄덕였다. 그 역시 두나에게 부탁했다. 두나가 그에게 부탁한 내용을.

"두나 씨도 절대 자신이 위험해질 일은 하지 않겠다고 약속해줘요."

"약속할게요."

두 사람은 누가 먼저랄 것도 없이 다시 서로를 꼭 끌어안았다.

* * *

아무리 개인적으로 중요한 사건이 있어도, 사회는 그와는 상관없이 잘도 돌아갔다.

두나 입장에서야 희성과의 일이 세상이 한 번 무너졌다가 조립되는 수준의 큰 충격이었지만, 그 여파는 두나 자신의 내부에만 미쳤다.

웹진 <인카운터> 사무실 사람들은 여전히 똑같았던 것이다. 팀장은 여전히 인터넷 고스톱이나 치며 아랫사람들에게만 특종을 잡아오라고 닦달을 했다. 이미진 대리는 팀장이 밀어놓은 일을 처리하며, 메신저로 팀장에 대한 불만을 잔뜩 늘어놓는다.

유현 역시 평소와 같았다. 그 다정하고 상냥한 미소도 똑같았다. 취재 때문에 외근을 나가 자리를 비운 상태인 것도 자주 있는 일이었다.

두나는 평소와 한 치도 다르지 않은 사무실 상황을 보며 새삼스레 묘한 감상을 느꼈다.

'정말 믿어지지 않게 평화롭네……'

그런 사건이 벌어지고, 그와 연관된 과거의 비극적인 일이 밝혀져도 일상은 마치 아무 일 없다는 듯 착착 잘 돌아갔다. 두나 역시 사무실에서 해야 하는 일은 그대로였던 것이다.

아무리 중요한 사건을 파헤치고 있어도, 그건 개인적으로 하는 일이었다. 사실 범인을 찾아내도 그를 법적으로 처벌할 수 있을지 알 수 없다.

그녀가 가진 정보나 근거 역시 법적으로는 아무런 의미가 없는 것들이다. 그러니 두나는 전적으로 비밀리에 움직일 수밖에 없었다.

'꼭 그림자 속의 영웅이 된 기분이네.'

물론 진짜 영웅은 아니지만.

그 사실에 기분이 잠시 묘해진 두나는 창밖을 흘긋 바라보았다. 하늘이 참 파랬다. 길을 오가는 인파 역시 그런 일과는 전혀 상관없다는 듯이 평화로워 보였다.

그 기묘한 감상은 자신의 안에만 남겨두어야 하는 것이었다. 두나는 다시 컴퓨터로 시선을 돌렸다. 지금은 일상을 지켜야 할 시간이었으니까.

정신없이 눈앞에 닥친 일들을 처리하다 보니 어느덧 퇴근 시간이 되었다.

팀장은 가장 먼저 사라졌다. 퇴근 시간이 지난 후에도 한 시간 정도 잔업을 하던 이미진 대리가 먼저 일어났다.

"난 먼저 가볼게. 오늘 약속이 있어서. 하나 씨는 야근?"

두나는 고개를 끄덕였다.

"네. 생각보다 진척이 안 되네요. 내일 팀장님께 기사 컨펌 받으려면 오늘 다 써놔야 해요."

문장의 끄트머리는 거의 한숨과 일체화되어 있었다.

"저런, 그럼 수고해."

막 가방을 들고 나서려던 이미진 대리가 이제야 생각났다는 듯이 말했다.

"그러고 보니까 강 대리도 외근이 늦어진다고 하더라. 어차피 팀장님도 자리에 없으니 그냥 그대로 퇴근하라는데도 굳이 회사 와서 퇴근하겠대. 참, 우리 팀은 팀장 빼고는 다들 지나치게 성실하다니까."

두나는 부드럽게 웃었다. 팀장 없는 자리에서 팀장에 대한 뒷담화는 이미 일상이 돼버렸다.

"그건 대리님도 포함해서 하시는 말씀인 거죠?"

그 말에 이미진 대리는 고개를 저었다.

"아니. 난 적당히 요령도 피우는 타입이니까 지금 도망갈 거야."

말은 그렇게 하면서도 정작 팀장이 미루는 온갖 잡무를 전부 도맡아서 고생 중인 것이 이미진 대리였다.

"남자친구분이랑 진짜 오랜만에 데이트하시는 거죠? 좋은 시간 보내세요."

이미진 대리는 수줍게 웃어 보이고는 총총히 사라졌다. 안 그래도 결혼이 얼마 안 남았는데 약혼자 얼굴도 제대로 못 본다고 슬퍼하던 것이 바로 며칠 전이었다. 그나마 오늘이라도 시간이 나서 다행이었다.

이미진 대리는 한창 고소하게 깨를 볶고 있을 것이다. 그 생각을 하자마자, 두나는 한 사람을 떠올리고 말았다.

"아, 희성 씨 보고 싶다."

어제 봤는데도 또 보고 싶었다. 사실상 어제부터 1일이었던 것이다.

안두나의 도플갱어 생애 처음으로 남자친구가 생기는 기적이 찾아왔는데, 맘껏 데이트도 못 한다니. 새삼 슬퍼졌다.

두나는 고개를 번쩍 들어 올렸다.

"아니지. 이럴 때가 아니지! 정신 차려라, 나!"

두나는 그렇게 자신을 다잡으며 두 뺨을 찰싹찰싹 때렸다. 이게 다 귀찮은 잔업만 잔뜩 쌓여서 벌어진 일이다.

눈앞에 일이 잔뜩 쌓여 있는데 마음은 콩밭에 가 있으니 일이 될 리가 있나.

그것도 희성뿐 아니라 예의 '사건'에까지 정신이 팔려 있었으니 말이다.

"어차피 집중도 안 되니 잠깐 이것도 보자."

두나는 커다란 쇼퍼백을 열었다. 그 안에서 커다란 책자가 불쑥 튀어나왔다. 앞면에 금박으로 새겨진 글씨는 <G 중학교 졸업 앨범>.

두나는 앨범을 책상 위에 펼쳐놓았다. 그리고 본인이 보기 위해 뽑아놓은 프린트를 옆에 놓았다.

그동안 손민형 사건을 취재하며 찾은 정보를 요약해서 정리해 놓은 것이다. A4용지는 구겨져 있었고, 종이에는 빨간색, 파란색 볼펜으로 적은 손 글씨가 어지럽게 적혀 있었다.

이미 알고 있는 내용들과 앨범 속 낯설기 짝이 없는 얼굴들을 훑으며 두나는 머릿속으로 조사한 내용을 정리하기 시작했다.

'어제 반응으로 보아 희성 씨…… 범인에 대해 뭔가 알고 있는 것 같았어.'

좀 더 정확히 말한다면, 범인의 행동에 찬동하지는 않지만 범인을 보호하려는 듯한 인상을 주었다.

어찌 보면 당연했다. 유가족의 입장에서 범인은 죽은 피해자의 원한을 갚으려 애쓰는 사람이었다. 그 마음만은 고마움을 느낀다 해도 이상하지 않았다.

어쩌면 희성은 본인이 범인이 아니라 해도, 범인과 안면이 있는 사이일지도 모른다.

거기까지 생각이 미치자 두나는 그에게 조금 서운한 마음이 들 뻔했다. 이젠 진짜 연인이라고 부를 수 있는 관계인데, 자신에게까지 범인에 대해 감추다니.

'아냐. 아냐. 이런 걸 서운해하면 안 되지.'

연인인 건 연인인 거고, 일은 일이었다.

두나는 다시금 자기 자신을 다잡았다.

'희성 씨한테도 당당하게 말했잖아? 이건 내 사건이라고.'

그러니 어떻게든 그녀 혼자만의 힘으로 해결할 것이다. 희성에게 기댈 생각은 없었다. 하나나 예준에게도 마찬가지였다.

어떻게든 혼자의 힘으로 해결하고 싶었다.

그때 한 가지 의문이 떠올랐다.

'그런데 난 이 사건에 왜 이렇게 집착하는 거지? 내 눈앞에서 벌어진 일이니까? 기사도 날 정도로 큰 사건이니까?'

그런 이유들이 그녀가 이렇게까지 이 사건에 매달릴 만한 이유가 될 수 있을까?

두나의 손끝이 다 구겨져 손때 묻은 프린트 끄트머리를 톡 건드렸다.

'대체 난 왜 이 사건에 이렇게 집착하는 거지?'

알 수 없는 확신이 그녀의 안에 있었다.

'이 사건은 내가 해결해야 해.'

'그리고 내가 해결할 수 있어.'

……라는 확신. 근거는 당연히 없었다.

길지 않은 불안정한 반쪽짜리 인생을 사는 동안, 두나에게 등불과도 같은 말이 가슴에 남아 있었다. 만신님이 두나에게 해주었던 말이다.

'세상에 의미 없이 태어나는 생명은 없는 게다.'

이제는 알 것 같았다. 그 의미라는 건 결국 자신의 힘으로 이루고 만들어야 하는 것이리라.

이전까지의 두나는 하나의 인생에 기생해 살아왔다. 하나에게 피해를 끼치고 싶지 않아서 자신만의 것을 만들 생각도 하지 않았다. 그러니 자신만의 의미 같은 건 있을 수 없었다.

그러나 지금 두나는 하나와 상관없이 자신만의 것들을 찾고 만들었다. 무언가를 이루려 노력하고 있었다.

계기가 된 건 유현이었다. 유현을 만나 그에 대한 마음을 깨닫고, 자기 자신의 존재를 처음으로 자각했다.

그리고…… 희성을 만났다. 그의 앞에서는 하나에게서 받았던 자신의 이름을, '안두나'라는 존재를 온전히 드러낼 수 있었다.

그리고 마침내 희성이 자신의 마음에 들어왔다. 희성은 그녀의 존재를, 영혼을 채워주었다. 내내 허공에 뜬 것 같았던 두나는 그의 존재가 주는 무게감과 안정감을 닻으로 삼아 현실에 안착할 수 있었다.

그들과 주고받은 감정과 마음이 두나가 비로소 오롯한 한 명분의 영혼이 될 수 있는 기반이 되어준 것이다. 그 힘이 영혼을 가득 채웠다.

그리고 지금 그녀는 거기서 한발 더 나아가려고 하고 있었다.

오로지 자신만의 의지로 과거의 비극을 밝혀내고, 앞으로 또 벌어질지 모르는 비극을 막으려 하고 있었다.

이 행동, 이 행위 자체가 그녀의 존재를 더욱 의미 있게 해준다는 걸 이제는 확신할 수 있었다.

성공이나 실패 여부와는 상관없이 지금 하는 그녀의 노력이 의미 있는 것이리라.

'그래. 이젠 진짜로 당당하게 말할 수 있게 되었으면 좋겠어.'

내내 바라왔다.

'난 하나가 아니라……'

그러나 불가능할 것이라 생각했기에 그런 바람을 감히 드러낼 엄두도 내지 못했다.

'두나라고.'

알 수 없는 따스한 에너지가 그녀의 마음과 영혼을 가득 채웠다. 아마 희성이 지금의 두나를 봤다면 경악했을 것이다. 많이 선명해지기는 했어도, 일반인에 비하면 훨씬 위태로운 상태였던 그녀의 영혼이 마치 등불처럼 영롱하게 빛나기 시작했으니까.

두나는 자신의 이런 변화를 미처 알지 못하고 있었다.

두나는 어쩐지 뿌듯한 마음이 들어 다시 사건 조사에 열중했다. 두 주먹을 불끈 쥐었다.

"좋아. 뭔가 실마리를 더 찾아보자!"

……라고 해도 할 수 있는 건 하나뿐이었다. 두나는 졸업앨범을 더 뒤져보기로 했다. 관련된 사람들이 거의 다 모인 중요한 증거품이니까.

차례차례 넘어가는 책장 사이에는 여러 사람이 있었다.

지영의 모습. 유주의 모습. 그중에 이름은 잘 기억 안 나지만 지난번 고등학교 동창회 때 차세훈과 손문태를 언급하며 화내던 이의 모습도 있었다.

그리고 아직 손문태라는 이름으로 불리던 손민형과 이미 죽은 차세훈도 다시 눈을 스쳐 지나갔다.

그녀는 그 사람들의 어린 시절 한때가 그대로 박제된, 시간의 한 페이지들을 시선으로 배회했다.

무언가 걸리는 것을 찾아서.

졸업앨범 속의 사진들을 하나하나 유심히 살펴보던 두나의 시선이 한 사진에 꽂혔다. 마치 낚싯바늘 끝에 걸린 물고기처럼.

"아!"

어쩌다 보니 이제 익숙해져버린 사람의 얼굴이 찍힌 사진이었다.

천희민.

그는 졸업을 하지 못했기에 졸업앨범에 개개인별 사진과 이름을 싣지 못했다. 그러나 졸업앨범에는 학기 중 행사 때 찍은 사진들도 포함돼 있었다.

실제로 두나가 희민의 사진을 확보할 수 있었던 건, 앨범에 그렇게 희민이 찍힌 사진이 일부이긴 하지만 남아 있었기 때문이다. 유주가 그런 사진 안에서 희민의 얼굴을 찾아서 알려주었다.

"진짜 희성 씨랑 닮았네."

이건 유주가 보여준 사진은 아니었다. 얼굴도 반쯤 가려져 있고 훨씬 작아서, 이 사람이 누구인지 구분하기에 적당한 사진이 아니었던 것이다.

그러나 이 사진은 인상적이었다. 소풍이었을까. 희민은 환하게, 그늘 하나 없이 환하게 웃고 있었던 것이다. 몇 달 뒤 자신에게 찾아올 비극 따위 알지 못한다는 듯이.

그 옆에는 비슷하게 개구진 표정으로 웃고 있는 친구가 있었다. 아마도 이 사람이 바로 처음 손민형 일행에게 괴롭힘을 당했고, 유일하게 희민과 함께 그들에게 대항했으며, 나중에 희민의 장례식에 참석한 그 친구일까.

아마도 희성은 이 친구를 알고 있을 것이다.

그때였다. 두나는 희민의 옆에 찍힌 소년의 얼굴에서 강렬한 기시감을 느꼈다.

"어, 이 사람……?"

분명히 어리고 앳된 얼굴이다. 그러나 익숙했다. 너무나도 익숙했다. 이 얼굴에 세월의 흐름이 더해지면, 그리고 그 얼굴에 안경을 씌운다면…….

"아!"

두나가 잘 알고 있는 한 사람의 얼굴이 이 소년의 얼굴 위로 겹쳐졌다. 평소처럼 다정했던 목소리. 그러나 너무나도 의미심장했던 그 말이 귓가를 울렸다.

'당신 자신만을 생각하세요. 나도, 그럴 테니까요.'

사진 속 소년의 표정이 너무나도 지금의 인상과 달라 바로 알아채지 못했었다.

소년이 더 나이를 먹고 이 활발함과 개구진 모습을 지운 다음 어딘지 모르게 허무한 느낌을 가진 다정함을 씌우면, 그녀가 잘 아는 사람의 모습이 완성된다.

두나는 아연하게 그 이름을 중얼거렸다.

"유현……?"

사진 속 소년의 모습에서 어째서 그의 모습이 보이는 것일까.

뜻밖의 사실을 깨달아 너무 놀란 나머지 두나는 등 뒤에 누군가가 가까이 와 있음을 미처 눈치채지 못했다.

검은 그림자가 그녀의 등 뒤로 드리워지는 그 순간까지도.

* * *

하나는 병원 탕비실에서 길게 한숨을 쉬었다. 벌써 몇 주째인지 모르겠다.

"휴. 힘들어 죽겠다."

내내 병원에서 살다시피 했다. 피로는 이미 머리 끝까지 차올라 있었다.

"두나한테도 민폐네, 이거."

하나가 병원에서 자리를 지키는 동안, 두나는 내내 혼자서 회사 일을 처리하고 있었다. 물론 본인이 손민형 사건을 해결하겠다는 의욕에 자청해서 일하고 있긴 하지만, 하나 입장에서는 영 마음이 편치 않았다.

어쨌건 <인카운터> 직원은 안하나다. 게다가 지영 역시 하나의 친구다.

두나에게 제 일을 모조리 미룬 것 같아 마음이 무거웠다.

"두나가 저렇게 열심히 뛰는데 난 지금 뭐 하고 있는 거람."

두나가 열의에 차서 열심히 하는 모습을 볼수록 하나의 마음은 무겁고 안타까웠다.

아무리 두나가 노력해도, 그 결과는 오롯이 하나의 몫이 된다. 안두나라는 사람이 독립적으로 존재하지 못하는 한, 두나가 무슨 노력을 해도 그 결과는 결코 두나 자신의 것이 될 수 없었다.

하나의 입장에서는 두나가 힘들게 이룬 것을 자신이 편히 앉아서 받아먹는 것처럼 느껴졌다. 그런 건 절대 사양하고 싶었다.

"역시 뭔가…… 다른 방법을 찾아봐야겠어."

지금까지처럼 안하나의 인생을 그녀와 두나가 공유하는 방법이 아닌, 다른 방법을.

그러려면 두나가 하나에게 의지하지 않고 자기 자신의 존재를 유지할 수 있는 방법을 찾아야 했다. 지금까지처럼 일정 기간이 지나면 무조건 사라져서 하나의 안으로 돌아와버려서는, 결국 두나 자신의 삶을 살아가는 건 불가능할 터다.

그러고 보면 언젠가 만신님이 하나에게 당부한 일이 있었다.

'언젠가 저 반편이가 반편이가 아니게 될 때가 올지도 모르겠구나. 온전히 한 명분의 제 자리가 필요하게 될 때가. 그러면 나를 찾아오거라.'

그때가 언제냐고 물었을 때, 만신님은 그저 때가 되면 절로 알게 될 거라고 말했다. 어쩐지 이젠 알 것 같았다.

'그때라는 게 슬슬 다가오고 있는 건가.'

그런 느낌이 들었다.

하지만 아직은 아니었다. 거의 다 된 것 같다는 느낌은 들지만, 바로 지금은 아니다.

게다가 아직 지영이 혼수상태에서 깨어나지 못하고 있었다. 적어도 저렇게 심각한 상황에서 벗어날 때까지만이라도 옆을 지키고 싶은 것이 하나의 솔직한 심정이었다.

"하아……."

하나는 길게 한숨을 쉬었다.

타다닥!

그때였다. 누군가가 급하게 달려오는 발소리가 들렸다. 병원에서 이렇게 다급하게 뛰는 경우는 드물었다. 하나는 의아해하며 탕비실 밖으로 고개를 내밀었다.

그러자 당황한 표정으로 달려오던 간호사가 하나를 보고 외쳤다.

"아! 이지영 환자 보호자분! 환자분이 의식을 되찾으셨어요!"

"네?"

하나의 손에 들려 있던 플라스틱 물병이 바닥에 떨어졌다.

* * *

"지, 지영아. 나 알아보겠어?"

절로 목소리가 커지려는 것을 애써 누르며, 하나는 지영의 상태를 조마조마한 마음으로 지켜보았다.

지영이 멍한 표정으로 눈을 깜빡였다. 아직 정신이 제대로 돌아오지 않은 듯했다. 꽤 오랫동안 혼수상태였으니 당연했다.

잠시 하나를 보며 눈을 깜빡거리던 지영이 느리게 물었다.

"하나……? 맞지……?"

"응. 이제야 정신이 들었구나!"

하나는 감격스러워 눈물이 날 것 같았다.

초등학교 때부터 줄곧 친하게 지낸 친구였다. 지영이 부모님을 일찍 여의고 힘들어하는 걸 바로 곁에서 지켜보아왔다.

그런 친구가 사고를 당하고 몇 주 동안이나 의식불명 상태로 있었던 것이다. 하나의 이런 반응은 당연했다.

지영이 잔뜩 갈라진 목소리로 중얼거렸다.

"나…… 안 죽었구나……."

지영은 어쩐지 조금 의아해하는 듯한 어조였다. 지영은 고개를 돌려 하나에게 물었다.

"괜찮아, 하나야? 너 아무 일 없었어?"

하나는 울컥 눈물이 올라올 것 같은 걸 겨우 억누르며 고개를 저었다.

"지금 네가 날 걱정할 때냐? 너 몇 주 동안 의식이 없었어, 알아? 여기 중환자실이야!"

하나는 떨리는 목소리로 한탄했다.

"진짜 왜 너한테만 이런 일이 벌어지는 거니?"

지영의 부모님은 지영의 학창시절 모두 돌아가셨다. 그렇게 세상에 혼자 남은 지영에게 이런 일까지 벌어지다니. 하나 입장에서는 하늘을 원망하고 싶을 정도였다.

지영은 천천히 고개를 저었다.

"……아니야. 난…… 벌 받은 거야……."

하나의 눈이 커졌다.

"벌? 그게 무슨 소리야?"

하나는 아직 두나에게서 지영의 중학교 시절 있었던 사건을 듣지 못한 상태였다. 지영 역시 그때의 일을 가장 친한 친구인 하나에게조차 말하지 못했다.

지영은 잠시 침묵하다 입을 열었다.

"너한테…… 해줄 말이 있어……. 사실 죽을 때까지 그냥 마음에 담고만 살 생각이었는데……. 콜록콜록!"

마른기침으로 잠시 말이 끊어졌다.

"지영아! 됐어! 일단 좀 있다가…… 회복하고 나서 말하자."

그러나 지영은 고개를 저었다.

"아니, 말해야 돼. 내가 비겁해서 지금까지 숨기고 있었어."

"그 얘기를 이런 상황에서, 이 몸 상태로 왜 굳이 해야 하는데!"

지영이 고개를 들었다.

"지금 말…… 해야 해. 그 애가…… 네 가까이에 있으니까."

하나의 얼굴에 의문만 떠올랐다.

"그 애? 내 곁에 있다니 그게 무슨 소리야?"

지금 지영이 대체 무슨 말을 하는 것인지 전혀 가늠할 수가 없었다.

지영은 푸른색의 입술을 잠시 짓씹더니, 한참 만에 천근처럼 무거운 입을 열었다. 그리고 지영의 입에서 나온 말들은, 그 고해는

182

너무나도 무겁고 또 놀라운 내용이었다.

지영은 내내 불안감에 시달렸다. 누군가가 자신을 지켜보고 있다는 느낌이 강하게 들었다. 그 시선은, 결코 호의적이지 않았다.

아니, 오히려 '악의'로 차 있었다.

불안감에 가슴이 조여들었다. 겨우 며칠 사이에 연달아 이어진 사고가 그 시선과 무관하지 않을 것 같다는 강한 확신이 들었던 것이다.

처음 교통사고를 당했을 때는 그저 운이 나빴다고 여겼다. 그러나 깁스를 한 채로 지하철 계단을 천천히 내려다가 벌어진 사고 때, 그녀는 너무나도 분명하게 느꼈다.

그때 등 뒤에서 누군가가 그녀의 등을 밀었다. 너무나도 분명한 의도와 목적을 가지고서.

그 손길은 분명히 지영을 해치려 하고 있었다. 그 '악의'가 그녀를 노리고 있었던 것이다.

절뚝절뚝.

익숙지 않은 목발을 짚으며, 지영은 천천히 어두운 거리를 걸었다.

'난 왜 여기서 이렇게 걷고 있는 걸까…….'

같이 있어주겠다는 친구 하나의 말도 고사하고 홀로 불편한 몸으로 말이다.

'도망치려고?'

그건 아니었다. 어차피 이런 다리로는 제대로 도망칠 수도 없었다. 그러고 싶은 생각도 들지 않았다.

지금 그녀가 홀로 움직이는 이유는 다른 데 있었다.

직감이 말해주고 있었다. 혼자 있는 것이 나았다. 곁에 누군가를 두는 건 좋지 않다.

특히 소중한 사람이 곁에 있으면…… 위험할 거다.

그러니 최대한 멀리 가는 것이 나았다. 그녀를 바라보는 시선이, 그 악의가 그녀만을 따라오도록. 다른 이들에게까지 피해가 가지 않도록.

절뚝절뚝. 깁스를 한 발이 불안정하게 바닥을 짚었다.

'응보가…… 이제야 오는 것 같아.'

그런 느낌이 들었다. 도망치고 싶다거나 피하고 싶다는 생각도 들지 않았다. 이건 그녀가 저질렀던 과거의 죄가 이제야 대가로 돌아오는 걸지도 몰랐다. 어쩌면 지금까지 차라리 이 순간을 기다리고 있었는지도.

절뚝절뚝. 지영은 여전히 불편한 걸음걸이로 걸었다.

그때였다. 천천히 그녀를 등 뒤에서 소리 없이 따라오던 악의가 마침내 입을 열었다.

"이지영."

낮은 목소리. 밤 속에 녹아든 목소리는 마치 바늘처럼 날카롭게 지영의 귀를 찔렀다.

그 목소리가 들린 순간. 지영은 알았다. 자신의 근거 없는 직감이 사실이었다는 것을. 저 목소리는 그녀의 과거 속 망령이 마침내 실체를 드러낸 것이다.

지영은 기이할 정도로 차분한 마음으로 소리 나는 방향을 향해 몸을 돌렸다. 절뚝거리는 불편한 발걸음으로. 자신의 어두운 과거와 대면하기 위해.

거기 서 있는 것은 그녀가 생각한 것처럼 교복을 입은 한 소년의 유령이나 검은 악의에 가득 찬 정체불명의 무언가가 아니었다.

그저 평범한 한 남자였다.

처음 보는 얼굴이었다. 염색을 한 것인지 밝은 갈색에 베이비펌 머리를 한,

더없이 부드러워 보이는 인상의 남자였다. 안경 안쪽의 눈매가 부드럽게 휜다.

지영은 고개를 갸웃했다.

"누구……?"

그러나 말을 꺼낸 순간, 지영은 기억해낼 수 있었다. 어디선가 본 적 있는 아는 사람의 얼굴이었다.

"아! 당신 분명히 하나의……."

그는 부드럽게 웃으면서, 그녀의 말을 중간에 잘랐다.

"하긴 하나를 통해서도 만났지. 하지만 넌 그보다 먼저 날 만났어. 기억, 못 하겠어?"

그는 머리 나쁜 학생을 차근차근 가르치는 선생님처럼 말했다.

"하긴 내 인상이 많이 변해서 못 알아본 건가. '그 녀석'도 날 못 알아봤었어."

여전히 지영은 이 남자가 대체 무슨 말을 하는 건지 알 수 없었다.

그런데 한 번 본 것이 전부라고 생각했던 남자의 얼굴을 계속해서 바라보자, 무언가가 떠오르려 했다. 훨씬 오래된 기억 저편에 묻힌 누군가의 모습이 천천히 떠오른다.

남자는 이를 눈치챈 건지 천천히 안경을 벗었다. 지영이 기억해내는 걸 도와주겠다는 듯이.

눈매를 가리던 안경이 사라지자, 그의 얼굴이 온전히 드러났다. 처진 눈매와 그 안에 담긴 눈동자는 참으로 선량해 보였다. 그러나 그 눈빛 안쪽의 어둠은 숨길 수 없었다. 게다가 지금의 그는 감출 생각조차 전혀 없어 보였다.

마침내 지영의 눈에 오래되고 고통스러운 과거 기억의 한편에 있던 한 소년의 모습과 지금 지영의 눈앞에 선 남자의 모습이 겹쳐졌다.

지나치게 착하고 소심해서 늘 주변에 치이기만 하던 그 나약한 소년의 모습이. 늘 친구의 등 뒤에만 숨어 있었던 그 무력했던 소년의 모습이. 그렇게 소심하고 나약한 소년이 친구를 구하기 위해 처음으로 그녀에게 도움을 청했던 그때의 모습과 목소리가.

'제발 도와줘, 반장!'

그 목소리에 지금의 목소리가 겹쳐졌다.

인상이 바뀌었고, 이름도 달라졌다. 그래서 바로 알아보지 못했다. 아니, 어쩌면 자신의 죄에서 벗어나고 싶었던 무의식의 결과일지도 모르겠다.

지영은 아연함 속에서 한탄했다.

"강선호……!"

남자는 웃었다.

"그래도 넌 기억을 해내는구나."

"'너는'이라면……?"

남자는 벗었던 안경을 다시 썼다.

"그 녀석, 차세훈은 내가 누구인지 직접 밝힐 때까지 못 알아봤거든."

차세훈. 그 이름을 듣자, 지영의 몸이 굳었다.

10년 넘게 그녀를 괴롭혀온 죄책감을 만들어낸 사건과 연관된 이름이었으므로.

남자는 피식 웃으며 덧붙였다.

"죽기 직전에야 내가 누군지를 알았지."

지영은 그의 말을 듣고서야 차세훈이 죽었다는 걸 알았다. 그리고 그 죽음이 절대로 자연사가 아니라는 것도.

그렇다면 다음은 누구일까?

그와 동시에 지독한 공포가 그녀의 몸을 얼어붙게 했다.

"서, 선호야……."

이미 어느 정도 예감하고, 체념하고 있다고 생각했다. 죗값을 치러야 한다고도 생각했다. 그러나 그 징벌자가 직접 눈앞에 나타나니 본능적인 두려움이 엄습해오는 것까지는 어쩔 수가 없었다.

지영은 바짝 마른 목구멍 너머로 억지로 침을 삼켰다. 따끔한 감각이 올라온다.

그, 강선호가 웃었다. 중학교 시절 친구를 구하기 위해 그녀에게 도움을 청했던 소년이. 그리고 친구의 억울한 죽음 뒤, 그를 위해 증언을 해달라고 무릎을 잡고 매달렸던 그 소년이.

그러나 지영은 그의 기대를, 애원을 뿌리쳤다. 손문태의 집안은 당시 그녀의 아버지가 일하던 곳에까지 영향을 끼칠 수 있었기 때문이었다. 가족을 지키고 싶다는 비겁한 변명을 하며, 강선호와 피해자 천희민을 외면했다.

그것이 그녀의 죄였다. 그 뒤로 부모님을 차례로 잃으며, 지영은 이렇게 생각했다.

'내가 업보를 받는 거구나.'

그러나 아니었다. 진정한 업보는 이제야 그녀의 눈앞에 나타났던 것이다. 이 남자의 모습을 빌려서.

지영은 떨리는 눈을 바닥으로 떨어뜨렸다. 그리고 그녀의 입에서 나온 목소리 역시 형편없이 떨리고 있었다.

"……미안해. 정말…… 미안해."

"……."

"내내…… 이 말은 해야만 한다고, 그렇게 생각했어."

그 말에 선호가 물었다.

"살고 싶기는 한가 보네. 하긴…… 겨우 며칠 사이에 이렇게 사고가 연달아 터지는 건 우연으로 보기에는 힘들긴 하지."

지영은 다급하게 외쳤다.

"……그거랑은 상관없어! 그때 이후로 널 다시 만나게 되면…… 꼭 사과를 해야겠다고. 그렇게 생각했었어."

지영은 속에 든 것을 게워내는 듯이 말을 쏟아냈다.

"그냥 그게 전부야! 내내…… 그때부터 지금까지 줄곧 그 생각을 해왔으니까……."

지영은 절박했다. 목소리에서 절절하게 느껴지는 진심 때문이었을까. 남자는 잠시 침묵한 채로 그녀를 바라보았다.

"……사과할 대상이 틀렸어."

"아……."

"그건 희민이에게 해야지."

지영은 다리에 힘이 풀리는 걸 느꼈다. 간신히 목발에 기대서 버티고 있었으나, 그것도 곧 힘이 다했다.

결국 지영은 바닥에 그대로 고꾸라졌다. 그러나 다시 몸을 일으킬 엄두는 내지 못했다.

각오했다고 생각했으면서도, 정작 눈앞에 다가온 죽음에 대한 두려움이 너무나도 컸다.

남자는 천천히 그녀에게 다가왔다.

"……세 번이야."

"……뭐?"

그는 웃고 있었다. 말하는 내용과는 너무나도 다른 다정한 웃음. 그렇기에 더더욱 몸서리치게 두려웠다.

"차세훈은…… 처음이라 나도 그럴 여유가 없었어. 덕분에 자신이 저지른 죄의 대가를 뼈저리게 몸으로 깨닫지 못하고 바로 가버렸어. 아쉽게도."

"아, 아아……."

말은 제대로 된 소리가 되어 나오지 못했다. 깨달음과 두려움이 뒤섞여 진탕이 되어 그녀의 머리 위로 부어졌다.

"그래서 다음에는 그러지 않기로 했어. 고통도 두려움도 충분히 곱씹을 시간을 줘야 하니까. 너에게도 또 손문태에게도."

손문태. 그 이름을 듣자, 지영은 어깨를 떨었다. 이 모든 일의 주동자인 그 이름. 지난 10여 년간 전혀 듣지 못한 이름이었다.

"너와는 다르게 그 녀석은 지나칠 정도로 뻔뻔하게 아주 잘 살고 있었어."

그는 이미 손문태에 대한 정보 역시 파악해둔 모양이었다.

"난 딱 세 번을 시도할 거야. 너에게는 이미 두 번 시도했어."

역시 지난 두 번의 사고는 우연이 아니었던 모양이었다.

"그래도 너에게 차세훈이나 손문태에게 주려는 벌과 같은 수준의 벌을 주는 건 좀 과하겠지."

남자는 그렇게 말하며 지영이 아닌 다른 곳을 보았다. 그들 옆, 아무도 없는 허공을.

남자는 그쪽을 보며 쓰디쓰게 웃었다. 분명히 웃음인데, 차라리 우는 얼굴이 보는 사람을 편하게 할 것 같은, 그런 표정이었다. 그는 그쪽을 향해 영문 모를 소리를 던졌다.

"응. 알아. 명심하고 있어."

그러고는 혼란과 공포로 가득한 지영에게 말해주었다.

"희민이도 같은 생각인 거 같아."

지영은 공포에 질려 남자가 본 방향을 보았다. 그러나 거기에는 아무것도 없었다. 설마 그에게는 무언가 다른 것이 보이는 걸까?

남자는 나직이 속삭였다.

"그러니까 이번이 마지막이야."

"무슨 말을 하는 거야······?"

"이번엔 지난번보다는 좀 강할 거야. 하지만······ 이번에도 살아남으면 그걸로 끝날 거야."

지영은 깨달았다. 남자는 다시 한 번 그녀의 목숨을 노리겠다고 말하는 것이다.

"살아남더라도 넌 기억해야 해. 네가 지은 과거의 죄를. 희민이의 죽음은 네 잘못이 아니지만, 그 가해자들이 제대로 벌을 받지 못한 데에는 네가 분명히 일조했으니까. 그게 바로 네 죄니까."

그의 손이 다가왔다. 그는 어지럽게 흐트러진 지영의 머리카락을 슥 하고 뒤로 넘겨주었다.

"그 죄에 대한 대가는 치러야지. 살아남더라도 잊지는 마."

나직한 목소리는 마치 흐느끼는 것처럼 들렸다.

"나도, 희민이도 내내 잊지 못하고 있었으니까. 앞으로도 잊지 못할 테니까."

그는 천천히 몸을 일으켰다. 그리고 살짝 심호흡을 했다. 공기를 폐 깊숙한 곳으로 한 번에 빨아들인 다음 그것을 일시에 내뱉는다. 한 마디 말이 지영의 뇌리에 내리꽂혔다.

「이지영.」

조금 전 그가 그녀의 이름을 부를 때와는 전혀 달랐다. 지영은 그 소리가 자신의 머릿속을 온통 휘젓는 듯한 감각을 느꼈다. 아니, 정확히는 머릿속에 있는 영혼을 제멋대로 휘젓는 듯한 감각.

온몸의 뼈와 근육이, 세포 전체가 곤두서서 그의 입에서 나올 명령을 기다린다. 마치 이 순간만은 그녀의 몸이 자신의 뇌 대신 그의 입에서 나오는 명령을 기다리고 있는 것만 같았다.

주인의 명령에 충실한 개처럼.

그런 그녀의 상태를 알고 있는지 남자는 다정하게 웃었다. 녹아내릴 듯이 다정한 미소. 그러나 지금도 그는 전혀 웃고 있는 듯이 보이지 않았다.

이 순간에도, 지영은 이렇게 생각하고 말았다.

'차라리, 차라리…… 울고 있는 게 더 나을 것 같은데…….'

울음이 차라리 더 나을 듯한, 가슴을 쥐어뜯는 듯한 미소로 남자가 말했다.

「*이 길로 계속 걷도록 해. 내가 마련한 벌이 널 덮칠 때까지.*」

그 말이 끝나자, 지영의 몸은 그녀의 의사와는 상관없이 움직이기 시작했다. 몸과 정신이 분리된 듯한 느낌이었다.

지영은 비틀거리면서도 목발에 의지해 몸을 일으켰다. 몇 번이나 넘어질 뻔하면서도 간신히 바로 서는 데 성공했다.

앞에 선 남자는 속을 알 수 없는 표정으로 그런 그녀를 바라보고만 있었다. 손을 내밀지는 않았다. 그녀 역시 이를 기대하지 않았다.

그녀의 몸은 자신의 의사와는 상관없이 천천히 뒤돌아섰다.

남자가 어떤 얼굴을 하고 있는지 다시 확인하고 싶었다. 여전히 그 우는 것이 차라리 덜 고통스러워 보이는 미소일까.

하고 싶은 말이 하나 더 있었다.

'그렇게 고통스러워하지 마.'

그러나 그녀의 입은 말을 할 자유를 빼앗겼다. 알 수 있었다. 그녀의 몸은 저 명령을 완수할 때까지 다른 일은 수행하지 못할 것이다.

제발 지금도 그런 표정이 아니기를 바랐다. 차라리 그가 통쾌하게 웃었다면 혹은 고통을 이기지 못하고 눈물을 흘렸다면, 지금처럼 비통하지는 않았으리라.

그러나 그녀는 이를 확인할 수 없었다. 남자의 명령을 따라 충실히 움직이는 그녀의 두 다리가 그녀를 다른 곳으로 데려가고 있었기 때문이다.

절뚝거리며 어스름이 내리는 길을 걸었다. 저녁 무렵이라 지나다니는 사람들이 많았다. 그들 사이를 지영은 천천히 걸었다. 절뚝이며.

그 어둠 속에서 마침내 그녀를 기다리던 업보가 모습을 드러냈다.

헤드라이트마저 끈 차가 검은 짐승처럼 그녀를 향해 돌진하고 있었다. 지영의 몸은 그 자동차를 향해 내던지듯이 몸을 날렸다.

10년 동안 그녀를 기다리고 있었던 그녀의 죄가 마침내 그녀를 집어삼켰다.

쿵!

"꺄아아악!"

누군가의 비명이 들린 것 같은 착각이 들었다.

하나는 아연한 얼굴로 지영이 간신히 토해놓는 고해를 들었다.

중학교 시절 있었던 일과 그 결과로 벌어지고 있는 모든 사건들을. 그 이야기를 듣자, 하나는 이 일이 두나가 쫓고 있는 바로 그 사건임을 분명히 깨달을 수 있었다.

그와 동시에, 하나는 휴대폰을 열고 두나의 번호를 눌렀다. 신호가 가고 벨이 울린다. 그러나 두나는 받지 않았다.

지영의 말은 계속 이어지고 있었다.

"하나야⋯⋯."

"지영아, 잠시만. 내가 지금……."

"아니, 이 말 꼭 해야 돼. 그 애가 네 곁에 있으니까."

휴대폰을 초조하게 바라보던 하나가 고개를 들었다.

"그 애? 내 곁에 있다고?"

그러고 보니 지영이 눈을 뜨자마자 그런 말을 했었다. 영문 모를 말을.

"이번 일을 벌인 범인…… 강선호……. 그 애가 네 곁에 있었어."

"뭐?"

지영은 고통스러운지 다시 기침을 몇 번 했다. 눈에서는 눈물이 줄줄 흘렀다. 그러나 말을 멈추지는 않았다.

"그 애가 나에 대한 벌로, 너까지 위험하게 할지도 몰라. 그것만은…… 절대 안 되니까."

하나는 지독한 불안감이 등줄기를 타고 기어오르는 걸 느꼈다. 휴대폰을 다시 내려다보았다. 여전히 두나는 전화를 받지 않았다.

하나는 망연한 목소리로 물었다.

"그게…… 누군데?"

"네 회사 동료였어. 지난번에 널 찾아갔을 때 본 사람이…… 그 애였어. 지금은 강유현이라고 이름을 바꾼 것 같더라."

강유현.

그 말을 들은 순간, 하나는 두나를 마지막으로 보았을 때에 느꼈던 불안감이 마침내 구체화되는 것을 느꼈다.

새카만 먹구름처럼.

'설마……!'

15. 호랑이를 잡으려면

두나는 시커먼 어둠 속에 사로잡혔다가 간신히 깨어났다. 머리가 깨질 듯이 아팠다.

천근보다 무거운 눈꺼풀을 간신히 들어 올린다. 눈을 몇 번 깜빡거리자, 잔뜩 흐렸던 시야가 간신히 맑아졌다.

"으. 머리야······."

비슷한 경험이 이미 있었던 것 같은데 말이다. 두나는 고개를 저으며 정신을 차리려 애썼다. 그러나 몽롱한 정신은 바로 평상시 상태로 돌아오지 않았다.

잘 돌아가지 않는 머리로, 두나는 고민하기 시작했다.

"내가 왜 여기 있는 거지?"

그리고 여기는 어디일까?

두나는 다시 두통으로 지끈거리는 머리를 누르려 했다. 그러나 소용이 없었다. 손이 전혀 움직이지 않았던 것이다. 그제야 두나는 자신의 두 팔 상태가 눈에 들어왔다.

"이게 뭐야?"

그녀는 지금 의자에 앉은 채 의자 팔걸이에 두 손이 단단하게 결박되어 있었다.

그제야 의식을 잃기 전 기억이 두나에게 밀물처럼 밀려들었다.

"아!"

그녀는 분명히 야근 도중 유주에게 받아온 졸업앨범을 보고 있었다. 그리고 거기에서 결정적인 무언가를 보고 말았다.

희생자인 천희민의 옆에 선 그 친구의 모습을.

그리고 그 모습은…….

"이제야 깨어났구나?"

다정하고 상냥한 목소리였다. 잘 아는, 익숙한 목소리.

두나는 번쩍 고개를 들었다. 바로 그가 서 있었다.

"유현……?"

그렇다.

강유현. 두나의 첫사랑이자 현재 하나의 직장 동료인 남자.

그리고 두나가 의식을 잃기 전 유주의 졸업앨범에서 본 사람의 얼굴이었다.

피해자 천희민의 옆에 서서 환하게 웃던 그 모습은, 분명히 유현의 중학교 시절 모습이었다.

분명히 그다. 그러나 평소의 그와는 많이 달라 보였다. 차이가 있다면 그저 안경을 벗고 있다는 것뿐인데도.

유현은 웃었다.

"그래. 맞아."

기묘한 정적이 두나가 결박된 어딘지 모를 창고 같은 방 안에 내려앉았다.

두나는 식은땀이 등줄기를 타고 흐르는 것을 느꼈다.

지금 이 상황 자체가 의미하는 바 때문이다.

유현은 지금 두나를 납치해서 어딘가에 감금한 상태다.

게다가 그는 아마도 두나가 졸업앨범에서 그의 모습을 본 것을 알았을 것이다. 그러니 지금 이런 일을 벌였겠지.

두나는 긴장감에 바짝 마른 목구멍으로 침을 삼켰다. 목구멍이 따끔따끔했다. 침이 제대로 넘어가지 않았다.

두나는 어떤 말부터 시작해야 좋을지 가늠이 되지 않았다. 분명한 건 이럴 때일수록 침착해야 한다는 것이다.

호랑이 굴에 잡혀가도 정신만 차리면 된다고 하지 않나.

새삼 깨달았다. 지금 두나는 이미 유현을 '호랑이'라고 인식하고 있음을.

그때 유현의 목소리가 들려왔다. 평소처럼, 아니 평소보다 더욱 상냥하고 유쾌한 목소리였다.

"네가 이렇게까지 가까이 올 줄은 몰랐어."

두나는 채찍을 맞은 것처럼 어깨를 떨었다.

"유, 유현 씨……"

그 말에 유현은 고개를 좌우로 저었다.

"아냐, 아냐. 어차피 지금 여기서 그렇게 예의 차릴 필요 없잖아."

"……."

"너도 나도 잘 알고 있잖아? 왜 내가 널 여기에 데려왔는지."

그 말은 사실이었다. 두나는 이미 알고 있었다. 지금 이 상황 자체가 증거였다.

손민형, 즉 손문태와 이지영을 노린 범인은 강유현이었다.

강유현은 과거 G 중학교에서 있었던 사건의 피해자인 천희민의 친구였던 것이다.

그는 친구의 복수를 위해 이 모든 일을 꾸몄다.

그리고 그는 자신의 정체를 알게 된 두나를 이렇게 어딘지 알 수 없는 곳으로 납치해서 데려왔다.

그 이외에 다른 해석은 있을 수가 없었다.

두나는 항복을 하듯 고개를 끄덕였다.

"그래. 강유현."

유현의 얼굴에 그려진 미소가 짙어졌다.

"너와 이런 상황에서 얼굴을 마주하게 될 줄은 몰랐어."

유현 역시 고개를 끄덕였다.

"그건 나도 마찬가지야. 설마 네가 이 일에 그렇게 열정적으로 파고들 줄은 미처 몰랐거든. 그리고 정말로 이렇게 가까이 올 줄도 몰랐고."

두나는 아직도 다 깨지 못한 의식을 다잡으려 노력했다. 무슨 약이라도 쓴 걸까.

"넌…… 10년 전 사건에서 희생된 천희민의 친구였던 거지. 그래서 그의 복수를 위해서, 손민형…… 아니, 손문태에게 테러를 가했던 거야. 그리고 그때 거짓 증언을 해서 가해자들이 풀려나는 데 일조했던 이지영 역시 사고에 휘말리게 했어. 그리고 아마도 가해자 중 하나인 차세훈의 죽음 역시…… 네가 한 짓이겠지."

두나는 갈라진 목소리로 물었다.

"내 말이 맞지?"

잠시 두나를 바라보던 유현은 여전히 미소를 잃지 않은 채 고개를 끄덕였다.

"응. 맞아. 아주 정확해."

그는 어쩐지 조금 즐겁고 또 곤란해 보였다.

두나는 아연한 표정으로 물었다.

"내가 찾은 제보자가 강선호는…… 죽었다고 했었어."

"그렇게 소문이 났나 보네."

유현은 부드럽게 웃었다.

"실제로 몇 번 시도도 했었어. 실패했지만. 아마 그 소문이 와전된 모양이지."

좀 더 제대로 알아봤어야 했다. 이렇게 어이없이, 바로 옆에 있는 사람을 찾아내지 못하다니.

두나는 자신의 한심함 때문에 미칠 것 같은 기분이었다.

그러나 그보단 지금 눈앞에 있는 유현을 막는 게 먼저였다.

두나는 다시 물었다.

"또 그들을 공격할 생각이야? 가해자들이 죽을 때까지?"

유현은 피식 웃으며 두나의 표현을 정정했다.

"그들이 자신이 저지른 죄에 대해 제대로 대가를 돌려받을 때까지."

두나는 미친 듯이 두근거리는 심장을 애써 누르며 물었다.

"그래서 날 어떻게 할 생각이야?"

"……."

그 말에 유현은 잠시 멈칫했다. 두나는 그를 다그치듯 물었다.

"나도 손민형이나 이지영에게 한 것처럼 할 생각이야?"

그 말에 유현의 얼굴에 기묘한 감정이 스쳐 지나갔다.

"글쎄……. 하지만 그전에 한 가지부터 물어보고 가자."

"물어? 뭘?"

황당한 얼굴을 하는 두나에게 유현이 상체를 숙였다. 그들의 얼굴이 당장에라도 닿을 듯이 가까워진다. 두나는 당혹스러움에 얼굴을 붉혔다.

유현은 빙긋이 웃으며, 두나가 전혀 예상하지 못한 질문을 던졌다.

"네 이름이 뭐야?"

"……뭐?"

두나는 아연했다. 지금 유현이 무슨 말을 하는 건지 알 수 없었다. 그러나 유현은 확신을 가지고 그녀를 다그쳤다.

"네 진짜 이름부터 말해줘."

"진짜, 이름……?"

설마 지금 유현이 무언가를 알고 말하는 것일까?

하지만 어떻게?

두나의 지독한 혼란에 대해 명쾌하게 답을 내려주겠다는 듯, 유현이 속삭였다.

"그래. 진짜 이름. 대학에서 널 처음 봤을 때부터 궁금했어. 네 진짜 이름 말이야."

두나는 습관처럼 하나의 이름을 댔다.

"그야, 안하나……."

유현은 천천히 고개를 저었다. 확신에 찬 태도로.

"넌 하나가 아니잖아."

* * *

머릿속이 아득해졌다. 유현의 말이 이어졌다.

"널 처음 봤을 때부터 알았어. 네가 하나가 아니라는 걸."

"어떻게……."

"그냥 본 순간 알 수가 있었어. 하나와 정말로 비슷하지만 같지는 않다는 걸. 그리고 시간이 점점 흐르면서 더욱더 하나와는 달라져가고 있다는 것도. 지금은…… 거의 다른 사람 같네."

"아……."

너무나도 당혹스러워 말이 이어지지 않았다.

유현은 그런 두나의 마음을 이해한다는 듯이 싱긋 웃어주었다. 진심으로 다정한, 과거 두나를 설레게 하던 그 미소였다.

"정말 오래 걸리긴 했지만 인사를 다시 하자. 난 강유현, 개명하기 전 옛날 이름은 강선호야."

그는 오랜 시간이 걸린 자기소개를 끝냈다. 그리고 물었다.

"네 이름은 뭐지?"

그러나 지금 두나에게는 너무나도 섬뜩하고 두렵게 느껴졌다. 그녀는 입을 다물었다.

직감이 말하고 있었다.

'말해서는 안 돼. 절대로, 안 돼.'

유현은 타인을 조종하는 능력을 가지고 있었다. 어쩌면 저렇게 집요하게 두나에게 그녀의 이름을 묻는 건 바로 그 타인을 조종하는 능력이 이 이름과 연관이 있는 게 아닐까, 하는 생각이 불현듯 들었던 것이다.

두나는 필사적으로 입을 다물었다.

* * *

그때였다. 알 수 없는 감각이 그녀를 덮쳤다.

지독한 현기증.

"아!"

"하나야!"

지영이 말을 듣지 않는 몸으로 하나를 부축하려 애썼다.

"왜 그래, 하나야? 괜찮아?"

하나는 이 느낌을 잘 알고 있었다. 몇 번 느껴본 적이 있었다. 가장 최근에 느낀 건 두나가 교통사고를 당했을 때였다. 하나는 잠시지만 강렬한 통증을 느꼈다.

그리고 지금의 이 강렬한 현기증은, 마치 마취 혹은 수면제에 당하는 느낌과 비슷했다. 두나가 비슷한 일을 겪었을 때, 이런 느낌을 받은 적 있었다.

하나와 두나는 상대방의 신상에 위험한 일이 생기면, 직감적으로 느낄 수 있었다. 바로 지금처럼.

하나는 아뜩해지려는 정신을 다잡고, 주머니를 뒤졌다. 곧 손끝에 딱딱하고 매끈한 것이 잡혔다.

떨리는 손으로 그걸 꺼냈다.

'매개체.'

어쩌면 두나가 하나에게 이걸 맡긴 건 바로 이 순간을 위해서였을지도 모르겠다. 하나는 입술을 짓씹으며 손에 든 거울을 온 힘을 다해 벽으로 내던졌다.

쨍그랑!

거울은 순식간에 박살 났다.

지영은 당혹스러움에 하나와 거울을 번갈아 보다가 물었다.

"왜 그래, 하나야?"

지영이 거의 침대 위를 기다시피 해서 하나에게 다가가 그 손을 잡는다. 하나의 손은 사시나무 떨듯이 떨고 있었다.

하나의 입술 사이로 가는 목소리가 흘러나왔다. 그 손처럼 떨리는 목소리가.

"⋯⋯안 돌아와."

"응?"

"어째서? 분명히 매개체를 깼는데……."

하나의 목소리는 지진이 난 것처럼 떨리고 있었다.

"두나가…… 안 돌아와."

하나는 다시 시선을 내렸다. 분명히 매개체인 거울은 박살 난 상태였다. 그렇다면 두나는 하나의 안으로 돌아와야 맞다.

그런데 두나는 그녀의 안으로 돌아오지 않았다.

여전히 휴대폰은 계속해서 울렸다. 착신음만이 귓바퀴 안에서 맴을 돈다. 영원히 끝나지 않을 것처럼.

그때 그 끝나지 않을 것 같던 착신음이 끝났다.

달칵.

누군가가 전화를 받았다. 하나는 다급하게 외쳤다.

"두나야!"

━……

상대방은 대답이 없었다.

"두나야! 괜찮아? 아무 일 없어? 강유현! 강유현이 범인이야! 조심해야 해! 알겠어? 두나야!"

━……

여전히 전화기 너머에서는 아무런 대답이 없었다. 그 부자연스러운 침묵에 하나는 퍼뜩 깨달았다.

분명히 하나는 두나에게 전화를 걸었다. 그러나 두나의 전화를 받은 이가 반드시 두나라는 법은 없지 않은가.

깨달음은 너무 늦었다.

그리고 하나가 무어라 다시 말을 하려는 순간, 통화가 끊겼다.

하나는 비명처럼 외쳤다.

"두나야!"

지영이 올려다본 하나의 표정은 자신의 몸 절반이 떨어져 나간 사람의 것이었다.

* * *

휴대폰 너머에서 하나가 절박하게 외치고 있었다.

-두나야! 괜찮아? 아무 일 없어? 강유현! 강유현이 범인이야! 조심해야 해! 알겠어? 두나야!

그러나 두나는 대답할 수 없었다. 유현이 그녀의 입을 막고 있었던 것이다.

-두나야!

비명처럼 자신을 부르는 하나의 음성이 들렸다. 그와 동시에 유현은 전화를 끊어버렸다. 통화가 끝나자, 유현은 두나의 입을 막고 있던 손을 풀어주었다.

"……하아!"

두나는 거칠게 숨을 몰아쉬었다. 그런 그녀를 보고, 유현은 미안하다는 듯이 말했다.

"너무 거칠게 대해서 미안해."

두나는 외쳤다.

"강유현!"

"그래, 두나야."

두나는 입술을 깨물었다. 이름을, 들켜버렸다.

유현은 즐겁다는 듯이 중얼거렸다.

"안두나. 그게 네 이름이구나. 대체 몇 년 만에 알게 된 건지."

두나는 다급하게 외쳤다.

"그만둬!"

"무엇을?"

"손민형과 이지영! 아직도 노리고 있잖아!"

유현은 고개를 끄덕였다.

"그래. 아직 노리고 있어. 자신의 죄에 대한 대가를 다 치르지 못한 죄인들이 남았으니까."

"그 대가를 네가 치르게 해서는 안 돼!"

그 말에 유현의 얼굴이 굳었다.

"그러면 누가 그들에게 대가를 치르게 하지?"

"그건……!"

"법은 그들에게 정당한 대가를 치르게 하지 않고 놓아주었지. 그 결과 손문태가 또다시 주변에 다른 피해자들을 만드는 걸, 너도 봤잖아?"

그건 맞는 말이었다. 두나는 손민형이라 이름을 바꾼 그가, 과거 중학교 시절 했던 것과 크게 다르지 않은 짓들을 벌이는 걸 목격했다.

자신에게 모욕만 당하고도 목숨을 구해준 코디를 냉혹하게 자르고, 오히려 그 공은 자신이 가로챘다.

과거 청소년 시절 자신이 저지른 짓에 대한 죗값 역시 조금도 치르지 않았다.

유현이 아무 일도 하지 않는다면, 그는 여전히 지금까지 살던 대로 잘 살아갈 것이다. 또 다른 희생자들을 내면서.

두나는 입술을 깨물었다. 그건 두나 자신도 원치 않았다.

유현이 하는 일이 잘못되었다고 생각하지만, 그럼에도 유현의 마음을 이해할 수 있었다. 아니, 이해하지 않을 수 없었다.

손민형에 대해 조사하면서 알게 된 모든 정보를 통해 두나가 내린 결론이었다.

그렇기에 두나는 이렇게 외칠 수 있었다.

"내가! 내가 벌을 받게 하겠어!"

유현의 눈이 처음으로 당혹감으로 떨리기 시작했다.

* * *

희성은 피로감에 마른세수를 했다.

"대체 어디에 있는 거지……."

헛웃음이 연이어 터졌다. 애초에 그 아이를 막겠다는 자신의 시도가 얼마나 무모한 일인지는 그 자신도 잘 알고 있었다.

그저 단 한 번 얼굴을 마주하고서 짧은 대화를 나누었을 뿐이다. 그리고 그때 이후로, 명백하게 그 아이는 희성을 피하고 있었다. 예외적인 건 단 한 경우, 두나와 함께 있을 때뿐이었다.

두나의 앞에서 그들은 서로를 알고 있는 사실을 드러낼 수 없었다. 그렇게 가면을 쓴 채로 대면하는 것이 전부였다.

두나가 자신을 의심하고 있다고 말하며 고백까지 한 그 직후, 희성은 필사적으로 그 아이를 찾았다.

'어디에서 일하는지는 이미 알고 있으니 먼저 만나서…… 설득하면 된다고 생각했는데……'

찾는 것 자체가 불가능했다. 의도적으로 자신을 피하고 있었기 때문이다.

희성은 약 10년 전 그 아이를, 동생 희민의 친구 선호를 마지막으로 만났던 때를 떠올렸다.

희민의 장례식 날이었다. 손문태와 차세훈이 어떤 벌도 받지 않고 풀려난 지 3일 뒤이기도 했다.

며칠 전부터 내내 흐리던 하늘이 그날은 끝내 비를 떨구었다.

거의 텅 빈 장례식장 안으로 들어선 선호의 몸은 온통 비로 젖어 있었다. 창백한 얼굴도 엉망으로 젖어 있었다. 그 빗물에 눈물도 섞인 것인지는 알 수 없었다.

거의 넋을 놓고 있던 희성만이 선호를 맞았다. 모친은 이미 탈진해서 쓰러져 병원으로 옮겨진 상황이었기 때문이다.

바닥에 뚝뚝 떨어지는 물을 닦을 생각도 하지 못하고서 선호는 울음 섞인 말문을 열었다.

"……죄송해요, 형."

"선호야."

"죄송해요. 정말…… 죄송해요."

아직 어렸던 소년은 자신을 도우려다 억울하게 세상을 떠난 친구의 형에게 하염없이 사죄의 말만을 반복했다.

그 장례식 이후, 희성은 선호의 행방을 알지 못했다.

전혀 예상하지 못한 곳에서 다시 만나게 될 때까지는.

* * *

희성이 두나와 파스타집을 갔을 때였다. 두나와 이야기 중에 그는 익숙한 모습을 보고 말았다. 동생의 장례식 이후 본 적 없던 선호였다. 이제는 다 자라 성인이 되었지만, 금방 알아볼 수 있었다. 그 영혼의 색은 그대로였던 것이다.

아니, 그대로라는 말은 옳지 못한 표현일지도 모른다. 그 색은 지독한 검은색 악의에 둘러싸여 있었다. 검게 이글대는 악의가 빗속에서 차마 울지도 못하던 그 어린 소년의 영혼을 온통 물들이고 있었다.

그런 그를 그냥 놔둘 수는 없었다. 희성은 실례인 줄 잘 알면서도 두나를 두고 자리를 비웠다.

당혹스러운 눈을 하는 두나에게 사과하며 바쁘게 자리를 떠났다.

"미안해요, 두나 씨. 금방 올게요."

그렇게 달려 내려간 희성은 선호를 찾아 헤맸다. 그리고 한참 뒤에야 겨우 발견할 수 있었다.

희성은 거칠게 숨을 몰아쉬며 물었다.

"강선호…… 맞지?"

그 말에 청년이 천천히 뒤를 돌아보았다. 그를 보고, 선호는 놀란 눈을 했다.

"희성 형 맞죠? 못 알아볼 뻔했어요."

그 말에 희성은 이를 악물었다.

"못 알아볼 뻔한 건 나다. 너…… 대체 지금 무슨 짓을 하고 있는 거냐?"

희성의 힐책에 그는 환하게 웃었다. 영혼의 빛이 더더욱 깊은 어둠에 잠식당한다. 그 자체가 사람이 아닌 그림자가 된 것처럼.

"하필이면 이때에 형과 다시 만난 것도 의미심장하네요. 희민이가 도와준 걸까요?"

"뭐?"

선호의 미소는 너무나도 다정하고 부드러웠다. 영혼 전체를 늪과 같은 검은 악의에 물들인 채, 저렇게 웃을 수 있다는 것이 도리어 더 불가사의했다.

"전 해야 할 일을 하고 있어요. 형."

해야 할 일.

그 말이 나옴과 동시에, 선호의 영혼 전체가 검게 물들었다.

"해야 할 일, 이라고?"

그는 고개를 끄덕였다.

"네. 희민이를 위해서요. 희민이를 그렇게 만든 자들에게 합당한 대가를 치르게 하기 위해서요."

점점 목소리가 높아졌다.

"그들은 전혀 대가를 치르지 않았어요. 법은 아무런 도움도 되지 못했죠."

희성은 거의 신음하듯 중얼거렸다.

"선호야……."

"법이 쓸모없다면, 사람이 벌을 주는 수밖에 없잖아요?"

희성은 새삼 아연해졌다. 선호의 몸을, 그 영혼을 에워싼 검은 악의는 이미 선을 넘은 수준이었다. 그 일을 벌이려 하는 단계에서는 저렇게 짙은 어둠을 보일 수는 없었다.

"너…… 이미 저질러버린 거구나."

희성의 침음성에, 그는 쓰게 웃었다.

"네. 차세훈…… 기억해요, 형?"

"잊을 수가 없지."

기쁘고 행복한 기억은 차라리 빨리 잊혀도, 고통스럽고 원통한 기억은 결코 잊히지 않는 법이다.

"그렇죠. 잊을 수가 없죠. 그런데 그 녀석은 잘도 잊고 있더라고요."

그 녀석이 차세훈을 가리키는 말이라는 건 바로 알 수 있었다.

"희민이도 나도 그냥 불쾌한 기억이라고 잊어버리고, 아주 잘 살고 있더라고요."

그 목소리에서는 진득한 악의가 묻어났다. 그 말을 듣고 희성 역시 분노가 치밀었다. 그러나 그보다 눈앞에 선 선호의 상태가 더 걱정되었다.

"그 차세훈…… 어떻게 한 거냐?"

그는 웃었다. 더 환할 수 없을 정도로 화사하게.

"죽었어요."

"네가…… 죽인 거냐?"

선호는 살짝 시선을 피했다. 얼굴에는 잠시 싸늘한 표정이 스친다.

"공식적으로는, 또 법적으로는 자살했어요. 하지만…… 네. 제가 죽인 게 맞죠."

말미에는 지독히 쓴웃음이 천천히 배어 나왔다. 피비린내가 느껴지는 듯한 착각이 일었다.

"선호야……."

희성은 직감했다. 여기서 막아야 한다.

그에게 선호는 고마운 아이였다. 세상을 떠난 동생의 유일한 친구였고, 동생의 죽음을 슬퍼하고 분노해준 이다.

선호가 행복하게 잘 살 수 있기를 바랐다. 동생의 죽음에서 아직까지 벗어나지 못한 채 이런 복수극까지 벌이는 걸 결코 원치 않았다.

또 희민 역시도 그러했다.

"선호야. 그만하자. 여기서 멈춰."

희미한 미소를 띠고 있던 얼굴이 굳어졌다.

"형이 그런 말을 하지 않을까, 그렇게 생각하긴 했어요."

"이건 널 위해서 하는 말이다."

"알아요. 형도 참 착한 사람이에요. 희민이처럼."

희성은 고개를 저었다. 착한 사람이라는 표현이 자신에게 맞지 않는다는 건, 희성 자신이 가장 잘 알고 있었다.

지금 희성은 차세훈의 죽음에 조금의 유감도 없었다. 선호가 노리려 하는 다른 이들에게도 똑같았다. 그들의 안위 따위는 조금도 걱정되지 않았다.

당연하다. 하나뿐인 동생의 원수에게 그렇게까지 너그러울 만큼 성인군자가 아니었다.

그러나 선호는 달랐다.

"아니, 아니야. 이건 그만해야 해. 네가 하면 안 되는 일이야!"

이 복수는 무엇보다 선호 자신을 망칠 것이 분명했다. 그것만은 외면할 수 없었다.

그러나 선호는 고개를 저었다.

"막지 마세요, 형. 이건 경고예요. 전 형까지 해치고 싶지는 않아요."

"너……."

"그랬다간 희민이도 슬퍼할 테니까."

선호는 잠시 고개를 숙였다가 다시 고개를 들었다. 그 얼굴에 떠오른 건 기쁨이나 분노 같은 설명할 수 있는 일반적인 감정이 아니었다.

차라리 광기.

"하지만 막으려 든다면, 형이라고 해도 용서하지 않을 거예요."

"……."

그 섬뜩함에, 희성은 잠시 굳고 말았다.

선호는 희성을 보며 다시 웃었다. 재회 직후 처음 보였던 그 웃음이었다. 마치 가면 같은.

"이제 때가 되었겠네요."

"때?"

"네, 거짓말쟁이가 벌을 받을 시간이요."

그와 동시에, 약간 떨어진 곳에서 날카로운 소음이 울렸다.

끼익!

아스팔트를 긁는 날카로운 소음과 이어지는 둔탁한 충돌음.

쾅!

그리고 누군가가 내지르는 비명.

"아아아악!"

사고였다.

"설마……!"

희성은 잠시 소리가 난 곳으로 주의를 빼앗겼다. 어쩌면 이 사고 역시 선호가 벌인 일일지도 모른다.

그는 다시 고개를 돌렸다. 선호가 있는 곳을 확인하기 위해.

"아……!"

그러나 그 자리는 이미 텅 비어 있었다.

그 직후, 희성은 뜻하지 않게 선호와 다시 마주하게 되었다.

다른 이름으로.

사고가 난 바로 그 장소에서.

두나가 난처하게 웃으며 가면처럼 웃는 선호를 그에게 소개해주었다. 희성이 알고 있는 것과 전혀 다른 이름으로.

"제 회사 동료인 강유현 대리님이세요."

희성이 무어라 말을 꺼내기도 전에 선호, 아니 유현이라 불린 남자가 먼저 움직였다. 그가 먼저 손을 내밀었다.

"처음 뵙겠습니다. 강유현입니다."

* * *

유현은 겉으로 드러난 떨림을 곧 갈무리했다.

"네가 벌을 주겠다니, 무슨 말을 하는 건지 모르겠는데."

두나는 필사적으로 외쳤다.

"난 정보를 다 모았어! 손민형에 대해서! 손민형이 저지른 잘못

들에 대해서 말이야. 그걸…… 공론화시킬 거야!"

잠시 침묵하며 두나를 내려다보던 유현은 허탈하게 웃으며 고
개를 저었다.

"소용없어. 너도 알잖아? 네가 아무리 확고한 증거를 가지고 있
다고 하더라도 그건 결코 공론화될 수 없어."

"아니, 난……!"

"그건 네 의지만으로 되는 일이 아니야. 손민형의 집안은 검찰
에까지 손이 닿으니까. 그래서 10년 전에도 희민의 일은 어둠에 묻
혔지."

유현은 고개를 저었다.

"네 그런 점은 정말 대단하다고 생각해. 존경할 만하다고도."

"그러면……!"

"하지만 그것만으로는 아무것도 바꿀 수 없어, 두나야."

유현은 처음부터 두나를 그렇게 불러왔던 것처럼 자연스럽게
그 이름을 불렀다. 다정하고 상냥하게. 눈물이 날 정도의 다정함이
었다.

그는 그 다정함이 묻어나는 목소리로 손을 뻗었다. 몸부림치느
라 엉망이 된 두나의 머리카락을 다정하게 쓸어내린다.

"난 네가 다치지 않기를 바라. 너도, 희성 형도 둘 다."

역시 희성은 이미 유현에 대해 어느 정도 알고 있었던 모양이
다.

"희성 형도 내가 무슨 짓을 하는지 알자마자 나를 막으려고 하
더라."

두나는 절박하게 외쳤다.

"안 돼! 안 돼, 유현아!"

"너도 희성 형도 참 착한 사람들이야. 그래서 다행이야. 널 포기해도 안심할 수 있어서."

몸부림치던 두나의 움직임이 굳었다. 두나는 천천히 고개를 들었다. 유현의 얼굴이 눈에 들어왔다.

그는 우는 듯이 웃고 있었다. 차라리 우는 것이 덜 고통스러워 보일 그런 미소를. 너무나도 아름답고 또 안타까워 보이는 미소였다.

망연하게 자신을 올려다보는 두나를 보며, 그는 한 번 흐릿하게 웃었다. 그리고 두나의 입술에 제 입술을 겹쳤다.

찰나의 순간이었다. 너무 상냥해서 슬픈 체온이 잠시 닿았다 떨어졌다. 나직한 목소리가 신기루처럼 그녀의 귓가에 닿았다.

"미안해."

그와 동시에 유현은 두나의 곁에서 떨어졌다. 그가 두나에게서 멀어지자마자 내내 그가 억누르고 있던 검은 악의가 마치 폭발하듯 기어 올라왔다. 그것은 마치 살아 있는 생물처럼 유현을 집어삼켰다.

유현은 두나 앞에서만은 이 악의를 숨기려 필사적으로 애써왔다. 그러나 더 이상 그럴 필요가 없었다. 마지막 순간에 와서는.

두나의 입에서 고통스러운 신음이 흘렀다.

"아아!"

끝내 막지 못한 것이다.

유현은 한탄하듯이 중얼거렸다.

"네 힘으로는 무리야. 그리고 네가 하려다간 너도 다칠 수 있어. 손민형은 너 하나 정도는 얼마든지 입을 다물게 할 수 있을 테니까."

두나는 애원했다.

"……제발 그만둬!"

그러나 그 목소리는 유현에게 닿지 못했다.

"너처럼 착한 사람이 다시 상처 입는 건 또 보고 싶지 않아."

검은 악의에 가려 유현의 표정은 이제 거의 보이지 않았다. 그러나 두나는 그가 이번만은 진심으로 웃고 있다는 것을 알았다.

"그전에 내가 하겠어."

그는 거의 들리지 않을 정도로 낮은 목소리로 중얼거렸다. 그러나 두나는 그 말을 또렷하게 들었다.

"죄인들은 벌을 받아야지."

죄인들. 그는 그렇게 말했다. 두나는 알았다.

저 죄인들에는 유현 자신 역시 포함되어 있다는 사실을.

그녀가 다시 한 번 몸부림치려는 순간 유현의 입에서 '그 말'이 흘러나왔다.

「안두나.」

그건 마치 뱀처럼, 혹은 밧줄처럼 두나의 온몸과 정신을 옭아매었다. 그녀의 몸과 혼이 오로지 그의 명령만을 따를 준비를 마쳤다. 두나는 깨달았다.

이건 언령(言靈)이었다.

거부할 수 없는.

두나의 앞에서 다시금 유현의 입술이 열렸다.

* * *

예준이 외쳤다.

"언령이라고요?"

수화기 너머에서 느긋한 노파의 목소리가 들려왔다. 그 목소리의 주인은, 바로 예준의 조모인 지리산 만신 이정화 여사였다.

-그래. 귀청 떨어지겠다.

그녀는 손자가 보내준 사진을 뒤늦게 확인하고 이제야 전화를 준 것이다.

예준이 택배로 보낸 사진은 제때 도착했으나, 이정화 여사가 기도를 위해 지리산 동굴 속에 틀어박혀 있느라 확인이 늦어졌던 것이다. 종종 있는 일이지만, 하필이면 지금처럼 다급한 상황에서 이렇게 되다니.

예준은 다급하게 외쳤다.

"그런 능력을 가진 사람이 아직 남아 있다고요? 그건 할머니도 못 쓰시는 힘이잖아요!"

언령은 이제 거의 사라지다시피 한 힘이다. 말만으로 상대방을 조종할 수 있는 힘이라는 것이 그렇게 쉽게 얻을 수 있을 리 없다.

-그야 그렇지. 하지만 궁지에 몰리면 쥐도 고양이를 무는 법 아니냐. 이 힘의 소유자는 정말로 필사적인 것 같구나. 자기 자신을 버릴 각오로 말이야.

이 사건에는 하나와 두나, 희성까지 연관되어 있다. 이대로 그냥 모른 체할 수는 없었다.

예준은 심각한 목소리로 물었다.

"할머니, 역시 올라와주세요."

그에 만신님은 딱 잘라 말했다.

-아니. 난 못 간다.

"어째서요?"

경악과 원망 어린 손자의 되물음에 이정화 여사는 대수롭지 않게 대꾸했다.

-좀 더 정확히 표현하자면…… 일이 다 끝난 뒤에 갈 거다. 이건 그 반편이가 온전히 하나가 되기 위해 꼭 필요한 일이니. 제 힘으로 극복하지 못하면 결국 제대로 태어날 수 없을 거다.

예준으로서는 전혀 알아들을 수 없는 말이었다.

* * *

좌절감에 빠져 있던 희성을 일깨운 것은 갑자기 울린 전화벨 소리였다.

띠리리리!

그는 의아해하며 휴대폰을 들었다. 예준이다. 갑자기 무슨 일인 걸까? 그는 착잡한 마음에 전화를 받았다.

"응, 예준아."

-형! 큰일이야! 두나가……!

그 말에 희성의 얼굴이 창백해졌다. 심장이 덜컹 내려앉는다. 선호의 일을 해결하는 데 온통 주의를 쏟고 있었다. 그래서 그 일을 해결하고 나서, 두나에게 당당하게 그동안의 일을 고백하려 했었다.

그런데 정작 자신이 그 일에 신경 쓰는 동안 두나에게 무슨 일이 생겼다면…… 그는 자기 자신을 용서하지 못할 것 같았다.

"두나 씨가 왜? 무슨 일이야!"

예준의 목소리는 긴장으로 딱딱하게 굳어 있었다.

-하나에게 연락이 왔어. 두나에게 무슨 안 좋은 일이 생긴 것 같은 느낌이 왔다고.

"안 좋은 일?"

-그래. 구체적으로는 모르지만, 하나와 두나는 서로에게 큰 사고가 생기면 그걸 느낌으로 알 수 있거든. 그래서 하나가 그 즉시 매개체를 깼는데……."

희성 역시 알고 있었다. 하나가 두나를 꺼낼 때의 매개체인 거울. 그 거울이 깨지면, 두나는 다시 하나에게로 돌아간다. 때로 그 방식은 가장 효과적인 탈출 방법이기도 했다.

-그런데…… 매개체가 깨졌는데도 두나가 하나에게 돌아오지 않았다고 해.

지독한 불안감이 희성을 엄습했다.

* * *

유현은 천천히 밤거리로 나섰다. 사방에는 어둠이 깔려 있었다.

그러나 그 어둠은 그에게는 조금도 방해가 되지 않았다. 그 자신의 어둠보다 짙은 어둠은 없었기 때문이다.

"……."

그는 잠시 뒤를 돌아보았다. 그가 꽤 애착을 가지고 일하던 회사 건물. 그리고 거기에는 그에게 딱 하나 남은 미련마저 두고 왔다.

필사적으로 그를 막으려던 두나의 모습이 떠올랐다. 만난 뒤로 근 8년. 오늘 처음으로 그녀의 진짜 이름을 알았다. 그리고 오늘로 모든 것이 끝이다.

아쉬움은 없었다. 그에게는 그럴 자격이 없기 때문이다. 죄인에게는.

그는 깊은 한숨을 내쉬고는 밤의 어둠 속으로 녹아들었다.

* * *

희성은 분노와 자책에 가득 차서 자동차 핸들을 내리쳤다.

"젠장!"

두나가 위험에 처했는데도 전혀 모르고 있었다니. 게다가 매개체가 깨졌는데도 두나가 본체인 하나에게로 돌아오지 않는 상황이다. 두나가 처음 나타난 이후 계속 두나를 지켜봐온 하나 역시 처음 있는 일이라고 했다.

대체 두나에게 무슨 일이 일어난 건지 알 수가 없다.

확실한 건 한 가지뿐.

두나가 위험하다.

지금은 이렇게 자책하고 있을 시간도 아까웠다.

'일단…… 일단 두나 씨부터 찾아야 해.'

희성은 휴대폰을 열었다. 오늘 두나가 보낸 메시지가 있었다.

[오늘은 야근을 좀 늦게까지 할 것 같아요.]

그래서 오늘은 만나기 힘들 것 같다며 아쉬워하는 두나의 메시지였다.

'그렇다면 적어도 얼마 전까지는 회사 사무실에 있었을 거야.'

희성은 자동차에 시동을 걸었다. 그리고 전속력으로 달리기 시작했다.

* * *

쨍그랑!

"젠장!"

푸른 유리 화병이 흰 벽에 부딪치며 산산조각이 났다. 벽을 타고 흐르는 물줄기가 마치 흐르는 피 같아 보였다.

어딘지 모르게 불길한 느낌.

손민형의 매니저는 자신이 관리하는 성격 나쁜 연예인 손에 박살 난 유리 화병을 보며 그런 생각을 했다.

일종의 현실 도피였다. 눈앞에서 분노를 토해내며 난장을 부리는 중인 손민형을 앞에 두고 있을 때는 그렇게라도 정신 건강을 지키려 노력해야만 했다.

다년간의 극한 경험을 통해 그가 얻은 노하우였다.

손민형은 자신의 분노에도 눈썹 하나 까딱하지 않는 매니저를 보고 더욱 분노했다.

"XX!"

대놓고 욕설이 터진다.

"감히…… 감히 이 얼굴에 이런 짓을 해? 죽여버리겠어!"

손민형의 떨리는 손이 오른쪽 뺨에 단단하게 여며진 붕대를 건드렸다. 그건 바로 며칠 전, 그가 잭나이프를 휘두른 남자에게 입은 상처였다.

얼굴이 생명인 연예인이 뺨에 이렇게 큰 상처를 입었다. 덕분에 잡혀 있던 모든 스케줄이 전부 홀딩된 상태였다. 말만 홀딩이지 전부 날아간 것이다. 완쾌될 때까지는 외부 활동도 할 수 없다. 게다가 낫는다 해도 흉터가 남지 않을 거라는 보장도 없다.

매니저는 소리 없이 혀를 차다가 냉정한 말로 손민형을 위로했다.

"걱정 마. 의원님께서 최고의 의료진을 수배 중이시니까."

손민형은 버럭 소리를 질렀다. 절로 미간이 찌푸려지고 귀청이 떨어질 것 같은 소리였다.

"흉터가 남으면 어떡해!"

"화장으로 충분히 가릴 수 있어."

그 위로는 그다지 위로가 되지 못했다.

"그걸 말이라고 해!"

결국 손민형은 다시 손에 잡히는 건 전부 벽으로 내던졌다. 요란한 소리가 났다.

그러나 손민형도 매니저를 상대로 과거 코디에게 한 것처럼 모욕적인 언사나 폭력을 행사할 수는 없었다.

매니저는 그의 본가에서 붙인 사람이었다. 그의 치부를 지나치게 많이 알고 있고, 세상에서 가장 두려운 부친과 형에게 손민형에 대한 일들을 보고하는 당사자이기도 했다.

약간의 화풀이는 하더라도, 정말로 선을 넘을 수는 없었다.

그 사실이 손민형의 분노를 더욱 부채질했다.

'이럴 줄 알았으면, 그때 그 멍청한 코디 놈을 자르지 말고 놔두는 건데!'

그랬다면 적어도 화풀이라도 좀 시원하게 할 수 있었을 것이다. 그런 벌레보다 못한 하찮은 놈이라면 자신이 무슨 짓을 당했는지 외부에 드러낼 용기도 없을 테니까.

손민형은 내뱉듯이 매니저에게 지시했다.

"젠장! 이대로는 못 견디겠어! 술! 술 사와!"

그러자 매니저의 얼굴에 노골적인 경멸이 떠올랐다.

"너 의사 말 못 들었냐? 상처가 덧나지 않도록 술 담배는 엄금이야."

손민형 본인도 잘 알고 있었다. 그러나 그것이라도 하지 않고서는 견디기 힘들었다. 다시금 욕설이 터졌다.

"XX!"

그때였다. 잠시 점처럼 찍힌 침묵과 동시에 노크소리가 울렸다. 똑똑똑.

매니저는 짜증을 감추지 못하는 목소리로 물었다.

"누구십니까?"

"화환 배달입니다."

* * *

두나는 발버둥을 쳤다. 그러나 몸이 말을 듣지 않았다. 마치 끈 떨어진 인형처럼 축 늘어져서 머리로는 아무리 움직이라고 외쳐도 전혀 반응하지 않는다. 지금 그녀의 몸은, 이미 이 자리를 떠난 유현의 말에 더 복종하고 있었다.

미칠 것 같았다. 마치 하나의 몸속에 있을 때와 유사했다. 가위에 눌리는 것처럼, 자신의 몸이 자신의 몸이 아닌 상태.

그럼에도 두나는 발버둥 쳤다. 포기할 수는 없었다.

'정신, 정신…… 차려야 해! 안두나!'

늘 두나는 하나의 이름을 들으면 더욱 긴장해서 자신을 다잡으려 애써왔다. 그러나 지금은 다르다. 두나 자신의 이름으로 오히려 과거 그 어느 때보다 더 집중해야 했다. 최선을 다해 발버둥 쳐야 한다.

이유는 단 하나였다.

'그래야 내가 나로 있을 수 있을 테니까!'

입술을 짓씹었다. 아득해지려는 정신을 되찾기 위해서.

비릿한 피맛이 입 안에 감돈다. 두나의 얼굴이 환해졌다.

'아!'

이제야 그녀의 몸이 자신의 의도대로 움직인 것이다. 아주 작은 움직임이었지만, 그 통증이 두나에게 선사한 것은 컸다.

그 작은 통증을 시작으로 조금씩 그녀의 감각들이 돌아오기 시작한 것이다. 되찾은 감각을 타고 힘이 흘렀다. 그렇게 두나는 가까스로 자신의 육체를 통제할 힘을 되찾는 데에 성공했다.

입에서 비명에 가까운 신음이 터졌다.

"아아!"

입이 숨과 말을 토하고, 팔다리가 그녀의 뜻대로 움직인다.

"돼, 됐어!"

그러나 그 팔다리는 여전히 의자에 단단히 결박된 채였다.

"이익!"

이제는 몸을 움직여서 발버둥 쳐보았다. 그러나 꿈쩍도 하지 않았다. 이대로는 움직일 수가 없었다. 유현을 뒤쫓는 것도, 그를 막는 것도 불가능했다.

창밖은 여전히 어두웠다. 그다지 오랜 시간이 지난 것 같지는 않아 그나마 다행이지만, 동시에 낭패였다. 지금은 한밤중. 주변에 사람이 없을 가능성이 높다. 하지만 시도는 해봐야 한다.

두나는 온 힘을 다해 외쳤다.

"살려줘요!"

목이 아파 기침이 올라오려는 것을 억지로 참고 외쳤다.

"도와줘요! 거기, 사람 없어요!"

그녀는 필사적이었다. 유현을 막아야 했다.

"여기 사람이 갇혔어요!"

그때였다. 마치 마법처럼, 그녀의 필사적인 부름에 응답하듯 사람의 발소리가 들려왔다.

타다닥!

누군가가 복도를 달리고 있었다. 두나는 더욱 큰 소리로 외쳤다.

"여기예요!"

그에 화답하듯 익숙한 목소리가 들려왔다.

"두나 씨!"

두나는 믿을 수가 없었다. 지금 이 순간 가장 듣고 싶었던 목소리였다. 그러나 들을 수 있으리라고는 기대하지 못한 목소리였다.

"희성…… 씨?"

쾅!

엄청난 소음을 내고는 문이 열렸다. 들어선 것은 얼마나 긴장해서 뛰어다녔는지 얼굴이 온통 땀에 젖은 희성이었다.

그는 두나를 발견한 순간 그대로 바닥에 쓰러질 뻔했다.

그러나 눈앞에 그녀를 두고 엎어지는 꼴을 보일 수는 없었다. 희성은 그녀에게 달려갔다. 그리고 두나를 품 안에 안고서야 간신히 안도의 한숨을 내쉬었다.

간신히 찾아냈다. 그녀의 영혼이 남긴 흔적을 따라와 정말로 그녀를 찾은 것이다. 그나마 이 장소가 두나가 일하는 회사 근처의 창고여서 가능한 일이었다.

희성은 품 안에 있는 두나의 체취를 느끼며, 진심으로 안도했다. 정말로 그녀다. 무사한, 살아 있는 두나였다.

그때처럼 다시 지키지 못하는 상황은 오지 않았다.

"두나 씨. 무사해서…… 정말 다행이에요."

"희성 씨."

두나는 울컥 눈물이 나오려는 걸 애서 참았다. 유현의 앞에서는 드러낼 수 없었지만, 사실 너무나 무서웠다. 두려웠다.

제 몸 하나 제어하지 못하는 상태로 이 창고에 혼자 갇혀 있는 동안은 진심으로 공포스러웠다. 그런데 갑자기 희성이 그녀의 애타는 부름에 대답이라도 하듯이 나타나준 것이다.

눈물이 나와도 이상할 게 없었다. 그러나 두나는 애서 그 감정을 눌렀다.

'지금은 이러고 있을 때가 아니야.'

두나는 살짝 젖은 눈가를 희성의 어깨에 슬쩍 묻는 척하며 눈물을 닦아냈다. 그리고 눈을 바로 떴다.

두나가 그렇게 정신을 다잡는 동안, 희성은 내내 두나를 필사적으로 끌어안은 채였다. 두나의 등을 감싼 그 팔은 가늘게 떨리고 있었다.

새삼 행복감과 부끄러움이 치솟았다. 다시 얼굴이 빨갛게 달아오르려 했다. 두나는 고개를 저어 그걸 모조리 떨쳐버리고, 희성을 정신 차리게 하려 애썼다.

"희성 씨!"

"네. 두나 씨. 괜찮아요?"

정작 그렇게 말하는 희성 자신이 전혀 괜찮지 않아 보였다.

"희성 씨!"

"……."

두나는 바락 소리를 질렀다.

"정신 차려요, 희성 씨!"

그 말에 간신히 희성이 고개를 들었다. 그의 눈가가 젖어 있었다. 그걸 보자 다시 마음이 약해지려 했다. 그를 꼭 끌어안아주고 싶었다.

그러나 지금은 그러고 싶어도 그럴 수가 없었다. 그럴 상황이 아니라는 건 차치하고서라도, 두 팔과 두 다리가 묶여 있었던 것이다.

"나 좀…… 풀어주세요!"

그 말에 희성은 간신히 정신을 차렸다. 그는 사과하며 허둥지둥 의자에 결박된 두나의 팔다리를 자유롭게 해주었다.

간신히 자유로워졌다. 두나는 얼얼한 팔목을 손으로 만져보았다. 내일이면 멍이 들지도 모르겠다. 그러나 움직이는 데는 전혀 어려움이 없었다.

"괜찮아요, 두나 씨?"

옆에서 묻는 희성의 목소리에는 이루 말할 수 없는 걱정과 안도, 그리고 슬픔이 묻어났다.

두나는 그를 안심시키기 위해 웃어 보였다.

"괜찮아요. 걱정하지 않아도 돼요"

마치 주문처럼 두나는 그 말을 반복했다. 그러면서 두 팔을 뻗어, 이번에는 두나 자신이 그를 끌어안아주었다.

그러자, 희성은 두나의 품 속으로 파고들듯이 그녀를 다시 끌어안았다.

두근두근…….

두 사람의 심장 소리가 마치 한 사람의 것인 양 서로에게 녹아든다.

두나는 불현듯 깨달았다.

"아! 지금 이러고 있을 때가 아니에요!"

그렇게 말하며 두나는 희성에게서 두어 걸음 뒤로 물러났다. 그러자 희성이 못내 아쉬운 표정으로 두나를 바라보았다. 그러나 그 역시 잘 알고 있었다.

지금은 이러고 있을 여유가 없다는 것을.

두나는 희성을 붙잡고 외쳤다.

"유현을…… 그를 막아야 해요!"

희성 역시 고개를 끄덕였다. 그 역시 유현을 막으려 홀로 노력하고 있었으니 당연했다.

"저도 같은 생각이에요. 하지만 그 애를 찾으려고 노력해봤지만, 소용이 없었어요."

그 말에 두나가 외쳤다.

"나 알 것 같아요! 유현이가 어디로 갔는지!"

"어디로요?"

"K대 병원…… 손민형의 병실로 갔을 거예요!"

확실히 가능성이 높았다. 손민형, 즉 손문태는 유현이 노리는 최종 목표였으니까. 아마 두나의 일을 예준에게 듣지 못했다면, 희성이 최종적으로 잠복하고 유현을 기다릴 장소는 아마도 손민형 근처였을 것이다.

희성은 고개를 끄덕이고, 두나를 부축해 그 자리를 떠났다.

* * *

손민형은 짜증을 냈다.

"화환이라니 무슨 놈의 화환!"

매니저는 한숨을 내쉬며 문을 열지도 않고 퉁명스럽게 말했다.

"안 받습니다. 돌아가세요."

그러자 밖에서 난처한 목소리가 울렸다.

"아, 이런…… 이거 손한태 의원님 사무실에서 보낸 건데요."

그 말에 손민형의 안색이 변했다. 매니저 역시.

손한태는 손민형의 큰형 이름이었다. 그러나 손한태는 그다지 살가운 성격이 아니었다. 그의 집안 모든 사람들이 그러하듯. 그런 그가 동생에게 화환을 보냈다니, 이상한 일이었다.

그러나 무시할 수도 없었다. 매니저는 미간을 찌푸린 채 병실 문을 살짝만 열고 배달을 온 남자를 보았다. 그 품에는 화려하게 핀 난꽃 화분이 들려 있었다.

"그거 정말 손한태 의원님이 보내신 겁니까?"

그 말에 배달원은 푹 눌러쓰고 있던 모자를 위로 들어 올렸다. 내내 그림자에 가려 보이지 않던 눈이 선명하게 드러났다.

배달원이, 아니 유현이 속삭였다.

「최지인.」

매니저의 이름. 유현의 입에서 그 이름이 나온 순간, 매니저는 그대로 유현의 꼭두각시가 되었다. 매니저의 이름은 과거 손민형 인터뷰 때 알아두었다.

언령(言靈).

이것이 바로 유현이 가진 능력이었다.

상대방과 직접 얼굴을 마주한 채로, 그의 이름을 부른다. 그러면 유현은 단 한 가지 명령을 절대적으로 그에게 강제할 수 있게 된다. 그렇게 조종당한 이들은 유현이 자신을 조종했다는 사실 자체를 인식하지 못한다. 기억하지도 못한다.

그가 한 사람에게 명할 수 있는 건 단 한 가지뿐이지만, 그것만으로도 할 수 있는 것들은 엄청나게 많았다.

유현은 피식 웃었다. 그리고 언령으로 손민형의 매니저에게 명령했다.

「이곳을 나가서 오늘 밤 내내 돌아오지 마.」

그러자 매니저는 명령에 대한 대답도 없이 그대로 문을 열고 나갔다. 성큼성큼 걸어가는 그는, 겉으로 보기에는 전혀 이상이 없어 보였다.

유현은 들고 있던 난 화분을 문 안에 내려놓았다. 살짝 방향을 비틀어, 화분에 달린 리본이 손민형이 있는 방향을 보게 했다. 그리고 안으로 들어선 뒤 문을 닫았다.

그러자 짜증스러운 얼굴로 손민형이 고개를 돌렸다.

"뭐야? 넌 뭐야?"

그 얼굴에 붙은 습포가 보였다. 유현의 언령에 조종당한 이가 손민형을 습격해서 생긴 상처. 연예인에게 얼굴의 상처는 치명적이다. 그러나 그것만으로는 부족했다. 너무나도 부족하다.

유현은 딱 한마디만 던졌다.

"오랜만이야, 손문태."

자신이 버린 옛 이름이 눈앞에 들이밀어지자, 손민형의 얼굴이 일그러졌다.

"……너, 뭐야? 아, 넌 분명히 그때 취재를 하러 왔던 기자잖아? 너 설마 내 뒤를 캔 거냐?"

"그게 아니지. 틀렸어."

유현은 쓰고 있던 모자를 벗어 바닥에 던졌다. 안경은 이미 한참 전에 벗어두고 왔다. 유현이 물었다.

"이래도 못 알아보겠어?"

"……."

손민형, 아니 손문태는 머릿속 과거의 기억들을 뒤지고 있는 듯했다. 그러나 속 시원한 대답이 떠오르지 않는 듯했다.

"하긴 내 인상도 많이 변하긴 했지. 차세훈도 내가 말해주기 전까지는 모르더라고."

"차…… 세훈?"

그 이름에 손민형의 얼굴에 경악이 스쳐 지나갔다. 그러나 곧 평온을 되찾는다. 그는 대놓고 이죽거렸다. 얼굴에 남은 칼자국 따위는 잊은 듯 얼굴 근육이 사납게 일그러졌다.

"설마하니…… 그 멍청하게 뒈진 천희민이 되살아온 건 아닐 테고…… 그러면…… 너 설마, 강선호냐?"

그렇게 말하는 손문태의 얼굴에는 조금 전의 긴장 따위는 하나도 남아 있지 않았다. 그는 마치 생쥐 앞의 고양이가 된 듯 여유를 되찾았던 것이다.

평생 그는 약자 앞에서는 늘 강했고 강자 앞에서는 늘 비굴할 정도로 몸을 사렸다. 과거 그에게 괴롭힘을 당하기만 했던 강선호는 어떤 상황이 오더라도 그의 안에서는 약자 중의 약자였던 것이다.

유현은 병실 안에 들어온 이후 처음으로 웃었다.

"그래. 기억은 하고 있었네."

민형은 버럭 소리 지르며 눈앞의 테이블을 내리쳤다.

탕!

"이 새끼가 어디서 건방지게 그따위로 구는 거냐?"

그러나 유현은 눈썹 하나 까딱하지 않았다.

"그 성격은 그대로네. 여전히 약하고 착한 사람들만 괴롭히면서 자기가 세상에서 제일 잘난 줄 알고 살고 있었겠지."

손민형은 흠칫했다. 그가 알던 강선호는 자신이 이렇게 분노하며 소리만 질러도 어쩔 줄 모르고 두려움에 기가 죽던 나약한 소년이었다. 그러나 지금 눈앞의 강유현은 달랐다. 같은 사람이 아닌 것처럼.

'뭐, 뭐야?'

자세히 보니 유현의 눈빛이 기이했다. 한번 선을 넘은 사람의 눈빛은, 늘 자신이 강자라 믿으며 약자들을 짓밟고만 살아온 손민형으로서는 버티기 힘든 것이었다.

손민형은 주춤했다. 그리고 자신이 유현의 기세에 밀렸다는 사실에 다시 분노했다.

"너, 너 뭐야……? 당장 끌어내주겠어! 매니저! 매니저? 어디 간 거야?"

유현은 피식 웃었다.

"오늘 밤은 안 돌아올 거야. 내가 그렇게 명령했으니까."

"뭐라고?"

유현이 명령했다는 이유로 매니저가 얌전히 따랐다니 믿어지지 않는 말이었다. 당혹감에 굳어 있는 손민형에게 유현은 천천히 설명을 시작했다.

"사실 처음에는 그냥 다 잊고 열심히 살려고 했었어. 어차피…… 너나 차세훈이나 죗값을 받을 거라고…… 그렇게 생각했었으니까."

유현은 곧 고개를 저었다.

"아니, 그럴 거라 믿고 싶었어. 그렇게 비겁하게…… 현실에서 도망쳤던 거지."

손민형은 뱃속에서부터 밀려 올라오는 두려움을 애써 누르며 외쳤다. 태연한 체했지만 목소리의 떨림을 감추지 못했다.

"그러면 계속 도망치고 있으라고, 이 멍청한 새끼야!"

그 말에 유현은 부드럽게 웃었다.

"도망치고 도망쳤는데, 날 일깨워준 게 바로 차세훈이었어."

"일깨워?"

"그래. 그 녀석과 다시 만난 건 순전히 우연이었지. 참…… 잘 살고 있더라고. 자신이 과거에 저지른 잘못 따윈 아랑곳없다는 듯이. 지금의 너처럼."

"XX! 그게 뭐 어쨌다는 건데? 그냥 어릴 때 실수 한 번 한 것 가지고, 내 인생을 말아먹었어야 한다는 거야!"

유현의 입에서 웃음소리가 터져 나왔다.

"하하! 아하하하!"

"뭐, 뭐야?"

"그 녀석, 차세훈도 똑같은 소릴 했었어. 그래서 내가 물었었어."

그렇다. 유현은 차세훈에게 물었다. 지금으로부터 약 1년 전의 이야기다.

"너…… 희민이에게 미안하기는 하냐?"

그에 대한 차세훈의 대답이 이후 벌어질 모든 일을 결정지었다. 그는 이렇게 외쳤던 것이다.

"내가 왜? 그냥 지 혼자 엎어져서 사람한테 피해준 건 천희민 그 자식이야! 도리어 내가 사과받아야 한다고!"

죄인들은 뻔뻔했다.

뻔뻔하게 이름을 바꾸고 평범한 삶을 살아온 유현 자신처럼.

온몸의 피가 거꾸로 돌았다. 분노가 한계를 넘어서며 그의 안에 있던 무언가를 끊어버렸다.

그때 유현은 보았다. 희민의 장례식 이후, 그때 희성과의 대화 이후 단 한 번도 본 적 없는 친구의 모습을.

생전과는 전혀 다른 음울하고 분노에 찬 얼굴로, 희민은 유현에게 요구했다. 정당한 자신의 권리를.

"죄인들에게는, 대가를……."

그래서 유현은 희민의 속삭임을 따랐다. 그날, 유현은 몰랐어야 할 자신의 능력을 자각하고 말았다.

유현은 제 손을 들여다보며 말했다.

"그때 그 분노가 내 힘을 일깨워줬지."

"무, 무슨 헛소리를……."

"간단히 말해서, 차세훈은 내가 죽였다는 소리야."

손문태가 두려움에 질려 외쳤다.

"웃기지 마! 그놈…… 분명히 자살했었어! 경찰에서도 자살이라고……!"

유현은 고개를 끄덕였다.

"그래. 자살이지. 자살은 자살. 그런데 생각해봐. 네가 아는 차세훈이…… 자살 같은 걸 할 위인이었어?"

손문태는 대답하지 못했다. 실제로 차세훈은 중학교 시절 이후로도 그때의 일을 들먹이며 그에게서 돈을 뜯어가는 뻔뻔한 양아치였다. 자살했다는 소식을 들었을 때도, 차라리 잘되었다고 생각하면서도 의아했다.

자살을 할 놈으로는 절대 안 보였으니까.

"차세훈은 내 눈앞에서 뛰어내렸어."

전혀 예상 못 한 말이었다.

"뭐?"

"그때 난 분노로 정신이 나가기 직전이었거든. 그래서…… 난 그냥 그 녀석에게 한 마디만 했을 뿐이야.”

「죽어, 차세훈.」

“그리고 그 말대로…… 차세훈은 7층 창문을 열고 뛰어내렸지.”

“말도…… 말도 안 돼! 그런 일이 가능할 리가 없잖아!”

그러자 유현은 웃었다.

“그러면 네 매니저가 내 말 한마디에 여기를 떠난 것도 말이 안 되는 일이지.”

“…….”

손민형은 인정하지 않을 수 없었다. 그는 지금 눈앞에 있는 강유현이 두려웠다. 뱃속에서부터 강렬한 두려움이 밀려와 온몸이 떨린다. 자존심과 아집으로 인정하고 싶지 않은 사실이지만, 분명했다.

저 말이 사실일 리는 없지만……. 그러나 저렇게 말할 정도로 미친놈임은 분명했다. 눈앞의 강유현은. 그런 미친놈을 상대하는 건 분명히 위험한 일이다.

“그리고…… 널 두 번이나 습격한 다른 사람들이 다들 자신이 무슨 짓을 했는지 기억하지 못하는 것도…… 말이 안 되는 일이고.”

등줄기를 타고 얼음이 흐르는 기분이다. 손문태는 결국 목소리의 떨림을 다 막지 못하고 묻고 말았다.

“그게…… 네가…… 벌인 짓이라고……?”

유현은 고개를 끄덕였다.

“그래.”

태평한 대답. 두 번이나 상대방의 목숨을 노린 테러범의 대답이라기보단 점심 메뉴에 대답하는 친구를 연상시키는 태평함이었다.

유현이 웃으며 물었다.

"예의상 묻기는 할게. 차세훈에게도 물었고, 이지영은 내가 묻기 전에 자신의 죄책감을 다 털어놔서 김이 빠졌지만."

"……."

"너, 희민이에게 미안하기는 하냐?"

손민형은 입술을 깨물었다. 그가 어떤 대답을 하든, 저 미친놈은 그를 죽이려 할 것이다. 손민형은 거칠게 외쳤다.

"내가 왜!"

"그럴 거라고 생각했어."

유현은 피식 웃으며 선언했다.

"그러면 이제 내가 할 일을 하면 되겠네."

유현은 주머니에서 무언가를 꺼냈다. 손민형은 그걸 알아볼 수 있었다.

"그건……!"

모를 수가 없었다. 저것과 같은 날붙이로 습격을 당했으니까. 유현이 주머니에서 꺼내 펼친 것은 얼마 전 손민형을 습격한 범인이 사용한 것과 똑같은 물건이었다.

"그러니까, 내가 너에게 차세훈이나 네 매니저에게 한 것처럼 명령하면…… 이걸로 네가 스스로 자해해서 죽을 수도 있다는 거야."

"너……!"

"아주 깔끔한 끝이고, 또 응보겠지. 안 그래?"

"다, 닥쳐!"

궁지에 몰린 쥐는 고양이를 문다. 지금의 손민형이 그러했다. 그는 필사적으로 유현을 향해 달려들려 했다.

그러나 유현이 한발 먼저였다. 손민형의 움직임보다 유현의 말이 더 빨랐던 것이다.

「손문태.」

그 말이 끝남과 동시에 그의 몸이 우뚝 멎었다. 그는 당혹스러웠다.

'뭐, 뭐야!'

다리를 움직여보려 했다. 소용없었다. 팔을 움직여보려 애썼다. 여전히 소용없었다.

'설마 저 말이…… 아까 그 헛소리가 진짜라고?'

믿고 싶지 않은 현실이었다. 그러나 지금 그의 몸은 말 잘 듣는 개처럼 주인의 명령을 기다리고 있었다. 그 자신의 명령이 아니라, 강유현의 명령을.

유현은 천천히 다가왔다. 그 잭나이프를 든 채로. 그리고 그 나이프를 손문태의 손에 쥐여주었다.

"자……. 이제, 준비가 끝났어."

유현은 다 잡아놓은 손민형 대신 자신의 등 뒤를 보았다. 그곳에는 아무도 존재하지 않았다. 그러나 유현은 거기에 누군가가 있는 것처럼 행동했다.

"걱정 마. 곧 끝나. 이게 마지막이니까."

그렇게 서글프게 속삭인 유현은 다시 고개를 돌렸다. 두려움과 공포에 질린 채 굳어 있는 손민형에게로.

"……."

유현의 입이 다시 열렸다. 그 입술과 혀가 자아내는 말의 내용을 손민형은 그대로 재현하게 될 것이다.

설사 그 내용이 자기 자신을 죽이라는 미친 말이라 해도.

막 유현의 목소리가 울리려던 찰나였다.

멀리서 달려오는 발소리가 들렸다. 유현은 당혹감에 고개를 돌렸다.

타다닥!

그 소리는 빠르게 가까워졌다. 그리고 유현이 굳이 그럴 필요가 없어서 잠그지 않은 문이 그대로 열렸다.

쾅!

"그만둬, 강유현!"

외침과 함께 등장한 것은, 두나와 희성이었다.

유현으로서는 이 상황에서 가장 보기를 원치 않는 두 사람이었다.

* * *

"……."

"……."

방 안은 긴장감으로 팽팽하게 부풀어 올랐다. 당장에라도 터져버릴 듯.

손민형의 앞에서 생쥐를 몰아가는 고양이처럼 내내 여유롭던 유현의 얼굴에 처음으로 균열이 생겼다.

두나는 안으로 들어서며 강하게 말했다.

"제발…… 그만해. 유현아."

유현은 두나의 말에 전혀 다른 대답을 했다.

"어떻게…… 네가 여기에 온 거지?"

그는 진심으로 당혹스러워하고 있었다.

"분명히…… 내가 언령까지 썼는데."

사실은 쓰고 싶지 않았다. 좀 더 본심을 말한다면, 두나가 아무 것도 모르기를 바랐다. 그녀에게, 자신의 이런 추한 모습을 다 드러내버리고 싶지 않았다.

그러나 그의 마음과는 상관없이, 두나는 씩씩하게 자신이 해야 한다고 판단한 일을 했다. 그 결과, 그녀는 유현의 코앞까지 당도했다.

그렇기에 그녀에게 언령을 썼다. 자신을 방해하지 못하도록. 유현은 창고에 가둬둔 두나에게 언령으로 이렇게 말했다.

「이번 일은 전부 잊어버려」

그러니 두나는 모두 잊어야 맞았다. 진실이 무엇인지, 진범이 누구인지. 두나가 무엇을 알아내고, 무엇을 막으려 했는지.

그리고…… 유현 자신이 얼마나 추한 죄인인지.

비겁지만, 그에게는 다른 선택의 여지가 없었다. 그래서 두나를 언령으로 묶어서 더는 이 일에 끼어들지 못하게 해두고 왔다.

두나가 일이 다 끝나면 구출될 수 있도록, 예약 문자로 희성에게 두나의 위치를 알려둔 상태였다. 새벽녘 문자가 가도록.

그런데 지금은 문자조차 도착했을 리 없는 시간이건만, 어떻게 둘이 여기까지 달려온 걸까.

희성이 예준과 하나에게 연락을 받고, 자신의 능력으로 두나의 기척을 찾아냈다는 걸 유현은 알지 못했다. 만약 알았다면, 좀 더 철저히 그들이 움직이지 못하게 해두었을 것이다.

지독한 피로감이 유현을 덮쳤다.

희성이 말했다.

"두나 씨 말대로 그만두자. 선호야."

그러자 유현은 고개를 저었다.

"아뇨. 그만두기엔 이미 늦었어요."

유현은 다시 자신의 주변을 바라보았다. 아무도 없는 허공을.

"……희민이도 그걸 원해요."

희성의 얼굴이 일그러졌다.

"그게 무슨 소리야! 희민이가 그런 걸 바랐을 리가 없잖아……!"

그 순간이었다. 유현이 입을 열었다.

「안두나.」, 「천희성.」

그들의 이름이 유현의 입에서 나온 순간, 두 사람의 몸이 마치 소금기둥처럼 멈추었다. 유현은 길게 한숨을 쉬었다.

"정말이지…… 두 사람에게는 쓰고 싶지 않았는데……."

자신의 눈가를 비비던 유현은 손가락 사이로 눈을 떴다. 손가락의 그림자 사이로, 다시 언령에 저항하는 중인 두나의 모습이 보였다.

"두나 너에게는 이미 언령을 썼는데…… 어떻게 벗어난 거지?"

아예 언령이 통하지 않는 건 아니다. 그러나 지금 두나는 다른 두 사람과 달리, 유현의 언령에 저항하고 있었다. 저 저항이 성공하는 예는…… 지금까지 단 한 번도 본 적이 없었다.

지금 이 상황 말고는.

두나가 감금된 장소를 벗어나 여기까지 그를 막으러 왔다는 것은, 두나가 유현의 언령에서 이미 한 번 벗어났다는 의미였다. 한 번 벗어난 사람이 두 번 하지 못하리란 법은 없다.

유현은 한숨을 쉬었다.

"시간이 없네. 또 저항해서 벗어날지도 모르니……."

그는 그대로 빙글 몸을 돌렸다. 그리고 성큼성큼 손민형에게 다가갔다.

"사실 저 두 사람 앞에서 하고 싶지는 않았지만 다른 방법이 없네. 차라리 잘된 걸지도. 증인까지 추가되었으니까. 빨리 끝내자. 손문태."

다시 손민형의 얼굴이 공포로 물든다. 손에 들린 잭나이프가 덜덜 떨렸다. 그의 눈에 자신에게 다가오는 유현은 마치 죽음이 사람으로 형상화된 존재인 양 보였다.

'설마…… 설마……!'

손민형은 소리를 낼 수 없었다. 다만 속으로 거듭 외치고 있었다.

'싫어! 죽고 싶지…… 죽고 싶지 않아……!'

* * *

'안 돼! 유현아!'

올가미에 걸린 짐승처럼 두나는 다시 발버둥치고 있었다.

그녀는 이미 알았다. 창고에서 유현이 언령을 써서 그녀를 묶어 두려 했을 때, 눈치채고 말았다. 유현이 손민형에게 마지막으로 주려는 벌이란 것이 무엇인지.

차라리 그가 직접 손민형을 해치려 하는 거라면 지금보다 더 가슴이 조여들지는 않을 것이다. 그녀는 스스로 죄인이라 말하는 유현의 말을 들으며 깨달았다.

그는 지금 이 한 번으로, 두 죄인을 모두 벌할 생각이었다.

손문태, 즉 손민형과…… 바로 그 자신을.

그렇다면 유현이 손민형에게 내릴 명령은 자해하라거나 죽으라는 것이 아니었다.

두나는 다시금 발버둥 쳤다. 묶인 끈을 억지로 끊어내는 느낌. 마침내, 입에서 소리가 나왔다.

"그만…… 둬!"

그와 동시에 유현의 입에서 언령이 흘러나왔다.

「자. 그걸로 어서 날 죽여. 손문태.」

말이 끝남과 동시에, 제자리에 서서 덜덜 떨기만 하던 손민형이 천천히 움직이기 시작했다. 유현의 명령을 충실히 이행하기 위해서.

그는 한 걸음 한 걸음…… 앞으로 나아갔다. 이제 잭나이프를 쥔 손은 일말의 떨림도 없었다.

전혀 예측하지 못한 유현의 명령에 손민형의 얼굴에는 당혹감이 선명했다. 복수를 하겠다고 나타난 그가 언령이라는 절대적인 힘을 써가면서 그를 죽이는 것이 아니라, 자신을 죽이라는 명령을 내렸으니 말이다.

그는 모르고 있었다. 유현이 들고 온 난꽃 화분의 리본, 거기에는 음성은 녹음되지 않는 카메라가 숨겨져 있었다. 녹화된 영상은 <인카운터> 사무실에 있는 그의 컴퓨터로 전송되도록 장치해두었다.

이 자리에서의 징벌이 끝나면, 그 영상이 자동으로 인터넷에 올라가도록 세팅되어 있었다. 어차피 그 영상을 다른 이들에게 넘겨주어 봤자 손민형의 뒷배가 모든 걸 묻어버릴 수도 있었다.

그렇다면, 그들도 어찌할 수 없도록 선명하게 촬영된 범죄 영상을 인터넷에 뿌려버리는 거다. 한번 인터넷의 바다에 뿌려진 데이터는 그 어떤 방법으로도 지우거나 묻을 수 없다. 특히나 그 내용이 자극적이라면 더더욱. 설사 대통령이라 해도 어찌할 수 없을 것이다.

그것이 유현이 결정한 손민형의 형벌이었다. 그리고 그 손에 죽는 건, 또 다른 죄인인 그 자신의 벌이다.

자신을 구하려던 친구를 구하지 못하고, 평범하게 살아보겠다고 도망쳤던 죄인에게 딱 맞는 벌.

유현은 환하게 웃으며 두 손을 벌려 환영했다. 자신의 형벌을. 그리고 눈을 감았다. 마땅히 그에게 주어져야 할 고통을, 이제야 겨우 그에게 찾아온 징벌을 기꺼이 기다렸다.

그러나…… 몸속을 후비는 날카로운 고통은 오지 않았다. 누군가가 그를 밀쳤다.

"어?"

푹!

그와 동시에 날카로운 흉기가 살을 찢는 소름 끼치는 소리가 울

렸다. 피 냄새가 풍겼다. 뒤로 밀려나며 눈을 뜬 유현의 앞에, 믿을
수 없는 광경이 펼쳐져 있었다.

분명히 손민형은 그의 명령대로 칼을 내질렀다. 유현을 향해.

그러나 그 칼과 유현의 사이에 갑작스레 끼어든 사람이 하나 있
었다.

긴 머리카락이 휘날렸다. 아득한 꽃향기가 풍기는 것 같았다. 기
억할 수 있었다. 이건 두나가 자주 쓰던 향수 냄새였다.

유현은 비명을 질렀다.

"두나!"

유현은 멍한 눈으로 두나를 끌어안았다.

"어째서?"

그의 질문에 두나는 고통으로 얼굴을 찡그리면서도 미소 지으
려 노력했다.

"그만둬."

"왜 네가……!"

두나는 가물거리는 의식을 잡으려 애쓰며 손을 뻗었다. 그녀의
힘없는 손가락이 유현의 뺨을 스쳤다. 붉은 자국이 그의 뺨에 낙인
처럼 남는다.

나직한 목소리가 속삭였다.

"네가 행복하기를 바라니까. 그리고 너도…… 네 눈빛도 그렇게
말하고 있으니까."

잠시 고통의 침음성을 흘린 두나는 겨우 한마디만을 남길 수 있
었다.

"살고 싶다고. 행복하고 싶다고."

그 말이 끝남과 동시에 두나의 눈이 감기고 목이 꺾였다. 그대로 의식을 잃은 것이다.

유현은 처절하게 외쳤다.

"아, 안 돼!"

유현의 처절한 비명과 함께, 희성과 손민형은 각자 자신의 몸에 변화를 느낄 수 있었다. 그들의 몸을 옭아매던 언령의 힘이 사라진 것이다.

툭!

손민형의 손에서 피 묻은 나이프가 바닥에 떨어졌다. 제 손에서 떨어진 피 묻은 나이프와 유현의 품에 안겨 쓰러진 두나의 모습. 그는 버벅거리며 고개를 저었다.

"아냐. 아냐. 아냐. 이건 내가…… 내가 한 게 아냐……! 내가 찌른 게 아냐!"

머리를 쥐어뜯어가며 비명을 지르는 그를 무시하고, 희성은 몸이 자유로워지자마자 두나에게로 달려들었다.

"두나 씨!"

* * *

심장이 난자당하는 기분이었다. 그는 분명히 두 눈을 멀쩡히 뜨고 있었다. 그러나 손가락 하나 까닥하지 못했다. 그는 너무나도 무력했다.

그런 그의 앞에서 사랑하는 여자가 그 강력한 주박을 끊고 움직였다. 그러고는 칼을 휘두르는 손민형과 이를 기다리고 있는 유현의 사이에 뛰어들었다.

그녀는 성공했다. 유현을 막는 데에.

그녀 자신의 목숨을 걸고.

희성은 무력했다. 동생에게 어떤 일이 일어나는지 전혀 알지 못하는 어리석은 형이었다. 그가 뒤늦게 상황을 알았을 때 이미 동생은 생명 유지 장치를 달고 병상에 누워 있었다. 때늦은 노력은 동생을 구할 수 없었다. 동생을 해친 자들이 벌을 받게 하는 것도 그의 힘으로는 불가능했다.

그 뒤로 그가 해온 모든 일은 그때 하지 못한 일을 뒤늦게라도 대신하려는 발버둥이었다. 사람을 돕고, 구해도, 그는 늘 허무했다. 정작 구해야 할 사람을, 지켜야 할 사람을 구하지 못했으니까.

그런데 그의 눈앞에서 그가 다시 희망을 가지고, 행복을 욕심내게 한 여자가 다쳤다. 그녀가 피를 흘리며 쓰러졌다.

한없는 무력감이 그를 다시 엄습했다. 과거의 악몽이 다시금 그를 휘어잡았다.

'아니, 아니야.'

그는 고개를 저었다. 과거의 기억에 사로잡혀 있을 여유가 없었다. 그에 사로잡혀 멍하니 있다가는 결국 그는 또 잃고 말 것이다. 결코 잃어서는 안 되는 소중한 사람을.

'이번만은…… 안 돼!'

두나의 옆구리에서 붉은 피가 바닥으로 줄줄 흐른다. 그녀의 생명이 흘러넘치고 있었다.

희성은 정신을 다잡았다.

'난 의사야.'

그렇다. 그는 의사다. 이런 때 사람을 살리기 위해, 구하기 위해 의사가 되었다.

그는 필사적으로 두나에게 달려들어 그녀의 상처에 응급처치를 시작했다. 그리고 유현에게 외쳤다.

"응급 콜 불러!"

"난…… 나는……!"

공황 상태인 유현을 보고, 그는 뺨을 올려붙였다. 찰싹! 하는 소리가 울렸다.

"정신 차려! 두나 씨는 아직 살아 있고, 내가 살릴 거야! 두나 씨가 너를 구한 것처럼!"

그는 다시 유현을 다그쳤다. 희성의 손은 바쁘게 두나의 상처를 수습하고 있었다.

"응급 콜!"

유현은 비틀거리며 일어나 침대 밑에 있는 붉은색 버튼을 눌렀다. 삐이이익!

요란한 콜 소리가 울렸다. 특실에서의 콜이다. 바로 반응할 것이다. 곧 웅성대는 사람들 소리가 들려왔다.

정말 다행히도, 이곳은 병원이었다.

병실 안으로 들어선 간호사들이 외마디 비명을 지른다.

"이게 무슨……!"

희성은 그들에게 날카로운 목소리로 지시했다.

"응급환자야! 외과 쪽 당직 의사 콜해! 그리고 경찰에 연락해!"

적어도 이 병원 안에서 희성의 명령은 상당한 영향력을 지니고 있었다. 그의 명령에 따라, 사람들이 일사불란하게 움직였다.

간호사들과 당직 중인 의사들이 달려온다. 필요한 모든 조치가 희성의 지시대로 준비되었다.

절대, 이번만은 그때처럼 허무하게 잃는 일은 없을 것이다.

희성은 안도하며 두나를 끌어안았다.

절대로 다시 잃는 일은…… 없을 것이다.

결단코.

* * *

두나는 다행히 생명에 지장은 없었다. 깊이 찔렸지만, 희성이 바로 응급처치를 했고 쓰러진 곳이 병원이라 필요한 모든 치료를 바로 받을 수 있었기 때문이다.

덕분에 소식을 듣고 바로 달려온 하나가 두나가 옮겨진 병실에 도착했을 때, 두나는 평온한 얼굴로 침대 위에 잠들어 있었다.

"두, 두나야……."

하나는 떨리는 손으로 두나를 만지려 하다가, 자신이 잘못 건드리면 상태가 더 나빠질까 봐 손을 거두었다.

예준이 그녀를 등 뒤에서 감싸 안으며 안심시키려 노력했다.

"괜찮아. 괜찮아, 하나야. 생명에 지장은 없다고 했어. 희성이 형이 직접 말했잖아. 괜찮을 거야."

하나는 두나의 손을 조심해서 잡은 채로 그 옆에 주저앉았다.

* * *

희성은 지독한 피로감에 녹초가 된 목소리로 말했다. 병원 근처, 두나와 이야기를 나누었던 가로수 아래였다.

"여기에 있었군."

유현은 마치 텅 빈 인형처럼 중얼거렸다.

"……잘 찾으시네요."

"보이니까. 사람의 영혼이 흘리는 색이 말이야."

유현은 허탈하게 웃었다.

"그래서 두나도 찾아내신 거군요."

"그래."

"형. 그래서 내 영혼은 어떤 색이에요? 구역질 나는 색이겠죠."

희성은 고개를 저었다.

"아니."

유현의 영혼을 감싸 안고서 몸부림치는 그 검은 아지랑이는…… 역겹다거나 더럽다고 표현할 색은 아니었다. 그건 차라리 슬픈 색이었다.

유현은 중얼거렸다.

"거짓말 잘하시네요."

"거짓말이 아니야."

유현은 피식 웃었다. 여전히 믿지 않는 듯한 말투. 그는 노골적으로 화제를 돌렸다.

"두나는요?"

"목숨에는 지장이 없을 거야."

길고 긴 한숨이 흘러나왔다. 안도의 한숨이었다.

"정말…… 정말 다행이네요."

"그래. 다행이지."

유현은 마치 길을 잃은 어린아이처럼 하소연했다.

"어쩌죠, 형? 희민이 목소리가 안 들려요."

희성의 얼굴에 금이 갔다.

"무슨 말을 하는 거야?"

유현은 천천히 고개를 들었다. 그건 희성이 잘 아는 얼굴이었다. 과거, 비 오는 장례식장에서 슬픔에 젖어 있던 절망한 소년의 얼굴.

"형한테도 보이죠? 여기…… 희민이가 있어요."

그러나 유현이 가리키는 곳에는 어떤 것도 없었다. 희성의 눈에는 아무것도 보이지 않았다.

"희민이가 바라는 대로…… 하지 못했어요. 그래서 이제 희민이가 아무 말도 하지 않는 걸까요? 어쩌죠, 형? 죄인들에게 제대로 벌을 주지 못했어요."

유현의 말투는 다시 어린 시절 소년의 것처럼 돌아가 있었다.

"무슨 소리를……!"

"사실 난 살고 싶었나 봐요. 그러면 안 되는데. 그러면 안 되는 죄인인데……."

유현의 목소리는 엉망으로 무너져 내리고 있었다. 그 정신 상태를 그대로 반영하는 듯.

희성은 더는 참지 못하고 외쳤다.

"무슨 소리를 하는 거야? 희민이가 네게 무슨 말을 했다고?"

그러자 유현은 절박한 얼굴 표정으로 한 방향을 가리켰다. 가로수가 깊은 그늘을 드리운 방향을.

"저기…… 희민이가 있잖아요."

그러나 그곳에는 아무것도 없었다. 밤의 어둠과 그림자밖에는.

"계속…… 계속 희민이가 말했어요. 죄인들에게 대가를 치르게 하라고. 너도 대가를 치르라고……."

그 말에 결국 희성은 분노하고 말았다. 손을 뻗어서 유현의 멱살을 잡고 외쳤다.

"헛소리 작작 해!"

"아……!"

"희민이 그 아이가 너에게 그런 죄를 지으라고 말했다고? 너에게 대가를 치르라고 말했다고? 웃기는 소리 하지 마!"

그는 진심이었다. 진심으로 분노하고 있었다.

"그 착한 애가 그런 말을 할 리 없잖아! 그리고 저기에는, 네가 가리키는 곳에는 아무것도 없어! 정말로 희민이의 영혼이 저기 있다면 내가 보지 못할 리가 없는데!"

유현의 얼굴이 점차로 허물어졌다.

그도 기실은 알고 있었다. 가슴속 깊은 곳에서는.

어떻게든 유현을 구하려 노력했던 그 착한 친구가 그런 잔인한 말들을 할 리 없다는 것을.

유현이 계속해서 보아온 것은, 결국 자신의 죄책감과 분노가 만들어낸 허상일 뿐이라는 걸.

유현의 눈에서 마침내 눈물이 흘러내렸다. 그것은 지난날 계속해서 그의 눈을 가리고 있던 죄책감과 분노가 녹아내리는 것과 같았다.

희성은 내뱉듯이 외쳤다.

"오히려, 오히려…… 그 애는 너를 걱정했었어. 부족한 형인 나를 걱정하고, 유일하게 자신을 도와주려 한 하나뿐인 친구인 너에게 고마워하고……. 또 미안해했어."

희성의 목소리는 점점 젖어 들어갔다.

"그런 애가 너에게 그런 짓을 시키고, 그런 말을 할 리가 없잖아!"

그 말에 유현이 웃었다. 어쩐지 조금은 허탈한, 그런 웃음.

"형. 혹시 저 위로하려고 거짓말하시는 거 아니에요?"

희성은 고개를 저었다.

"희민이 일로 내가 거짓말을 할 리 없잖아. 사실이야. 딱 한 번…… 만신님의 도움으로 그 애를 만났었어. 그렇게라도 하지 않으면 제대로 살 수가 없는 상태였으니까. 그때의 나는."

사실이었다. 지리산의 신당에서 거짓 내림굿의 부작용으로 거의 폐인이 된 희성을 위해 만신님은 희민의 영혼을 불러왔다.

그건 분명히 희민이었다. 그때 동생과의 대화 덕분에 희성은 간신히 정상적인 삶으로 되돌아올 수 있었다.

동생이 그걸 바랐기 때문이다.

희성은 멱살을 잡고 있던 손을 놓았다. 유현은 엉망이 된 고개를 들었다.

"형?"

"가라."

"……."

"난 이기적인 인간이라 말이야. 희민이가 걱정하고, 두나 씨가 구한 너를 경찰에 넘길 수는 없으니까."

그는 변명처럼 덧붙였다.

"어차피…… 법적으로는 네게 어떤 죄도 물을 수가 없으니."

유현이 한 일과 그의 능력은 법적으로 증명할 수 없었다. 법으로는 유현을 심판할 수 없었다.

과거 손민형과 차세훈을 법으로 처벌하지 못했듯이.

희성은 뒤돌아섰다. 어느덧 날이 밝아오고 있었다. 한참 뒤 그가 다시 고개를 돌렸을 때, 그 자리는 텅 비어 있었다.

* * *

지리산 만신 이정화 여사님은 자신이 공언한 대로, 모든 일이 끝난 이튿날 병원으로 찾아왔다.

장소를 직접 알려주지도 않았는데도, 병실까지 찾아왔다. 그리고 병실을 지키는 이들 중 이를 놀랍게 여기는 이는 없었다.

만신님은 침대에 누운 두나를 내려다보았다.

어딘지 모르게 따스한 눈빛. 장하다는 듯한 표정이었다.

"그래도 영혼이 반편이인 것이 도움이 되긴 하였구나. 아직 온전한 한 명분의 혼이 아니라 언령에서 자유로울 수 있었으니."

그 말에 희성은 어떻게 두나가 유현의 언령에 유일하게 저항할 수 있었는지 알게 되었다. 두나가 아직 온전한 사람이 아닌 도플갱어였기에 가능했던 일이었다.

하나가 초조한 어투로 물었다.

"저…… 만신님. 두나 괜찮을까요? 큰 이상은 없다고 하던데, 왜 눈을 못 뜰까요?"

그 질문에 만신님은 빙그레 웃었다.

"영태(靈胎)가 떨어진 충격인 게다."

처음 듣는 단어에 하나와 예준, 희성의 머리 위로 물음표가 떠올랐다. 다행히 자세한 설명이 이어졌다.

"탯줄이 떨어진 것이다."

그녀는 두나와 하나를 번갈아가며 가리켰다.

"하나, 넌 네 혼으로 두나를 낳은 것이나 다름없다. 그러니 너와 두나 사이에는 늘 영적인 탯줄이 있었단다."

하나는 처음 듣는 소리에 멍하니 입을 벌렸다.

"그런데 그게, 이제 떨어졌구나."

만신님이 하나에게 확인하듯이 물었다.

"매개체는 어떻게 되었느냐?"

그 말에 하나는 퍼뜩 고개를 들었다.

"아, 제가 두나에게 이상이 생긴 걸 느끼고 깼어요. 그런데도…… 두나가 제게로 다시 돌아오지 않았어요."

그 말에 만신님은 천천히 고개를 끄덕였다.

"영태가 끊겨 그러한 것이다. 탯줄이 끊긴 아이는 제 힘으로 숨을 쉬겠지. 그리고 나서는 이제 제 힘으로 살아가지 않겠느냐. 이 아이 역시 그럴 것이니라."

그녀는 다정한 손길로 두나의 이마를 쓸어내렸다.

"이제 다시 깨어나면 그때는 반편이라 부를 수가 없겠구나."

온기 어린 목소리였다.

* * *

두나는 일주일째 눈을 뜨지 못했다. 지영이 혼수상태인 시기를 곁에서 버텼던 하나는, 이번에는 의식이 없는 두나의 곁을 지켰다. 일주일 내내. 그러나 여전히 두나는 눈뜨지 않았다.

그나마 지영 때보다 나은 점이 있기는 했다. 만신님이 때가 되면 눈을 뜰 거라 말하고는 지리산으로 돌아가셨기 때문이다.

그러나 그때가 대체 언제란 말인가. 한 달이 될지, 일 년이 될지 누가 알겠는가.

결국 애가 타는 것은 곁에 있는 사람들뿐이었다.

하나는 일주일을 꼬박 두나 옆자리를 지키다가 예준의 손에 끌려 집으로 갔다. 그러다 쓰러지겠다며 하루 정도는 쉬라는 것이었다. 희성 역시 자신이 옆을 지키겠다며 하나에게 가서 쉴 것을 권했다.

희성은 먼저 그렇게 말해준 예준에게 조금은 감사했다. 덕분에 지금은 두나의 옆자리를 홀로 독차지하고 있을 수 있었으니까.

그는 내내 두나의 얼굴을 바라보며 하룻밤을 꼬박 새었다. 보고 또 보아도 전혀 질리지 않았다.

신기한 노릇이었다. 하나와 분명히 똑같이 생긴 얼굴이다. 그러나 너무나도 달랐다. 오히려 희성의 입장에선 하나와 세상에서 가장 다른 얼굴이었다.

희성은 두나의 손을 제 두 손으로 감싸 쥐었다. 그리고 손등에 가만히 입을 맞추었다.

아마 두나가 의식이 있었다면 얼굴을 딸기처럼 붉혔을 것이다. 꽤나 귀여운 모습일 것이 틀림없었다. 그걸 지금 못 보는 게 너무나도 아쉬웠다.

희성은 두나에게 말을 걸었다. 그러다 보면 깨어날 것처럼.

"두나 씨. 손민형이 대가를 치렀어요. 적어도 선호 그 아이의 발버둥이 어떤 결과도 못 만든 건 아니었어요."

유현이 세팅해놓은 대로, 그날 병실에서 있었던 사건을 찍은 영상은 인터넷에 무차별적으로 유포되었다.

처음부터 계산된 각도였기 때문에 유현이나 두나는 뒷모습만 나왔다. 영상에 완전히 얼굴이 드러난 것은 손민형 하나였다.

이미 인터넷상에 무차별적으로 퍼져, 전국적으로 화제가 된 사실을 손민형 집안에서 은폐하는 건 불가능했다. 도리어 손민형과의 관계가 불거져 나와 그들이 타격을 입었다.

"두나 씨가 모아둔 자료도 정말 도움이 되었어요."

공식적으로 손민형에게 칼을 맞은 것은 '안하나'였다. 손민형이 과거 중학교 시절 저지른 잘못에 대해 캐내려던 기자 안하나를 손민형이 협박하다 협박이 통하지 않자 습격했다.

공식적으로 이번 사건은 그렇게 알려졌다.

그 결과, 손민형은 현행법으로 구속되었다. 아마도 법의 심판을 받게 되리라. 과거에 그가 저지른 만행들도 캐도 캐도 끝없이 나오는 고구마 줄기처럼 사방에서 쏟아졌다.

설사 법의 심판은 기적적으로 피한다 하더라도 손민형은 사회적으로 매장당한 상태라고 보아도 좋았다.

"희민이가 그걸 바랐을지는 모르겠지만, 그래도 좀 통쾌한 건 사실이에요."

희성은 그렇게 말하며 쓰게 웃었다. 그러고는 다시 두나의 손등에 키스했다.

"이제, 두나 씨만 눈을 떠주면 돼요. 그러면…… 모든 것이 완벽한 해피엔드가 되겠죠."

그는 애원했다.

"내 해피엔드를…… 두나 씨가 완성해주세요."

어느덧 날이 밝아오고 있었다. 검푸른 밤이 물러가고, 눈부신 빛이 하늘을 가득 채운다. 각도가 바뀐 날카로운 햇살에 희성은 잠시 눈을 감았다.

"……."

그리고 다시 눈을 떴을 때, 그는 꿈속에서도 바라던 눈동자와 눈을 마주했다. 두나의 동그란 눈이 그를 바라보고 있었다.

아침 눈부신 햇살 속에서 두나가 웃었다.

"희성 씨……."

희성은 눈시울이 뜨거워지는 걸 참지 못했다.

"두나 씨……."

그는 그대로 두나의 가슴팍 위로 무너져 내렸다.

두나는 힘없는 손을 뻗어 희성의 머리를 싸안고 다독였다. 한참만에 두나의 목소리가 희성을 감싸 안는다.

"미안해요, 희성 씨. 약속 못 지켜서."

"……."

"그리고 고마워요. 절 구해줘서요."

그 말에 희성은 고개를 저었다. 감격의 눈물이 넘쳐흘렀다.

"아니, 아뇨. 당신이…… 날 구한 거예요."

이건 진심이었다. 희성은 자신의 힘으로 두나를 구해냈다. 그리고 그것으로, 그는 마침내 자기 자신을 구할 수 있었다.

어린 시절 지켰어야 할 사람을 지키지 못했다는, 평생을 이어온 죄책감에서 두나는 마침내 희성을 구해냈다.

희성은 흐느껴 울며 두나를 끌어안았다.

"그래도……. 그래도, 이제 두 번 다시는 그런 짓 하지 말아요."

두나는 희성을 두 팔로 감싸 안고 고개를 끄덕였다.

"네. 절대로 안 해요. 이제 희성 씨 옆에만 있을 거예요."

두 사람은 세상에 단둘만이 있는 것처럼, 상대방을 꼭 끌어안았다. 마치 축복하듯, 갓 떠오른 아침의 태양이 그들을 포근히 감싸 안았다.

길고 긴 길을 돌아서 비로소 각자 온전한 한 사람이 된 그들에게, 그렇게 서로 더해져 두 사람이 된 그들에게 주어진 해피엔드였다.

에필로그. 하나도 둘도 안다

얼마 전 웹진 <인카운터>를 퇴사하고 이제는 이미진 대리가 아니라 백수 이미진이 된 여자가 길을 걷고 있었다.

회사 후배였던 안하나가 손민형에게 상해를 입는 사고가 있은 지 벌써 석 달이 지났다.

그 사건은 거의 모든 미디어에 대서특필되었다. 유명 연예인이 자신의 과거를 캐내려던 기자를 습격한 사건이었다. 화제가 안 될 수 없었다.

게다가 그 직후, 손민형이 유명한 정치인 집안의 막내아들임이 드러나면서 그 집안 전체가 나서서 손민형이 저지른 수많은 범죄를 덮어버렸다는 사실이 드러났다.

대단한 스캔들이었다. 한동안 온 나라가 들썩거렸다.

그 와중에 폭풍의 핵이었던 것이 바로 <인카운터>였다.

이미진 대리는 피해자의 직장 동료라는 이유로 인터뷰 요청을 어마어마하게 받았다. 물론 전부 고사했지만 말이다.

그 사건 이후, 팀장은 특종 중의 특종을 손에 넣었다며 기뻐 날뛰었다. 그러고는 칼을 맞고 입원 중인 부하 직원을 어떻게든 일으켜 카메라 앞에 세우려 난리를 피웠다. 그 서슬에 결국 하나는 화를 내며 사직서를 제출했다. 이미진 역시 팀장의 그런 모습에 환멸을 느껴 사직서를 제출했다.

덕분에 미진은 현재 백수 상태였다. 결혼식이 끝난 뒤에나 다시 이직 자리를 알아봐야 할 것이다.

그리고 다른 동료인 강유현 대리는 사건이 있은 직후부터 행방이 묘연했다. 전화해도 받지 않았다. 무단결근이 이어지자, 결국 팀장은 분노의 불을 뿜으며 강유현을 권고사직 처리했다. 당사자는 끝까지 나타나지 않았으므로, 이의를 제기하는 사람은 없었다.

결국 <인카운터>에 남은 건 팀장 하나뿐이었다. 그대로는 제대로 돌아갈 리 없었다. 팀장이 제발 돌아와달라며 애걸복걸을 했으나 그녀는 전혀 돌아갈 생각이 없었다. 냉정하게 씹는 중이다. 조금, 아니, 아주 많이 고소했다.

지금 그녀는 막 약혼자와 예물을 보고 오는 길이었다. 날이 더워서 카페에서 시원한 커피를 한 잔씩 시키고 창문가에 앉아 늘어져 있던 참이었다.

눈앞에 익숙한 사람이 지나갔다.

옅은 갈색의 곱슬머리가 길게 휘날린다. 강아지처럼 동그란 눈동자는 환하게 웃고 있었다.

이미진은 눈을 크게 떴다.

"하나 씨?"

그녀는 그대로 자리를 박차고 일어났다. 약혼자도 잠시 잊은 채 허둥지둥 뛰어나왔다.

분명히 그녀였다. 안하나.

손민형에게 습격당하고 입원한 뒤, 다시 보지 못한 옛 직장의 후배. 병문안을 가려 했지만, 용태가 안 좋다는 이유로 병문안을 전부 거절당했다. 나중에 사직한 뒤엔 아예 <인카운터>의 사람들과는 연락이 끊겼던 것이다.

설마 이런 곳에서 우연히 만나게 될 줄은 몰랐지만 적어도 무사하다는 걸 눈으로 확인하게 된 것이 기뻤다.

그녀는 다급하게 하나의 뒤를 따라가며 외쳤다.

"하나 씨! 안하나 씨! 하나 씨 맞지?"

그 다급한 부름에 여자가 천천히 뒤를 돌아보았다. 그녀가 아는 안하나와 똑같은 얼굴. 그러나 어딘지 모르게 조금 달랐다.

이미진은 의아하게 물었다.

"하나…… 씨?"

그 말에, 하나라 불리며 돌아선 여자는 고개를 저었다.

"하나가 아니에요!"

어쩐지 기묘한 대답이다. 잘못 부른 거라면, 그저 아니라고 대답하면 그만일 텐데.

하지만 그렇게 말하는 여자를 보고 있자니, 이미진은 알 수 있었다. 그녀가 아는 안하나와는 다른 사람인 것 같았다.

"아. 네. 죄송해요. 제가 알던 사람이랑 많이 닮으셔서요."

그 말에 여자는 별로 기분이 상하지는 않았는지 화사하게 웃고는 다시 뒤돌아서 걸었다.

이미진은 다시 약혼자가 기다리고 있는 카페로 향했다. 때문에 조금 늦게 그녀가 속삭인 작은 소리를 이미진 대리는 듣지 못했다.

"결혼 축하드려요. 대리님."

그렇게 상대방이 듣지 못하는 작은 속삭임을 남긴 여자, 즉 안두나는 이제 나는 듯한 활달한 걸음걸이로 길을 걸었다.

그러면서 두나는 홀로 속삭였다.

"그래요. 하나가 아니에요."

웃음기 어린 목소리가 그 위로 덧씌워졌다.

"난 안두나니까요."

외전 1. 영원의 순간

두나와 하나가 함께 살던 자취방.

거실에 두나가 자신의 물건을 모아서 싼 짐 가방을 두 개 내려놓았다.

그러곤 두 손을 탁탁 털며, 활기차게 외쳤다.

"좋았어. 이걸로 짐 다 쌌다."

방 안쪽에서 하나가 묻는다.

"여기 이 박스도 네 거지?"

"아, 맞다. 응!"

그 말에 하나는 직접 박스를 들고 나와 짐 가방 옆에 내려놓았다.

그 짐들을 잠시 가라앉은 눈으로 바라보던 하나는 이번에는 두나에게로 시선을 옮겼다.

한 사람분이라고 하기에는 지나치게 적은 양의 짐.

그리고 아직은 별개의 사람으로 갈라졌다는 것이 잘 믿어지지 않는, 옛 자신의 반쪽.

하나는 불안한 표정으로 두나와 짐을 번갈아가며 다시 보다가 물었다.

"너 정말 나갈 거야?"

두나는 씩 웃었다.

"하나 너 벌써 치매 걸렸냐? 벌써 몇 번째 물어보는 거야?"

하나는 왈칵 화를 냈다.

"사람이 진지하게 묻는데 장난치지 말고! 진짜…… 나가도 괜찮겠어?"

"……."

하나의 목소리에는 숨길 수 없는 걱정이 묻어나왔다.

그 걱정이 곧 자신에 대한 애정이라는 사실을 잘 알고 있기에, 두나는 하나의 저런 태도가 정말 고마웠다.

두나는 환하게 웃으며 가방 속에서 지갑을 꺼냈다. 그리고 표면의 코팅이 아주 반짝반짝해서 만든 지 얼마 안 된 티가 팍팍 나는 주민등록증을 내민다.

거기에는 두나의 사진과, 두나의 이름이 적혀 있었다.

<안두나>

그렇다. 이제 법적으로도 두나는 하나가 아닌 두나였다.

"엣헴! 이젠 나도 어엿한 한 사람의 인간이라고요! 이젠 도플갱어가 아니라!"

그렇게 말하는 두나의 목소리에는 감격스러운 감정이 숨겨지지 못하고 드러났다.

그렇다. 이제 두나는 하나가 아닌 것이다!

두나가 만신님을 다시 만난 건 병원에서 막 정신을 차린 직후였다.

마치 모든 걸 알고 있다는 듯이 연락도 없었는데 바로 나타난 만신님은, 두나를 보고 부드럽게 웃었다.

"그래. 이제는 반편이라고 부를 수가 없겠구나."

"정말요?"

"그래. 이젠 온전한 한 명의 인간이니 말이다."

두나는 그렇게 말하며 웃는 만신님의 미소가 세상에서 가장 밝고 또 따스했다고 기억한다.

정말로 이제 당당한 한 사람의 영혼을 가지게 되었노라고, 그렇게 만신님이 인정해주신 것 같아서 기뻤던 것이다.

만신님의 인정이 두나에게는 마치 세상 전체가 자신을 인정해주기라도 한 것처럼 느껴졌다. 가슴이 뿌듯하다.

그런 두나에게 만신님은 웃는 얼굴로 말했다.

"이제 반편이가 아니니, 제대로 한 명으로 살려면 필요한 게 많겠지."

"필요한 거요?"

"그래. 이제 더는 하나의 이름과 인생에 붙어 있을 것이 아니라, 너 자신만의 인생을 만들어야 할 게 아니냐."

두나의 눈에 이슬이 맺혔다.

"저 정말, 그래도…… 되는 거예요?"

만신님은 자애롭게 웃으며 고개를 끄덕였다.

"그래. 그러려면 법적으로 이것저것 좀 골치가 아플 게다."

그 말에 감격에 겨워 울먹거리던 두나의 눈물이 쏙 들어갔다.

"그, 그러네요. 어떻게 하죠? 출생신고를 지금 할 수도 없잖아요!"

두나라는 존재는 약 10년 전 하나의 능력에 의해 태어났다.

사실 생일을 따져서 출생신고를 한다면 그때로 잡아야 할 것이나, 그러기엔 문제가 컸다.

"게다가, 출생신고 하려면 부모도 있어야 하는데……."

깊은 갈등에 빠졌던 두나는 곧 웃는 얼굴로 고개를 들었다.

그리고 만신님 곁에서 감격스러운 표정으로 자신을 보면 하나에게 외쳤다.

"아, 하나야! 너다! 널 엄마로 해서 출생신고 넣으면 되겠다!"

해맑게 외치던 두나의 말에, 하나는 오랜만에 두나에게 등짝 스매싱을 날릴 뻔했다.

그러나 실제로 두나의 등짝과 하나의 손바닥이 만나기 전에, 가까스로 멈췄다. 하나는 갖은 인내심을 모조리 짜냈다.

하나의 손이 부들부들 떨렸다.

'얘는, 얘는 지금 환자야……! 등짝 스매싱은…… 안 돼!'

두나는 웃는 얼굴로 만신님의 등 뒤로 피했다.

"아, 아하하! 농담이야! 당연히 농담이지, 하나 얘도 참!"

애초에 하나가 두나의 부모에 가까운 존재라는 건 사실이지만, 그들은 겉으로 보기에 나이도 외모도 똑같았다. 게다가 아직 미혼인 하나의 호적

아래에 두나의 출생신고를 할 수는 없었다.

그러나 두나가 두나로서 살아가려면 법적인 문제부터 처리하는 것이 선행과제였다.

해결사를 자처한 것은 만신님이었다.

"그건 걱정 말거라. 내가 준비를 해줄 테니."

만신님에게 도움을 받은 사람은 정재계를 가리지 않고 무수히 많았다. 그쪽에까지 영향력이 끼칠 수 있는 존재가 바로 만신님이었던 것이다.

안도한 표정을 하는 두나의 머리를 만신님의 주름진 손이 가만히 쓰다듬었다. 그 손길이, 체온이 너무나도 따스해서 두나는 새삼 눈가가 뜨거워지는 걸 느꼈다.

"잘했다."

"……네."

"네가 선택하고 행한 일이, 많은 사람을 구하고 결국 너를 구한 것이니라."

"네."

"앞으로는 진정한 의미에서 한 명의 사람으로서, 네가 스스로 어떻게 살아갈지를 결정하면 될 게다."

두나의 눈에서 눈물이 주룩 흘렀다.

"네, 만신님."

만신님은 계속 두나를 쓰다듬어주며 한마디를 더 덧붙였다.

"내 너를 반편이라 하였으나, 사실 세상에 태어나는 이들은 다들 반편이라 할 수 있단다."

만신님의 목소리는 마치 옛이야기를 하듯 조곤조곤했다.

"그런 전설이 있단다. 사람은 둘로 나뉘어서 태어난다고 말이다. 그래서 본능적으로 자신의 반쪽을 찾기 위해 애쓴다고 말이지."

두나는 눈을 동그랗게 떴다.

"그러면 저만이 아니라 다들 반편이라는 말씀이신 거예요?"

"비슷하지. 온전한 하나가 되기 위해 서로 짝을 찾고 사랑을 하는 게다."

만신님은 부드럽게 웃었다.

"그리고 넌…… 다행히도 찾은 것 같구나."

그 말에 두나의 뺨이 붉어졌다. 잠시 고개를 숙이고 있던 두나는 곧 천천히 고개를 끄덕였다.

그에 만신님은 웃으며 덧붙였다.

"그 아이도 상처가 많은 아이야. 영혼에 상처가 남아 그냥 평범한 사람도, 그렇다고 제대로 된 무당도 못 되었지. 네가 그 영혼을 치유해줄 수 있을 거다. 그래서…… 이번에야말로 둘이 함께 반편이가 아니라 온전한 한 쌍이 되면 되는 게다."

두나는 불안한 목소리로 물었다.

"제가…… 그렇게 할 수 있을까요?"

"암, 그렇고말고. 그냥, 무얼 하려 노력할 필요는 없단다."

만신님은 두나의 이마에 자신의 이마를 댄 채, 다정하게 속삭여 주었다.

"그저 온 힘을 다해 서로 사랑하고 행복해지면 되는 거니까. 그것으로 사람은 비로소 완전해질 수 있는 거란다."

그 말이 따스한 물처럼 두나의 가슴속으로 스며들었다.

그게 벌써 석 달 전이다.

이후 만신님이 대체 어떻게 하신 건지는 모르지만, 두나의 신분을 만들어와 주신 것이 대략 한 달 전이다.

이름과 나이는 그대로 유지했다. 어차피 두나의 외모 자체가 하나와 똑같은 데다, 두나에겐 하나가 일생 동안 살아온 기억도 있으니 말이다.

생일은 일부러 바꾸었다. 모든 정보가 하나와 똑같은 건 안 좋을 것 같았기 때문이다.

그래서 새로운 두나의 호적에 등록된 생일은 얼마 전 두나가 혼수상태에서 눈을 뜬 그날로 정했다.

'그때 난 진짜 한 사람으로 다시 태어난 거니까.'

두나는 환하게 웃었다.

하나가 여전히 걱정에 찬 눈으로 다시 물었다.

"너 정말 따로 나가도 괜찮겠어?"

두나가 이제 독립하겠다는 말을 한 직후부터, 하나가 계속 해온 질문이다.

두나는 이번에도 고개를 힘차게 끄덕였다.

"응, 걱정 마. 사실 지금까지 너한테 폐만 끼쳤잖아."

하나는 젖어든 목소리로 고개를 저었다.

"그런 소리 하지 마. 내가 얼마나……."

이제 하나는 숫제 울먹이고 있었다. 두나와 10년 가까이 함께해온 것이 바로 하나다.

자신의 분신을, 친구나 여동생 같던 두나를 이제는 별개의 존재가 되어 떠나보내게 된 것이다.

가슴이 허하지 않을 리 없다. 거의 울려 하는 하나를 도리어 두나가 위로했다.

"걱정 말라니까. 어차피 그렇게 멀지 않은 데로 방 잡았는걸. 자주 놀러 올게! 너도 자주 오고!"

하나는 젖은 눈으로 고개를 끄덕였다.

"으응……."

두나는 하나를 웃게 하고 싶어서 도리어 더 밝게 말했다.

"그리고 나 나가면 이제 예준 오빠가 여기 놀러 오기도 편하잖아! 기뻐하라고! 예준 오빠 벌써부터 막 기대하고 있는 거 아냐?"

그 말에 결국 하나는 어이없는 웃음을 터뜨리고 말았다.

"풉! 그건 너도 마찬가지 아냐? 너야말로 희성 씨를 네 방에 데려가고 싶어서 독립하는 거지?"

"아, 아니거든! 절대 아니거든!"

두나는 진심으로 당황해서 얼굴이 시뻘게지고 말았다.

곧 그들은 가랑잎만 굴러가도 웃는 여고생들처럼 까르르 웃고 말았다.

* * *

삐익!

잠시 평소처럼 태격태격하던 두 사람은, 벨 소리가 울리자 싸움을 그만두었다.

하나가 나가며 물었다.

"누구세요?"

"접니다."

익숙한 목소리.

하나는 웃으며 문을 열었다. 어차피 오늘 짐을 옮기는 데 희성이 차를 가지고 와서 도와주기로 했다는 얘기는 이미 들어서 알고 있었던 것이다.

아니, 애초에 두나가 방을 구하러 다닐 때부터 도와줬던 게 희성이라는 것도 잘 알았다.

하나의 입장에서는 조금 얄밉게도, 두나의 자취방은 하나의 집보다 도리어 희성의 집에 더 가까웠다.

"어서 오세요."

"아, 안녕하세요. 하나 씨."

그렇게 의례적으로 인사하던 희성은 하나의 등 뒤에서 손을 흔드는 두나를 보고 눈매가 부드럽게 녹아내렸다.

"두나 씨."

"희성 씨."

둘은 누가 먼저랄 것도 없이 서로를 불렀다. 양쪽 모두 목소리가 녹아내릴 듯하다.

입매에 절로 떠오르는 미소는 누가 보아도 사랑에 빠진 남자의 것이었다.

하나는 속으로 웃으며 둘 사이에서 비켜주었다.

새 자취방으로 옮길 짐은 가방 두 개에, 박스 하나.

조촐한 양이었다. 두나는 세 짐 중 하나라도 들려고 가방 하나에 손을 뻗었다.

그러나 희성의 손이 중간에서 가로막는다.

"괜찮아요."

"하지만 세 개잖아요. 희성 씨 손은 두 개밖에……."

그때 희성이 입고 있던 슈트의 재킷을 벗었다. 그리고 그 재킷만 두나에게 맡긴다.

"희성 씨?"

희성은 그대로 손을 뻗어 한 손에 가방 두 개를 한꺼번에 들고, 다른 손으로 박스를 번쩍 들어 올렸다.

아주 가뿐한 움직임이었다.

두나는 절로 얼굴이 빨개지는 걸 참지 못했다. 재킷을 벗자 얇은 셔츠 한 겹 아래 그의 상체와 팔이, 든든한 근육의 움직임이 너무나도 선명하게 의식되었던 것이다.

타이트한 셔츠의 핏 덕분에 셔츠 아래 근육이 터질 듯 부푼 것이 바로 보였다. 짐을 드느라 힘을 주고 있어서 더욱 그랬다.

두나는 살짝 넋을 놓고 희성을 바라보았다.

그는 환하게 웃어 보였다.

"보세요. 저 힘 꽤 세니까 괜찮습니다."

두나는 얼굴 가득 미소가 새어 나왔다.

눈꼴실 정도로 사이가 좋은 한 쌍을 바라보며, 주변에 있던 하나는 소리 없이 한숨을 쉬었다.

'혹시…… 나랑 예준 오빠도 다른 사람 눈에는 이렇게 보이는 건 아니겠지?'

그녀는 새삼 자신의 과거를 반성하기 시작했다.

두나가 막 희성과 나가려는 참이었다.

하나는 그 반성을 바로 실천에 옮겼다. 두나에게 다가가서 작별 인사를 겸하여 안아주며 이렇게 속삭였던 것이다.

"나 방해 안 할 테니까 둘이 오붓하게 가."

"하, 하나야!"

두나는 다시 두 볼이 빨갛게 달아오르는 걸 참지 못했다.

"그, 그래도……."

이렇게 어색하게 말을 흐리는 두나에게, 하나의 날카로운 지적이 날아들었다.

"너 입은 웃고 있어."

"……."

하나는 부드럽게 웃으며 덧붙였다.

"정리 다 되면 얘기해. 내일 퇴근하면서 보러 갈 테니까."

"응, 하나야."

하나는 두나를 다시 한 번 강하게 끌어안아 주었다. 그리고 약간의 아쉬움을 뒤로하고 놓아주었다.

두나는 태양처럼 환하게 웃으며 손을 흔들었다.

"안녕!"

그리고 짐을 들고 기다리고 있는 희성을 향해 달려갔다.

망설이지 않고.

하나는 그 뒷모습을 바라보며, 기묘한 기분이 휩싸였다. 어쩐지 딸이나 여동생을 시집보내는 기분이 된 것이다.

'사실 큰 차이도 없나……'

뿌듯함과 안도감, 그리고 약간의 아릿한 아픔이 가슴을 채운다.

하나는 천천히 뒤돌아섰다.

평소에는 너무나도 좁게만 느껴졌던 이 작은 자취방이 오늘따라 크고 썰렁하게 보였다.

'아, 예준 오빠라도 불러야겠다.'

* * *

두나는 새삼스러운 표정으로 이제부터 자신만의 집이 될 신축 빌라 입구에서 위를 올려다보았다.

고개를 들자, 3층의 베란다가 바로 보인다.

저곳이 바로 오늘부터 두나가 살 곳이었다.

'내 방. 내 집.'

하나의 것에 더부살이하는 게 아니라, 이제 두나 자신만의 보금 자리를 가지게 되는 것이다.

절로 가슴이 벅차올랐다.

두나의 자취방은 하나와 살던 방과 비슷한 크기의 원룸이었다.

보증금은 희성에게 빌렸다. 사실 하나가 도움을 주고 싶어 했지 만, 자기 한 몸 벌어먹기도 빠듯한 것이 하나의 사정이다. 조금이 라도 여윳돈을 주겠다는 하나의 말을 두나가 딱 잘라서 거절했다.

이제는 진짜로 홀로서기를 하고 싶다는 생각 때문이었다.

'그래서 원래는 고시원으로 들어갈 생각이었는데……'

그런 두나의 의견을 듣자마자, 주변의 모든 사람이 격렬하게 반대했다. 심지어는 예준마저도 그랬다.

결국 희성이 보증금을 빌려주고, 두나가 갚는 것으로 일이 처리되었다.

그리고 그렇게 안 된다고 했는데도, 하나는 어떻게 알아낸 건지 두나의 계좌에 몇 달 치 월세로 쓸 수 있을 만한 금액의 돈을 입금해주었다. 돌려줬다간 하나의 집에 못 놀러 올 거라는 엄포와 함께.

결국 아직은 완전한 홀로서기는 못한 셈이다. 희성과 하나에게 도움을 받았으니.

'그래도 어쨌건, 내 집이야!'

부푼 가슴을 안고 감격에 겨워 3층을 올려다보는 두나의 등 뒤에서 그녀를 부르는 목소리가 들렸다.

"두나 씨? 왜 안 올라가요?"

두나는 고개를 돌렸다. 거기에는 고집스럽게 두나에게는 절대 짐을 들게 할 수 없다며 혼자 짐을 바리바리 든 남자가 서 있었다.

희성. 바로 이 보금자리를 함께 마련하고 도움을 준 남자.

그리고, 그녀의 연인.

두나는 환하게 웃었다.

"아니에요. 빨리 올라가요, 우리!"

신축 빌라는 계단마저도 전부 깨끗했다. 그 사실 하나하나가 너무나도 마음에 들었다. 계단을 오르는 발걸음이 너무나도 가볍다.

그렇게 두 사람은 두나의 집 앞에 도착했다.

301호.

이제 앞으로 두나가 살 집이다. 두나는 조금 떨리는 심정으로 열쇠로 문을 열었다.

그리고 입구에 선 그대로 자신만의 방 안을 둘러보았다.

여전히 꿈만 같다.

'내 방……'

스스로 중얼거리면서도 믿어지지 않는다. 눈을 비비고 다시 떠 본다. 그러나 여전히 이 방은 사라지지 않고 그 자리에 있었다.

두나는 새삼스레 감격했다. 이 방을 구하고, 계약하고, 청소하고 가구를 넣는 일까지 직접 했다.

그 모든 과정을 직접 하면서도 아직 실감을 하지 못했었다. 그런데 이제 이 방에, 자신의 방에 살기 위해 들어오는 순간에 와서 야 이제야 실감한 것이다.

'그래. 이게 내 방이야.'

사실은 이제 실감하기 시작했다는 게 더 정확한 표현일까.

어쨌건 이 역시도 나중에는 익숙해질 것이다. 인간은 적응의 동물이고, 두나는 이제 당당한 하나의 인격체인 인간이니까.

등 뒤에서 희성의 의아한 목소리가 울렸다.

"두나 씨? 왜 안 들어가요?"

그 말에 두나는 확 뒤돌아보았다. 그리고 두 손으로 희성을 밀기 시작했다. 희성은 당황했다.

"가, 갑자기 왜 그래요?"

두나는 당당하게 요구했다.

"잠깐 나가봐요."

"……네?"

희성은 놀람에 이어 약간의 충격을 받았다. 그는 그대로 두나에게 밀려 현관 문밖으로 쫓겨났다.

"……"

멍하니 문을 바라보고 있자니, 안쪽에서 뭔가 부산스러운 소리가 울린다.

희성은 잠시 자아비판의 시간을 가졌다.

'내가 뭔가 잘못했나? 두나 씨 기분을 상하게 한 게 있었나?'

그러나 아무리 생각해도 걸리는 것이 없다.

그때였다. 안에서 두나의 목소리가 당당하게 울렸다.

"자, 이제 노크하세요!"

"……네?"

두나는 단호하게 덧붙였다.

"어서요!"

희성은 얼떨떨하게 손을 움직였다.

똑똑똑.

문을 두드리자, 마치 연극처럼 두나가 문을 연다.

"어서 오세요."

그렇게 말하는 두나의 얼굴에는 뿌듯함과 기쁨이 한가득했다.

"안두나의 스위트 홈에!"

그렇게 말하며 두나는 두 팔을 벌렸다. 희성은 두나가 왜 이렇게 행동하는지 이제 알 것 같아졌다.

그 역시 웃으며 정중하게 인사했다.

"초대해주셔서 영광입니다."

그리고 두나의 손을 잡고 그 손등에 키스했다. 두 사람의 미소가 허공에서 서로 맞닿는다.

두나가 자신만의 집을 가지게 된 첫날, 가장 처음으로 방문한 손님은 희성이었다.

＊ ＊ ＊

희성은 안타까운 얼굴로 두나의 짐 정리를 도우며 말했다.

"역시 짐이 별로 없네요. 정리를 다 해도 방이 휑할 거 같아요."

두나는 아무렇지도 않게 웃었다.

"어쩔 수 없죠, 뭐. 사실 이것들도 몇 개 빼곤 하나에게 받아 온 게 많아요."

그동안은 두나가 하나의 인생에 기생해서 사는 삶을 살았던 만큼, 두나 자신만의 물건을 가지는 건 어려웠다.

애초에 하나의 자취방 자체가 혼자 살 목적으로 구한 것이기도 했고, 금전적인 면에서도 그랬다. 하나가 버는 돈은 결국 1인분이니까.

그 사실이 꽤 서러웠던 적도 많았다. 그러나 이젠 아니다.

고개를 들자 텅 빈 새집의 네 벽면이 보였다. 시계나 액자 등의 장식물은 전혀 걸려 있지 않다.

아니, 못질조차 한 번도 하지 않은 완전한 새것.

아직 그림을 그리지 않은 백색의 캔버스를 연상시킨다.

그렇다. 이 새집 자체가, 앞으로 두나의 앞에 펼쳐질 인생이나 매한가지였다.

어떤 것을 어떻게 그려 넣을지…… 그 주인이 결정할 일이다.

"……빈 곳이 많다는 건, 앞으로 그만큼 채울 게 많다는 거니까요."

그 말에 희성의 얼굴에 잔잔한 미소가 번졌다.

그는 들고 있던 책을 바닥에 놔두고 두나를 등 뒤에서 끌어안았다. 그리고 그녀의 어깨에 얼굴을 묻는다.

두나는 작게 웃었다.

"갑자기 왜 그래요?"

희성은 두나를 빈틈없이 끌어안았다.

"새삼 당신에게 또 반하는 것 같아서요."

두나는 얼굴을 다시 붉히면서도 톡 말을 던졌다.

"그거 이전까지는 덜 반했다는 거예요?"

희성은 곤란한 듯 웃으면서도 느긋하게 받아쳤다.

"늘 이 이상 더 반할 수 없을 거라고 생각했는데, 매번 더 사랑에 빠지게 되는 걸요."

가슴을 간질거리던 감각이 두 뺨까지 올라온다. 두나는 빙글 돌아서, 희성을 정면에서 바라본다. 그리고 그 빨간 볼을 희성의 가슴팍에 묻었다.

그러나 뜨거워진 볼을 식혀보려는 그녀의 시도는 실패하고 말았다. 희성의 품이 생각보다 너무 뜨거웠던 것이다. 그래도 상관없었다. 사실, 뺨을 식히려는 거라는 건 핑계일 뿐이니까.

그렇게 행복감에 빠져 방 정리라는 원래 목적을 잠시 잊고 있던 중이었다.

두나를 끌어안고 있던 희성의 눈에 무언가 이상한 게 보였다.

"응?"

두나가 큰맘 먹고 희성의 뺨에 입술을 가져다 대려던 찰나였다. 그녀는 그만 허공에 입술을 날리고 말았다.

희성은 그대로 몸을 앞으로 숙였던 것이다.

"으? 으아아?"

두나는 민망함에 바닥으로 굽혔던 몸을 일으키는 희성에게 고개를 돌렸다.

"……희, 희성 씨?"

방금 뽀뽀를 시도하다 실패한 사실이 주는 무안함과 약간의 화는 온데간데없이 사라졌다.

다시 몸을 일으킨 희성이 들고 있는 걸 본 순간, 부끄러움이고 뭐고 전부 사라졌던 것이다.

"그, 그, 그건……!"

희성이 손에 들고 있는 건 사진 한 장이었다. 병원 로비에서 가운을 입고 서 있는 희성의 사진.

바로 희성의 계모가 찾아와 곤란한 상황이 되었던 그때, 두나가 희성을 도와주며 찍은 그 사진이었다.

방금 희성이 정리하려고 손에 들었다가 둘이 장난을 치느라 대충 바닥에 놓은 책이, 아무 생각 없이 저 사진을 꽂아놓은 바로 그 책이었던 모양이다.

희성은 눈매에 장난기가 잔뜩 올랐다. 그 표정을 보자 두나는 직감했다.

'이건 놀림감이야! 그것도 1년은 갈 놀림감이야!'

두나는 강아지처럼 팔짝팔짝 뛰며 사진을 향해 손을 뻗었다.

"도, 돌려줘요! 내가 찍은 사진이라고요!"

희성은 벌써 두나의 키가 닿지 않는 높이로 사진을 들어 올린 뒤였다. 두나가 아무리 뛰어도 소용이 없었다. 허공만 휘저을 뿐.

희성은 장난기 어린 미소로 두나가 찍은 자신의 사진을 바라보며 대꾸했다.

"……찍긴 두나 씨가 찍었지만, 찍힌 건 나죠. 난 초상권을 주장하겠어요."

두나는 부아를 냈다.

"으아아! 그때 찍는 거 희성 씨도 찬성했잖아요! 그러니까 초상권 무효! 무효!"

두나는 자신이 무슨 말을 하는지도 모른 채 헛소리를 지껄였다. 여전히 두 팔은 필사적으로 희성이 높이 들어 올린 그 사진을 되찾으려 애쓰는 중이다.

물론, 효과는 없었다.

그렇게 열심히 펄쩍거리던 두나는 곧 체력이 다해 헉헉거리며 바닥에 주저앉고 말았다.

그녀의 항복 선언에 희성이 웃으며 물었다.

"이거 일부러 인화한 거죠?"

"아으으……."

두나는 이미 뜨거운 얼굴이 더더욱 화끈해지는 걸 느꼈다. 안 그래도 난데없는 운동(?)으로 얼굴에 열이 몰렸는데, 희성의 용서 없는 질문이 그녀의 심장에 무리를 주고 있었다.

"이때면 아직 내가 고백하기 전인 거 같은데……. 왜 이때 찍은 내 사진을 일부러 인화해서 이런 데에 넣어둔 거예요?"

"으아아아!"

"그리고 이렇게 자취방까지 가져온 이유, 뭐예요?"

두나는 새빨간 얼굴로 외쳤다.

"왜 취조를 하고 그래요! 의사가 아니라 형사로 전직했어요?"

희성은 희죽 웃었다.

"그렇게 대답 피하려고 하지 말고 제대로 말해줘요. 똑바로 대답해주면 돌려줄게요."

두나는 너무 부끄러운 나머지 두 손으로 얼굴을 가린 채, 손가락 사이로 희성을 바라보고 있었다.

그 상태로 두나는 가는 목소리로 물었다.

"너무 부끄러운데…… 그냥 말 안 하면 안 돼요?"

'아, 정말…… 귀엽네.'

희성은 필사적으로 다시 흐물흐물 풀어지려는 얼굴 근육과 손 근육에 애써 힘을 주었다.

두나가 저렇게 올려다보면 너무 귀여워서 무슨 부탁을 해도 다 들어주고 싶어지는 것이다. 하지만 여기서는 조금 참아야 한다.

늘 희성에게 하던 대로 귀여움을 어필해서 상황을 무마하려던 두나는 자신의 시도가 실패했음을 깨달았다.

두나는 길게 한숨을 쉬었다. 여전히 얼굴은 붉었다.

두나는 손등으로 뺨을 눌러서 식히며 어물어물 말문을 열었다.

"으. 그게 그냥…… 그때 막 찍은 사진들 중에 그 사진이 이상하게 마음에 걸려서…… 파일을 지우기가 그렇더라고요. 그래서……."

"그래서요?"

두나는 얼굴에 오른 열을 이기지 못하고 고개를 푹 수그렸다.

"그래서, 직접 인화해서 보면 뭐가 걸리는지 알 수 있지 않을까 하고 인화를 해봤는데……. 그래도 여전히 모르겠더라고요."

그 말에 희성이 화사하게 웃었다.

"내가 그 이유 알려줘요?"

두나는 눈을 동그랗게 뜨며 고개를 들었다.

"이유, 알겠어요?"

희성은 유쾌하게 고개를 끄덕였다. 그러면서 그 자신의 얼굴 옆에 사진을 들이댔다.

사진 속의 희성과, 현실의 희성이 동시에 두나의 시야를 채운다.

희성은 자신만만하게 말했다.

"봐요. 잘~ 생겼잖아요. 안 그래요? 그러니까 파일도 못 지우고, 일부러 인화해서 간직까지 한 거죠."

"……."

뭐라고 태클을 걸고 싶은데, 사실이라서 할 말이 없었다.

희성은 씨익 웃었다.

"……사실 이때부터 두나 씨 나를 좋아한 거 아니에요?"

두나는 볼을 부풀렸다. 농담에는 농담으로.

"아니거든요. 좀 더 이따가거든요."

희성은 대답은 조금 의외였다.

"그거 좀 아쉬운데요. 난 사실…… 두나 씨 처음 봤을 때부터 좋아했던 것 같거든요."

두나는 뺨을 상기하며 물었다.

"처음부터요?"

"네. 두나 씨는 날 못 봤지만, 카페 안에 앉아 있었는데 곁눈질로 지나가는 두나 씨를 보고 바로 시선을 빼앗겼어요."

두나의 얼굴이 점점 핑크색으로 물들었다.

"난 그렇게 예쁘지도 않은데……."

그 말에 희성은 고개를 저었다. 그의 손길이 두나의 뺨을 가만히 쓸어내렸다.

"아뇨, 충분히 예뻐요. 세상에서 제일. 그리고 얼굴만이 아니라…… 두나 씨의 영혼에 반했어요."

"내…… 영혼?"

희성은 두나의 손에 제 뺨을 묻고서 고개를 끄덕였다.

"네. 수많은 사람의 영혼을 봐왔지만 두나 씨 같은 색을 가진 영혼은 처음 봤으니까요."

"……너무 특이해서 실수로 귀신에 씐 사람인 줄 안 거 아니었어요?"

사실을 지적당했지만, 희성은 흔들리지 않았다.

"안타깝고 위태로워 보이기도 했거든요. 그래서 돕고 싶었죠."

두나는 약간의 긴장감에 목이 타는 기분을 느꼈다.

두나가 영적인 무언가를 직접 본 건 유현의 지독하게 강렬했던 악의뿐이다. 그건 너무 슬프고 또 고통스러운 것이었다.

자신의 영혼은 과연 어떤 색일까.

어떤 모습을 하고 있는 걸까?

"내 영혼, 어떤 모습이었어요? 그리고 지금은 또 어때 보여요?"

희성의 얼굴에 미소가 잔잔히 번졌다.

"예뻐요. 당신 자신처럼."

"솔직하게…… 말해도 돼요. 사실 나 완전한 사람 된 지도 얼마 안 됐잖아요."

두나는 잠시 망설였다.

그러나 희성에게 숨기는 건 싫다.

"그리고…… 지금은 아니지만 주변 모두를 꽤 원망했던 적도 있었는걸요."

"두나 씨가요?"

"네. 아직 자아를 가진 지 얼마 안 됐을 때요. 그때는 왜 나만 내 인생 하나도 제대로 가지지 못하는지, 그게 너무 서럽고 억울해서…… 그래서 하나도 원망하고 예준 오빠도 원망하고, 그냥 세상 전체를 원망한 적도 있었어요."

"……."

"그런 적도 있는데, 내 영혼이 그렇게 예쁘고 깨끗할 거라고 기대는 안 해요."

희성은 고개를 저었다.

"아뇨. 예뻐요. 아주."

"……희성 씨."

"빈말이 아니라 진짜로요. 난 두나 씨에게는 거짓말 안 해요. 물론…… 그냥 예쁘기만 한 건 아니지만."

"또 뭔가 있어요?"

두나의 얼굴이 살짝 긴장으로 굳는다.

희성은 그녀를 안심시켜주기 위해 다시 웃어준다.

"……처음 만났을 때쯤에는……. 좀 위태로워 보였죠. 당신의 영혼이 나를 부르고 있는 느낌이었어요."

"……."

희성은 낮게 속삭였다.

"제발 날 구해달라고. 내게는 그렇게 보였어요."

그는 작게 한숨을 쉬었다.

"그래서 그때 그렇게 막무가내로 굴었던 거죠. 그렇게 예쁜 사람의 영혼이 내게 구해달라고 외치는 것 같아 보였거든요."

두나는 가슴께에서 뜨거운 것이 올라오는 걸 느꼈다. 그건 목구멍 언저리까지 올라와 있다.

그것은 쌉쌀하면서도, 혀가 녹을 만큼 달콤한 것이기도 했다.

두나는 희성의 귓가에 입술을 대고 물었다.

"지금은 어때요?"

희성은 눈을 감았다. 그리고 다시 뜬다.

그의 시야에 두나의 영혼이 내뿜는 빛이 비친다.

그는 더없이 환하게 웃었다. 긴 흐린 날 끝에 태양을 본 음지의

식물처럼.

그의 미소가, 두나에게는 충분한 대답이 되어주었다.

두 사람의 입술이 서로를 찾아 삼킨다.

오랫동안 달콤하고 깊은 숨이, 서로만을 탐했다.

* * *

두나를 끌어안고 바닥에서 뒹굴거리고 있던 희성은 그제야 기억났다는 듯이 외쳤다.

"아, 맞다!"

두나는 의아하게 고개를 들었다.

"갑자기 왜 그래요?"

희성은 벌떡 몸을 일으켰다. 그는 정신없는 자기 자신을 탓하고 있었다.

"잊어버릴 뻔했네……!"

두나는 여전히 멍한 얼굴로 바닥에 널브러진 채 희성을 올려다보았다.

희성이 그녀에게 대뜸 손을 내민다.

"일어나볼래요?"

두나는 그 손 위에 무의식적으로 제 손을 올리면서도, 묻는 걸 잊지 않았다.

"갑자기 왜 그러는데요?"

희성은 환하게 웃었다.

"……선물이 있거든요. 두나 씨 집들이 선물."

두나는 고개를 갸웃했다.

'선물이라니? 그런 건 못 봤는데…….'

거기까지 생각하던 두나는 곧 깨달았다.

집에 들어선 이후, 아직 집 전체를 한번 둘러보지도 못했다는 것을.

두나와 희성은 입구에 들어서자마자 장난을 시작해서, 이제 겨우 거실 앞쪽으로 들어와 있었던 것이다.

아마도 희성이 준비해뒀다는 선물은 다른 곳에 있는 것이리라.

두나의 얼굴이 기대감으로 잔뜩 상기되었다.

"무슨 선물인데요?"

희성은 한쪽 눈을 찡긋했다. 그리고 고개를 숙여 두나의 귓가에 나직이 속삭였다.

"이 사진을 보니까, 그 선물을 고르기를 잘한 것 같아요."

희성은 제대로 알아듣지 못하고 눈을 동그랗게 뜬 두나의 뺨에 가볍게 입을 맞추고, 그녀를 방 안으로 인도했다.

이 집은 거실과 방이 분리된 1.5룸 구조였다. 때문에 거실을 지나면 꽤 널찍한 안방이자 유일한 방이 나온다.

그 방 책상 위에, 희성이 두나에게 준비한 선물이 놓여 있었다.

두나의 입에서 새된 목소리가 흘렀다.

"세상에……!"

두나는 종종걸음으로 달려가서 책상 위에 귀여운 빨간 리본을 달고 있는 최신형 카메라를 집어 들었다.

그러고 보니 며칠 전에 희성이 지나가듯이 두나에게 물은 적이 있었다.

카메라는 어떤 것이 좋은지. 두나는 희성이 자신의 전문 분야이자 좋아하는 분야를 물어보자, 신이 나서 이것저것 설명해주었다.

그때 이야기했던 카메라 기종 중에 지금 두나의 손에 들린 물건도 있었다. 너무 비싸고 좋은 물건이라, 두나도 하나도 엄두도 못 내던 것이다.

그런데 그 꿈꾸던 물건이 지금 두나의 손안에 있었다. 묵직한 무게감이 이것이 현실이 맞다고, 두나에게 알려주는 듯하다.

두나는 감격한 얼굴로 물었다.

"……이거, 엄청 비싸잖아요?"

희성은 씩 웃었다.

"두나 씨 웃음보단 안 비싸요."

감동적인 말이다. 두나는 가슴이 뭉클해지는 걸 느꼈다. 그러나 연달아 마음이 무거워진다.

"그, 그렇지만……."

두나는 감격과 죄책감 사이에서 망설였다.

'이 집 얻는 데도 희성 씨가 다 도와주다시피 했는데, 이것까지 받아버리면…….'

그때 희성의 목소리가 두나의 그런 마음을 바로 찌르고 들어왔다.

"물론 공짜는 아니에요."

두나의 표정이 조금 밝고 가벼워졌다.

"공짜가 아니면요? 할부? 몇 년 할부인 거예요? 내가 꼭 다 갚을게요!"

두나는 한 10~20년 할부면 자기가 충분히 갚을 수 있지 않을까 하는 생각을 했다.

희성은 웃으면서 고개를 저었다.

"난 말이죠, 할부보다 더 크고 힘든 걸 요구할 거예요. 두나 씨에게."

그렇게 말하는 희성의 표정이 절로 엄해진다.

"으응?"

두나는 긴장했다.

희성은 두나의 침대 위에 앉았다. 그러고는 손으로 자신의 무릎을 톡톡 친다.

명백히 여기 앉으라는 표시.

두나는 잠시 갈등하다가, 냉큼 희성의 무릎 위에 앉았다.

그녀의 눈이 반짝반짝 빛난다. 뭔가 큰 걸 요구당할 준비를 마친 여자의 눈이라기에는 너무 신나 보였다.

두나는 침대 옆에 카메라를 살며시 놓고, 희성의 어깨에 두 팔을 걸쳤다. 그리고 소리 낮추어 물었다.

"어떤 크고 힘든 걸 요구할 건데요?"

희성은 두나의 왼쪽 귓불에 입술을 대고 작게 속삭였다. 숨결과 소리가 마치 깃털처럼 하늘거려, 두나의 피부를 간질인다.

"우선, 웃어줘요."

"……그게 뭐가 크고 힘든 거예요?"

"나에게는 큰 거예요. 세상에서 제일 큰일이죠. 두나 씨의 미소보다 중요하고 의미 있는 일 따위 없으니까."

이렇게까지 말하면 어쩔 수가 없다.

두나는 자신의 얼굴이 꽃이라고 생각하기로 했다.

정확히는 펴지기 전의 꽃봉오리.

온 얼굴의 근육이 마치 꽃잎인 것처럼 자신을 세뇌한다. 두나는 곧 그 꽃잎을 온 힘을 다해 활짝 피웠다.

희성은 두나의 만개한 미소를 보고 비로소 안도한 듯이 웃었다.

두나가 다시 물었다.

"우선 요구하는 거면, 몇 개 더 있는 거예요?"

희성은 살짝 고개를 끄덕였다.

"네, 하나 더 있어요."

"뭐예요?"

두나는 다시 눈을 반짝였다.

희성이 조금 전 두나를 놀릴 때 들고 있던 사진을 두나에게 내밀었다. 아직도 안 놓고 있었던 거다.

두나는 사진을 받아 들며 다시 고개를 갸웃했다. 그런 그녀에게 희성의 설명이 이어졌다.

"두나 씨가 그 카메라로, 날 찍어줘요. 날 두나 씨의 피사체로 만들어줘요."

두나가 물었다.

"희성 씨 사진 찍히는 거 좋아했어요?"

두나가 본 희성은 그런 건 그다지 좋아하지 않는 것 같았다. 그

흔한 셀카도 희성은 잘 찍지 않았다. 이 사진을 찍을 때는 계모를 쫓아내기 위해서라는 이유가 확실했을 때다.

희성은 조금 씁쓸하게 웃으며 고개를 저었다.

"아뇨. 사실은 사진 찍히는 거 별로 안 좋아해요. 사진에는 생각보다 많은 게 찍히거든요. 내가 보이기를 원하지 않는 모습들까지 전부. 그래서 사실은 싫어해요."

별로 좋아하지 않는 것 같다는 생각은 했다. 하지만 저렇게 싫어하는 줄은 미처 몰랐다.

그러다 보니 의문만 더 커진다.

"그런데 왜 나에게는 찍어달라고 하는 거예요?"

두나는 이런 생각이 들려고 했다.

'사진 찍히는 거 싫어하는데, 내가 인화까지 해서 가지고 있는 게 기분 나빠서 그런 건가?'

하지만 희성은 두나에게 이렇게 비꼬는 말투는 전혀 쓰지 않는다.

희성은 고개를 저었다.

"싫어하긴 하지만 두나 씨가 찍어주는 건 다르니까요."

그는 두나가 들고 있는 인화된 사진을 바라보았다.

"원래는 이렇게 인화된 내 사진 보는 거 안 좋아했어요. 그래서 집에 있는 앨범도 전혀 안 열어봤죠. 그런데……."

그런데?

두나는 절로 긴장해서 목이 바짝 타는 듯한 기분을 느꼈다.

"그런데, 이 사진을 보니까 알겠더라고요. 두나 씨가 찍어준 내 사진을 보니까…… 사진 속의 내가 더 나아 보여요.”

“더 나아 보인다고요?”

희성의 입가에서 웃음이 흘러넘쳤다.

“네. 내가 생각하는 나보다, 이 사진 속의 나는 더 나은 사람이고, 더 잘생기고, 또…… 행복해 보여요.”

“……”

두나의 눈가가 뜨거워졌다.

희성의 고백은 다시 길게 이어졌다.

“아마 이건 두나 씨의 시선을 한 번 더 거쳐서 그렇게 보이는 게 아닐까 싶어요.”

그는 두나의 오른쪽 귀에 나직이 속삭였다.

“그러니까…… 두나 씨가 직접 나를 찍어줘요. 몇 번이라도.”

그의 목소리는 조금 젖어 있었다.

“그러다 보면 실제의 나도 두나 씨 사진 속의 나처럼 더 나은 사람이 되고, 더 행복해질 수 있을 것 같아요. 그렇게, 날 가두고 박제해줘요. 두나 씨의 눈과 손으로.”

“……”

감정이 울컥거리며 넘쳐흘렀다. 너무 많은 것이 한꺼번에 목구멍으로 몰려든다.

그래서인지 뭐라고 제대로 된 대답이 흘러나오지 않았다.

두나는 아직 말을 배우지 못한 어린아이처럼, 고개를 연신 끄덕이며 희성을 끌어안았다.

그 체온 속에서, 희성은 다시금 행복감을 느꼈다.

그렇게 두 사람은 한 몸이 된 것처럼 서로를 놓치지 않으려는 듯이 꼭 달라붙어 있었다. 상대방이 곧 자신의 삶이고 또 행복인 것처럼.

* * *

한참 만에 이번에는 두나가 번쩍 몸을 일으켰다.

"좋아요! 지금 바로 해줄게요!"

"아⋯⋯."

품에서 체온과 부드러운 촉감이 사라지자, 희성은 조금 아쉬움을 느꼈다.

그러나 두나가 워낙 상기된 표정으로 옆에 놓인 카메라를 들어 올려서 차마 멈출 수가 없었다.

빨간 리본이 바닥에 툭 떨어졌다. 두나는 카메라 상태를 간단하게 점검하더니, 곧 렌즈 조리개를 열고 희성에게로 향했다.

"자, 이쪽 보세요. 내 피사체 씨."

희성은 피식 웃었다.

"아주 좋아요. 잠깐 사이에 더 잘생겨지신 것 같네."

두나는 그렇게 웃으며 셔터를 눌렀다.

침대 위에 앉아 두나를 바라보는 희성의 부드러운 표정이, 그 작은 행복의 순간이 다시금 영원히 남겨진다.

두나는 연신 셔터를 눌렀다.

찰칵! 찰칵!

파인더 너머에서 희성이 웃는다. 그녀와 함께하는 시간이 길어질수록, 그리고 그녀가 셔터를 누를수록, 화면 안의 희성은 더욱 환하게 웃고 있었다.

환하게 웃고 있던 희성이 몸을 일으켰다. 두나는 여전히 계속 셔터를 누르고 있었다.

찰칵! 찰칵! 찰칵!

모든 순간이 남겨진다.

그가 몸을 일으키는 모습.

그가 그녀에게 다가오는 모습이 전부.

한 발 한 발 가까이 오는 모습이 모조리 손안의 묵직한 기계 안에 남았다.

그리고 마침내, 파인더를 넘어 그가 왔다.

그의 체온이 단단한 몸의 촉감이, 두나를 그러안았다.

두나는 손에 들고 있던 카메라를 놓았다. 그것은 푹신한 침대 시트 위로 안전하게 떨어졌다.

그리고 그 옆으로 두 사람 역시 함께 엉겨서 누웠다. 서로를 절대 놓지 않으려는 듯이 끌어안은 채로.

아직 대낮은 햇볕이 조금은 부끄러운 시각.

그러나 두 사람은 그걸 전혀 신경 쓰지 않았다.

외전 2. Happily ever after

세월의 흐름은 무상하다.

하나는 이를 한탄했다.

"벌써 2년이나 지나다니……."

앞에 놓인 시원한 커피를 쪽쪽 빨던 두나가 이를 받았다.

"2년? 아, 그러고 보니까 내가 독립한 지 벌써 2년이 넘었지?"

그 말대로였다. 두나가 호적을 가지게 되면서, 독립해 나간 지 벌써 2년 반 가까이 된다.

그사이에 많은 일이 있었다. 우선 두나는 하나와 희성, 예준과 상의 끝에 대학에 다시 진학했다.

새로 만든 호적으로 4년제 대학 학위까지 만드는 건 무리였고, 두나는 여전히 기자를 지망했다. 그러려면 학위는 꼭 필요했던 것이다. 어쨌건 한국은 학벌 사회였으니까.

그러나 다시 4년을 통째로 허비할 수는 없었다. 그래서 두나는 학사고시를 통해 전문 학사 학위를 딴 다음, 대학에 편입했다.

하나와 함께 대학을 다닌 기억과 경험이 고스란히 머릿속에 있었으므로, 그다지 어렵지는 않았다.

차이가 있다면 이번에는 사진과가 아니라, 신문방송학과를 갔다는 것 정도?

기자 생활에 더 도움이 될 만한 걸 배우고 싶어서였다.

하나가 아닌 두나로서 대학을 다녀보는 것도 처음이었으므로 두나는 정말로 열심히 했다.

덕분에 차석으로 졸업하는 쾌거도 이루었다. 코피를 쏟을 정도로 공부한 덕분이다. 학비까지 희성에게 부담이 되지 않으려는 피나는 노력이었던 것이다.

희성은 좀 더 자신에게 의지해줬으면 했지만, 내색하지는 않았다.

어쨌건 그렇게 빠르게 졸업한 뒤, 두나는 꽤 빠르게 직장을 찾았다. 약 두 달 전, 이번에도 작은 웹진에 사진기자로 취직했다.

이번에는 당당하게 안두나의 이름으로.

두나는 커피를 단번에 끝까지 쪼옥 빨아 마신 다음 테이블 위로 엎어졌다.

"으으. 힘들어어……!"

"인턴 때는 어쩔 수가 없지."

하나는 혀를 찼다.

하나에게도 여러 일이 있었다. 하나는 사진 전공은 유지하면서,

상업 사진 쪽으로 진로를 틀었다. 근래에 들어 유명 브랜드 광고 사진을 찍으면서 꽤 이름을 알리기 시작하고 있다.

그리고 무엇보다, 바로 3개월 전 예준과 웨딩마치를 올렸다. 이제 한창 깨를 쏟는 신혼 부부가 된 것이다.

덕분에 하나의 얼굴에서는 아주 윤기가 좔좔 흘렀다.

지금 두 사람이 이야기하고 있는 곳이 바로, 하나와 예준의 신혼집 거실이었다.

두나는 가슴에서 철철 넘쳐흐르려는 질투심을 눌렀다.

'괘, 괜찮아! 나도…… 나도 남자친구 있다고! 그것도 잘생기고 의사에 나만 사랑해주는……!'

그때였다. 마침 두나의 마음을 읽기라도 한 것처럼, 하나가 물었다.

"그러고 보니 너희도 슬슬 때 되지 않았어? 너랑 희성 씨도 사귄 지 꽤 됐잖아."

어쩐지 입가에서 웃음을 다 숨기지 못하는 표정이다. 무언가 떠보는 듯한 표정.

두나는 머릿속을 가득 채운 '결혼'이라는 화제 때문에 하나의 이상한 낌새를 미처 눈치채지 못했다.

두나는 찔끔하다가 대충 둘러댔다.

"에이, 이제 겨우 2년인걸. 좀 더 연애를 즐겨야지."

그렇게 말하면서도, 두나의 마음속에 한 가지 생각이 떠올랐다.

'결혼…… 하고 싶다!'

사실 이미 그들은 하루가 멀다 하고 함께 지내고 있기는 했다. 두나의 집이든 희성의 집이든, 번갈아가며 때로는 한 달 가까이 한

쪽의 집에서 같이 지내기도 했다.

이미 반 이상은 부부에 가깝다고 봐도 좋다.

그러나 아직 결혼식은 하지 않았다. 커플링은 이미 100일, 200일, 300일 기념으로 다 맞춰놨지만, 결혼반지는 아직 없다.

아니, 그 모든 걸 다 제외하고 두나가 하나와 예준 부부를 볼 때 가장 부러운 건 다른 것이었다.

'나도…… 나도 남들한테 희성 씨를 내 남편이라고 소개하고 싶다고!'

하나는 유명 아나운서인 예준을 알아보고 접근하는 여성 팬들 앞에서, 당당하게 예준이 자신의 남편이라고 밝히며 팔짱을 끼었던 것이다.

사랑하는 남자를 자신의 남편이라고 당당하게 말할 수 있는 상황 자체가 부러웠다.

물론 희성은 두나의 애인이지만, 애인과 남편은 또 느낌이 다르다.

'내 남자를 이제 내 남편이라고 소개하고 싶다!'

이 욕망이 들끓어 두나를 지배했다.

마침내 두나는 이런 생각이 들고 말았다.

'그러고 보면, 희성 씨…… 왜 나한테 청혼 안 하지?'

보통은 이 시점에서 자신에게 청혼을 하지 않는다는 이유로 남자친구의 사랑을 의심하게 되는 것이, 두나가 즐겨 보는 아침 드라마의 전개였다.

그러나 두나는 그런 쓸모없는 고민에 빠지지 않았다.

어렵게 싸워가며 얻은 인생이고 사랑이다. 두나는 지금 가진 모든 것을 자신이 얻기 위해 노력하고, 지키기 위해 노력해야 한다는 걸 너무나도 잘 알고 있었다.

행동해서 얻어야 하는 것이다.

그렇다. 용기 있는 자가 미남을 얻는 법.

두나는 이렇게 결론을 내렸다.

'좋아. 남자만 청혼하라는 법 있어? 내가 하면 되는 거다!'

그렇게 내 남자를 남편으로 만들고 말겠다는 두나의 결심이 이루어졌다.

두나는 짧은 고민 끝에 바로 행동에 들어갔다.

마침 그녀의 눈앞에, 아주 좋은 정보를 제공해줄 수 있는 샘플이 있었던 것이다.

한창 꿀 같은 신혼을 보내는 중인 부부가!

게다가 예준은 희성과 오래 알고 지낸 사이다. 희성의 취향을 잘 알고 있을 가능성도 높았다.

두나는 단도직입적으로 예준에게 물었다.

"오빠. 남자가 좋아할 청혼 방법이 뭐라고 생각해요?"

"남자가 좋아하는 청혼 방법?"

예준이 황당한 표정으로 두나를 바라보았다.

두나는 적극적으로 고개를 끄덕였다.

하나가 놀라서 묻는다.

"네가 청혼하려고? 희성 씨한테?"

두나는 웃으며 고개를 끄덕였다.

"응. 그래보려고!"

하나의 표정도 이상해졌다. 하나는 결국 참지 못하고 웃음을 터 뜨리고 말았다.

"풋! 푸하하핫!"

두나는 머리 위로 물음표를 띄웠다.

"응? 왜 그래, 하나야?"

"아, 아냐! 아무것도 아냐!"

하나는 그렇게 말하면서도 터지는 웃음을 참기 위해 애썼다. 그런 하나를 예준은 말리려는 듯이 강렬하게 눈짓을 한다.

그는 상황을 빨리 수습하게 위해 먼저 나섰다.

"청혼. 청혼이라, 좋지. 그래서 어떤 걸 생각하고 있는 건데?"

두나는 결혼 혹은 청혼이라는 말을 들으면 생각나는 단어들을 주워섬겼다.

"음……. 대충 반지, 꽃, 케이크, 풍선, 무릎 꿇고 고백하기…… 정도요?"

예준은 피식 웃었다.

"전형적이네. 하지만…… 전형적인 게 사실 제일 좋은 법이지."

실제로 예준의 청혼 역시 저 레퍼토리와 크게 다르지 않았다. 그저 그 모든 것을 최고 수준으로 준비한 정도.

두나는 골똘히 생각에 빠져 있었다.

"남자가 좋아할 만한 청혼 방법 같은 거 떠오르는 거 없어요, 오빠? 희성 씨 취향을 한 번에 팍 저격해줄 수 있는 거요!"

그 말에 예준은 얼굴 근육이 제멋대로 튀려는 걸 애써 눌렀다.

이미 옆에서는 하나가 복근이 터질 것처럼 웃으며 다 죽어가고 있었다. 자신까지 그래서 실수라도 했다간, 희성에게 평생 원망받을 것이다.

예준은 어느 상황에서도 포커페이스를 유지할 수 있도록 훈련된 정상급 아나운서답게 행동했다.

"……크흠. 희성 형은, 네가 하는 거면 뭐든 좋아할걸."

두나는 조금 맥이 빠진 표정을 했다.

"흐음. 뭔가 팍 하고 떠오르는 아이디어가 없어요."

"뭐든 상관없을 거라니까……."

그렇게 위험한 상황을 눙쳐서 넘어가려던 예준이 혹시나 하고 물었다.

"그런데 너 언제 청혼할 생각인 거냐?"

두나는 가볍게 대답했다.

"쇠뿔도 단김에 빼랬으니까……. 내일? 안 그래도 내일 데이트하기로 했으니까……."

그 말에 예준과 하나가 동시에 사자후를 터뜨렸다.

"내일은 안 돼!"

"절대 안 돼!"

두나는 갑작스럽게 합창하는 부부를 보고 어깨를 움츠렸다.

"아, 놀랐네. 갑자기 왜 그래, 하나야? 그리고 예준 오빠까지……."

이번에 상황을 수습한 건 하나였다.

"아, 그게…… 너무 갑작스러우니까 그렇지. 오늘 청혼 얘기를 처음 하더니 대뜸 내일 실행하겠다니……."

옆에서 예준이 도왔다.

"맞아. 좀 더 고민해서 형이 좋아할 만한 방법을 생각해보도록 해."

두나는 고개를 갸웃했다.

"오빠. 아까는 제가 뭘 해도 희성 씨가 좋아할 거라면서요."

"큭. 그건……. 크흠! 어쨌든 오늘 처음 말 꺼내고 내일 바로 한다니, 적어도 하루는 더 고민해보는 게 좋겠다."

"……그런가?"

두나는 어딘지 모르게 미심쩍은 느낌을 받으면서도, 그냥 넘어갔다.

'하긴, 내일은 너무 이르기는 하지.'

그렇게 생각하며 두나는 고개를 끄덕였다.

* * *

다음 날, 두나는 기쁜 마음으로 데이트 준비를 하고 시내로 나갔다.

'사흘 만에 데이트다.'

기쁨에 절로 콧노래가 흐른다. 요즘은 거의 매일 희성과 얼굴을 봤는데, 오랜만에 희성이 병원 일로 너무 바빠서 사흘이나 보지 못한 것이다.

하루가 1년처럼 느껴질 지경이었다. 마음 같아서는 매일매일 집에서 얼굴을 보며 같이 잠들 수 있게 오늘 보자마자 청혼을 하고 싶은 기분이다.

'하지만 꽃도 없고 반지도 없지…….'

역시 하루 만에 그걸 다 준비하는 건 무리였다. 하나와 예준의 말이 맞기는 했다.

두나는 최대한 빠르게 준비를 다 끝내야겠다고 마음을 다잡으며 약속 장소인 영화관으로 향했다.

오늘은 영화를 보고 식사를 하기로 했다. 두나가 보고 싶어 하던 로맨틱 코미디 영화가 딱 오늘 개봉하는 날이었던 것이다.

멀티플렉스 영화관 안은 평일 낮이라 사람이 별로 없었다. 두나는 데이트를 위해 연차까지 냈다.

그런데 뭔가가 이상하다. 만나기로 한 장소에 희성이 없었다.

두나는 의아함을 느꼈다.

'이런 적은 한 번도 없었는데?'

희성은 전날 당직으로 밤을 새우더라도 절대 두나와의 데이트에 늦은 적이 없었다.

시간을 확인하자, 영화 시작 시간이 얼마 안 남은 상태였다. 두나는 초조해져서 휴대폰을 켰다.

마치 기다렸다는 듯이, 희성에게서 메시지가 날아왔다.

[미안해요, 두나 씨. 조금 늦을 것 같아요. 먼저 영화관 들어가 있어요. 모바일 티켓 같이 보냈어요.]

두나는 웃으며 희성에게 기다리겠다고 메시지를 보냈다. 그러자 다시 희성의 재촉하는 메시지가 날아온다.

[앞에 사고가 나버려서 좀 많이 걸릴 수도 있을 것 같아요. 내가 미안해서 안 되니까, 제발 먼저 들어가서 기다려줘요.]

이렇게까지 말하면 어쩔 수가 없다. 두나는 알겠다고 답을 보내고, 영화관 안으로 들어갔다.

영화관 안은 어두웠고, 사람이 거의 없었다.

'응? 사람이 진짜 없네. 하긴…… 지금 평일 낮이니까. 그래도 이상하긴 하네. 이거 사람들이 엄청 기대하는 영화라서 평일이지만 그래도 사람이 좀 있을 줄 알았는데……'

두나는 고개를 갸웃하면서도, 자신의 자리로 갔다. 앞에서 세 번째 열, 정 가운데 자리였다.

두나는 마치 영화관 하나를 전세 낸 것처럼 그 자리에 혼자 앉아 스크린을 올려다보았다.

'팝콘 사올 걸 그랬나.'

그렇게 생각하며 광고 영상을 기다렸다.

그때였다.

팟!

어두웠던 영화관 화면이 밝아지며, 영상이 떠오른다.

그런데 이 큰 스크린 가득한 얼굴이 두나가 너무 잘 아는 얼굴이었다. 지금 그녀가 기다리고 있는 사람의 얼굴이니까.

두나는 멍하니 중얼거렸다.

"희, 희성 씨?"

그러자 마치 대답하듯 희성이 스크린 안에서 웃었다.

안 그래도 잘생긴 남자의 얼굴이 거대한 스크린 한가득 펼쳐지자 눈에 빛이 쏟아지는 듯했다.

화면 안에서 희성이 말했다.

-두나 씨, 들려요?

멍하니 화면을 보던 두나는 대답을 하지 않을 수 없었다.

"드, 들려요."

그 말에 희성은 안심하듯이 다시 환하게 웃었다.

-다행이네요.

그는 짧게 웃더니, 다시 말을 이었다.

-거짓말해서 미안해요. 하지만 오늘은 정말 중요한 말을 하고 싶어서 일부러 그렇게 했어요. 좀 더 특별하게 해주고 싶어서 말이에요.

"……."

두나는 입안이 바짝 타는 걸 느꼈다. 긴장감에 어깨가 굳는다.

이게 어떤 상황인 것인지, 이제야 알 것 같다.

어제 하나와 예준이 합창하던 말이 떠오른다.

'내일은 안 돼!'

이제는 알겠다. 이래서, 오늘은 안 되었던 거다.

화면 속에서 희성은 여전히 환하게 웃고 있었다.

-오늘이 무슨 날인지 혹시 알아요?

두나는 고개를 도리도리 저었다.

-그럴 거 같았어요. 두나 씨는 기억을 못 하는 날이니까.

"……."

-오늘은 내가 두나 씨를 처음 만난 날이에요. 길에서 스쳐 지나가던 두나 씨를 처음 만난 날. 그러니까…… 내가 두나 씨에게 처음 반한 날이죠.

가슴속에서 무언가 따스한 감정이 흘러넘친다.

그러고 보면 이 즈음이었다. 아마도 몇 년 전, 오늘에서 며칠 뒤인 그날, 두나는 희성을 만나게 될 것이다. 길에서 갑자기 이상한 소리를 하는 지나치게 잘생기고 목소리 좋은 남자를 말이다.

그때의 두나는 미처 모르고 있었다. 그때의 운 나쁘고 잘못된 만남이라고 생각했던 그 첫 만남이, 지금 이 순간까지 이어지게 될 것이라곤.

그리고 이 순간 이토록이나 가슴이 벅차게 될 줄은.

⋯⋯두나 씨. 세상에 와줘서 고마워요. 실수였든 운명이었든 적어도 그것 하나만은 하나 씨에게 감사하고 있어요. 두나 씨를 이 세상에 나오게 해줬으니까.

두나는 작게 중얼거렸다.

"나도요."

그래서 희성을 만날 수 있었으니까.

-난 아직도 많이 부족해요. 아직도 만신님이 말씀하시는 반편이에서 벗어나려면 아직 한참 많이 남았죠.

"⋯⋯나도 그래요."

완벽한 사람이 사실 어디에 존재할 수 있을까. 그렇게 따지면 결국 세상 모든 인간들이 불완전한 반편이일 뿐인데.

그러나 서로 함께하면서 비로소 완전한 행복을 만들어갈 수는 있었다.

지금 이 순간처럼.

팍!

영화관 안에 불이 켜졌다. 화면 역시 꺼져서 검게 변한다. 그 가운데에 두나가 잘 아는 사람이 있었다.

바로, 그녀의 반쪽이.

희성이 웃으며 그대로 무릎을 꿇었다. 그리고 두나에게 작은 보석함을 내밀며 물었다.

"이렇게 부족한 나를, 반쪽뿐인 나를 받아주지 않겠어요? 그래서 나를 완전하게 만들어주지 않겠어요?"

두나는 처음으로 알았다. 기쁨은 꽤나 뜨거운 감정이라는 걸.

그래서 이 기쁨은 끓어올라 흘러넘쳐 버리는 것을.

눈가가 뜨거웠다. 뺨을 타고 흐르는 눈물은 기쁨의 다른 이름임에 틀림없다.

두나는 뛰듯이 희성에게 달려가 그를 끌어안았다.

비로소, 두 사람은 하나가 된 듯이 맞아 들어갔다.

희성이 내민 반지처럼. 그 반지는 두 개가 모여 비로소 하나의 완전한 모양이 되는 반지였다.

* * *

두나는 잔뜩 긴장한 표정으로 어마어마한 규모의 저택 앞에 섰다. 오늘 그들은 희성의 동생인 희민이 있는 납골당에 함께 들러 성묘를 하고 왔다.

그리고, 희성이 유일하게 자신의 가족 중 두나를 소개시키고 싶다고 말한 사람에게로 온 것이다.

바로, 희성의 조부 댁이었다.

'병원장이시라는 건 알고 있었지만……'

희성의 조부가 그 큰 K대 병원 이사장이라는 건 잘 알고 있었다. 서울에서도 손꼽히는 큰 병원에, 지방에도 분원을 몇 개나 낸 큰 재단.

그런데 막상 강남에 위치한 으리으리한 3층짜리 단독주택 앞에 서자, 압박감이 장난 아니었다.

두나는 새삼 자신의 상태를 꼼꼼히 점검했다. 옷은 최대한 얌전해 보이도록 입었다. 그리고 가져온 건 희성이 알려준 희성의 조부님이 즐기신다는 브랜드의 와인.

준비는 다 했다.

그런데 정작 가장 크게 걸리는 게 남아 있었다.

'옷차림이나 선물 이전에…… 내 존재 자체가 모자란 것 같아!'

두나 자신이 이 집에도, 희성에게도 어울리지 않는 것 같다는 생각이, 여기서 처음으로 들었다.

너무 초라하지 않나.

그때였다. 희성이 손을 뻗어 두나의 손을 잡는다. 따스한 체온이 손을 감싸자, 조금 전 가슴을 따갑게 파고들던 자격지심이 스륵 녹아버린다.

"너무 긴장하지 말아요. 할아버지는 두나 씨 손꼽아서 기다리고 계셨으니까."

희성은 웃으며 장담했다.

그리고 그의 장담은 바로 현실이 되었다. 희성의 조부는 두 사람을 버선발로 맞이했다.

"어이쿠! 벌써 왔구나!"

희성의 조부를 처음 만난 두나의 인상은 간단했다.

'희, 희성 씨가 나이 든 모습 같아!'

희성은 정말로 조부와 많이 닮았던 것이다.

그 덕분일까. 두나의 긴장감도 곧 스르륵 녹아버렸다.

아마도 두나를 맞이하는 희성을 닮은 조부의 미소가 마치 동네 할아버지처럼 푸근해 보였기 때문일지도 몰랐다.

원래 병원 안에서는 거의 폭군에 가깝게 통하는 것이 바로 희성의 조부였다. 그러나 두나는 이를 전혀 몰랐으므로, 그저 정말로 성격이 좋은 할아버지인 줄로만 알았다.

그리고 두나의 착각은 앞으로도 깨질 일이 없었다.

조부는 연신 기분 좋게 웃음을 터뜨렸다.

"하핫! 그래, 식은 언제 어디가 좋으려나?"

희성이 부드럽게 웃었다.

"말씀드린 대로 반년쯤 뒤에, 꼭 모셔야 할 친지나 친구들만 모시고 조촐하게 하기로 했습니다."

조부는 그저 사람 좋게 너털웃음과 함께 고개를 끄덕이기만 했다.

"그래. 다 필요 없다. 네가 결혼하겠다는 아가씨를 데려왔으니!"

조부는 두나가 가져온 와인을 보고 싱글벙글했다. 그걸 상자째로 희성에 주며 당부했다.

"이건 어디 아까워서 먹겠나. 네가 직접 가져다가 지하 와인 저장고에 모셔놓고 오너라."

두나는 당황했다.

'지하에 와인 저장고가 있다고? 그런 건 유럽 같은 데나 영화에만 나오는 거 아니었어?'

희성은 웃는 얼굴로 두나의 선물인 와인을 모셔두러 내려갔다.

그 잠깐 사이, 거실에는 두나와 희성의 조부만이 남았다.

잠시 어색한 침묵이 감돈다. 그 침묵을 깬 것은 바로 희성의 조부 쪽이었다. 그는 조심스레 물었다.

"음. 새아가. 이렇게 불러도 될까?"

그 말에 두나는 너무 놀라고 또 기뻤다.

"아, 네, 네!"

희성은 걱정할 것 없다고 말하기는 했었다. 그래도 조금은 걱정이 안 될 수가 없다.

두나는 현재 법적으로는 고아 출신이었다. 간신히 편입한 대학을 졸업해서 작은 회사에 인턴으로 취직한 지도 얼마 안 된다.

무엇 하나 크게 내세울 것 없는 처지다. 객관적으로 보면 희성보다 조건이 훨씬 떨어진다.

어른들이 보기에는 너무 기운다고 느껴서 반대할 수도 있지 않을까, 그렇게 걱정할 수밖에 없었다.

그런데 막상 만난 희성의 조부는 전혀 달랐다.

정말로, 두나가 와줬다는 것만으로도 기뻐하고 있었다.

"난 희성이 저 녀석이 평생 결혼할 여자는 안 데려올 줄 알았어."

"아……."

그렇게 말하는 노인의 얼굴에는 회한이 가득했다.

"저 애 애비 때는 내가 욕심을 너무 많이 부렸지. 내 탓이야. 그때문에, 저 애가 상처를 많이 입었다. 그래서 저 애가 평생 가족은 만들지 않겠다고 하는 게 내 잘못 때문인 거로만 느껴졌지."

"할아버님……."

노인은 환하게 웃었다.

"이제야 안심이네. 둘이 같이 오는 걸 보니 알겠더군. 난 저 애가 태어난 직후부터 봐왔지만, 저렇게 따뜻하게 웃는 얼굴은 처음이야."

두나는 절로 얼굴에 미소가 피어오르는 걸 느꼈다.

희성의 조부는 단 한마디만을 당부했다.

"저 애를 행복하게 해주려무나. 아니, 둘이 행복해지는 것만 생각하면 된다. 알겠니?"

두나는 웃으며 고개를 끄덕였다.

"네!"

그것만은 자신 있었다.

* * *

약 반년 뒤.

파란 하늘이 아주 맑고 높았다. 구름 한 점 없다.

그들의 앞날을 축복하는 것처럼.

그리고 그런 하늘과 마치 거울에 비친 한 쌍처럼 푸른 바다가 펼쳐져 있었다.

파란 하늘과 파란 바다가 서로를 꼭 끌어안은, 그림 같은 해변.

그 하늘을 향해 흰 면사포가 경쾌하게 휘날렸다.

흰 샌들 아래로 흰 산호모래가 바삭거리며 밟힌다.

두나는 처음에는 희성의 말을 믿었다. 꼭 초대해야 할 사람만 초

대해서 스몰 웨딩으로 하자는 두나의 부탁을 들어주겠다고 했을 때.

그러나 지금, 두나는 한숨을 쉬었다.

"이게 어디가 스몰 웨딩이에요."

희성은 눈을 동그랗게 떴다.

"스몰 웨딩이죠. 봐요."

그의 말대로 규모는 분명히 작았다. 주례나 사회도 따로 없는 피로연 형식의 작은 결혼식이었으니까.

초대된 이들도 신랑 신부를 제외하면 극히 적었다.

하나와 예준 부부.

만신님.

희성의 조부.

이 사람들이 전부다. 그야말로 작디작은 스몰 웨딩 그 자체.

그러나 다른 것이 문제였다. 두나는 부케를 든 손을 뻗어 작고 아름다운 해변을 가리켰다.

"아니! 섬을 하나 통째로 빌려서 하는 결혼식이 어디가 스몰 웨딩이냐고요!"

이곳은 폴리네시아 군도 근처의 어느 아주 작은 섬.

희성은 아예 그 섬 전체를 결혼식을 위해 직접 빌렸다.

겨우 며칠이지만, 결혼식과 허니문 모두 이 섬에서 보내게 될 것이다.

규모 자체만이라면 분명히 스몰 웨딩이지만, 들어가는 예산은 어지간한 호텔 예식 서너 개의 뺨을 치고도 남으리라.

희성은 당당하게 웃었다.

"그러니 스몰 웨딩 맞죠."

"으응."

"그래서, 싫어요?"

그러자 두나는 분하다는 표정으로 본심을 실토하고 말았다.

"아뇨. 아주 좋아요! 너무 좋아요!"

두 사람은 마주 웃었다.

몇 안 되는 하객들은 각기 좋을 대로 해변 곳곳에 자리를 잡고 앉아, 오늘의 주인공인 신랑 신부가 아웅다웅하는 걸 지켜보고 있었다.

오늘은 그들을 위한 날이었으므로.

마침내 반쪽이었던 두 사람이 완전히 하나로서 맺어지는 날이었으니까.

두나는 잠시 사랑하는 이들과 함께하는 너무나도 완벽한 하늘과 바다를 바라보았다.

비현실적으로 느껴질 만큼 아름다운 날이었다.

'그래. 오늘을 위한 선물인 거네.'

두나는 손짓으로 희성을 불렀다. 희성은 고개를 숙여 귀 기울인다.

두나는 그에게 작게 속삭였다.

그에게 줄 선물이 하나 있었다.

"저, 희성 씨. 사실…… 나 지금 하나가 아니에요."

"……네?"

희성은 바로 알아듣지 못하고 고개를 갸웃했다.

그러자, 두나는 환하게 웃음을 터뜨렸다. 그리고 희성의 품 안으로 파고들며 그의 귀에 외쳤다.

"지금 난 혼자가 아니라고요!"

희성의 눈이 커졌다.

"……설마!"

그동안 두나는 내내 걱정했다. 완전한 한 사람이 되었다고 생각하면서도, 사실은 불안했다.

정말 온전한 인간이 된 것인지.

그래서 희성과 정말로 일생을 한 사람의 인간으로서 행복을 모두 경험하며 살아갈 수 있을 것인지.

그리고 오늘 아침, 그녀에게 기적처럼 삶이 찾아왔다.

그녀와 그의 일생에 축복이 될 생명이.

희성은 환호성을 터뜨리며 그녀를 안아 들었다.

두나는 푸른 장미를 엮어 만든 부케를 바다와 하늘을 향해 던졌다.

그들의 앞에 펼쳐질 기적적인 행복을 향해.

외전 3. 어둠만이 아는 이야기

새벽녘. 병원 안은 고요함만이 가득했다. 대형 병원의 복도는 밤이 되면 휑하다 못해 을씨년스럽게 느껴지는 건 어쩔 수 없다.

어둠 속에서 간접등과 비상구 위치를 알리는 등만이 어둑하니 빛나는 텅 빈 복도. 산 자가 아닌 이가 어디선가 나타난다 해도 전혀 이상하지 않게 느껴지는 광경인 것이다.

K 대학병원 최상층의 특실 병동 앞. 그중에서도 가장 조용하고, 병원 의사들의 집중적인 주의를 받는 중요한 특실.

이곳은 쉽게 환자가 차지 않는 곳이었다. 정말로 중요한 VIP환자가 오거나, 혹은 병원 이사장의 가족이 입원할 상황을 대비하여 비워두도록 되어 있는 곳.

그 병실 앞에 한 남자가 서 있었다. 그는 어둠 속에서 갑자기 스며나온 것처럼 보였다.

어둠 속에서 태어나기라도 한 듯.

손을 내밀어 병실의 문고리를 쥐고도, 그는 한참 동안 움직이지 못했다. 길고 고요한 망설임 끝에, 마침내 남자는 천천히 문을 옆으로 밀었다.

드륵.

작은 소리였다. 그러나 그것은 고요 속에서 마치 천둥처럼 울렸다.

문을 연 남자는 그 소리에 등을 얻어맞기라도 한 것처럼 잠시 몸을 움츠렸다. 애초에 이 병실에 발을 들여놓을 엄두를 내는 것 자체가 그에게는 입에 칼을 무는 듯한 고통이었다.

자신의 잘못으로 인해 상처 입은 '그녀'가 있는 곳이니.

직접 그녀를 보겠다고 용기를 내는 데 들어가는 심력은 상당했다. 어찌 보면 처음으로 선을 넘어 자신의 손으로 친구의 복수를 하겠노라 마음먹었을 때보다 더더욱.

그때의 자신은 친구의 환영을 핑계로 대었는데, 자신의 죄책감과 복수심에 눈이 멀어 있었으니 당연한 일이었다.

지금은 그 모든 걸 벗고, 온전히 제정신으로…… 자신의 잘못으로 상처 입은 피해자인, 그리고 목숨을 걸고 자신을 구하려 노력한 은인이기도 한 그녀를 보기 위해 왔으니까.

발 앞에 있는 문지방이 그를 막기 위한 금줄인 양 보였다. 악하고 삿된 것으로부터 안을 보호하기 위해서인 듯.

그는, 유현은 몇 번의 번민을 더 하고 나서야 거우 그 선을 넘을 마음을 먹을 수 있었다.

"⋯⋯."

병실 안은 복도와 같이 고요 속에 침잠해 있었다.

한 가지 예상외의 상황이 있다면, 병실의 주인이자 환자인 두나 외에 다른 누군가가 한 명 더 있다는 것 정도.

어둠 속에서 눈처럼 흰 한복을 차려입은 노인은 마치 장승처럼 꼿꼿이 서 있었다.

지리산 만신, 이정화 여사는 내내 감고 있던 눈을 떴다. 어둠 속에서 홀로 빛을 낸다는 호랑이처럼, 노파의 안광이 번득였다.

유현은 그 자리에서 멈춰 섰다. 눈이 마주친 순간 더 앞으로 나아갈 수가 없었다.

이정화 여사가 먼저 입을 열었다.

"업이 깊은 놈이군."

유현의 입가에 쓴 미소가 걸렸다. 아니라 부정할 도리가 없었으니까.

그는 낮은 목소리로 물었다.

"두나를 지키고 계셨던 겁니까?"

아마도 그럴 것이다. 그게 아니라면 이런 첫새벽에 두나의 병실을 홀로 지키며, 어둠 속에서 안광을 흩뿌리고 있을 이유가 없으니까.

이정화 여사는 퉁명스럽게 대답했다.

"네놈이 올지도 모른다 생각하였으니."

그렇다면 더더욱 두나의 병실을 비울 수 없었을 것이다.

의식을 찾지도 못하고 있는 두나를, 그 많은 죄를 저지른 자신의 앞에 무방비하게 놔두려 할 리가 없다.

그것이 맞다 생각하면서도 가슴이 쓰린 것은 자신이 염치가 없기 때문일 것이다.

유현은 다시금 샘솟으려는 쓴 미소를 삼켰다. 자신에게는 자격이 없었다.

이정화 여사는 보기만 해도 오금이 저리는 시선으로 유현을 머리끝부터 발끝까지 살폈다. 그 끝에 혀를 차며 중얼거렸다.

"멍청한 놈……."

그녀가 어떻게든 남아 있겠다고 고집을 부리는 희성과 하나의 엉덩이를 걷어차서 내쫓아가며 병실을 홀로 지킨 건, 이번 사건의 범인이 반드시 한 번은 두나를 보러 오리라 예상했기 때문이다.

그에 유현은 쓰게 웃으며 물었다.

"제 등 뒤에 제가 죽인 사람이라도 붙어 있습니까?"

그러나 이정화 여사는 고개를 저었다.

"아니. 네 뒤에 붙은 건 네가 죽인 몹쓸 놈이 아니라, 네가 지금까지 쌓아올린 업뿐이야."

"그건 좀 아쉽군요. 지금 뒤에 매달려 있으면…… 좀 빨리 편해질 수 있지 않을까 했는데요."

이정화 여사는 얼굴을 일그러뜨렸다. 그러나 더 무어라 말하지는 못했다.

과거 어떤 일이 있었고, 어째서 유현이 저런 선택을 했는지 그녀 역시 알고 있었기 때문이다.

게다가 이정화 여사는 이 모든 일의 원인이 된 과거로 인해, 희성이 얼마나 고통 받는지를 바로 옆에서 지켜본 바 있었다.

그 일로 인해 반생을 괴로워하다 이런 선택에 이른 당사자에게 타인인 자신이 무슨 말을 보탤 자격은 없었다. 또한 유현이 택한 모든 선택은 결국 그 자신에게로 되돌아올 터이니.

희성 때와는 달랐다. 어떤 결과가 올지 알면서 스스로 선택한 결과는, 유현 스스로 온전히 감당해야 할 몫이었으므로.

유현은 조금 자조하듯이 물었다.

"희성 형에게 들었습니다. 희민이를…… 만나게 해주셨다고요."

"그래."

"혹시 제게도…… 희민이를 만나보게 해주실 수 있습니까?"

잠시 말끄러미 유현을 바라보던 이정화 여사는 천천히 고개를 저었다.

"벌써 12년이 지났어. 지금은 불가능해."

그 말에 유현은 두 가지 표정을 동시에 지었다. 얼굴 근육이 어느 표정에 안착할지 혼란스러워하며 이리저리 오고 갔다.

그는 슬퍼하며, 동시에 기뻐했다.

이내 그의 기쁨이 대답이 되었다.

"희민이는 좋은 곳에 간 모양이네요."

"그래. 그렇겠지. 그러니 미련은 가지지 말아라. 쓸데없이 미련과 죄책감을 가졌다가 망가질 뻔한 게 희성이였으니."

유현은 쓰게 웃었다. 희성보다 더 망가진 게 자신 같아서였다. 굳이 그 생각을 입 밖으로 내지는 않았다.

다만 나직이 중얼거렸다.

"아쉽긴 합니다. 전 아마 희민이가 간 좋은 곳으로는 못 갈 것 같으니까요."

“……”

이정화 여사는 그저 길게 한숨을 쉴 뿐이었다.

그리고 낮은 목소리로 물었다.

“정말로 하려는 거냐?”

창밖 하늘이 점점 밝아오려 했다. 더는 사담으로 보낼 시간이 없었다.

유현은 부드럽게 웃었다.

“역시 알고 기다리셨군요.”

“……”

“네. 할 겁니다.”

유현은 천천히 발걸음을 떼기 시작했다. 앞으로.

장승처럼 선 만신의 앞까지. 그리고 그 앞을 스치고 지나 더욱 나아갔다. 병상 바로 앞까지.

마침내 어둠과 막 밝아오는 푸르스름한 새벽빛 아래, 두나의 얼굴을 마주할 수 있었다.

신뢰감과 호감을 다 감추지 못하는 강아지 같던 두 눈은 눈꺼풀 아래에 감추어져 있었다. 유현은 알 수 있었다.

지금 두나의 영혼은 기운이 극단적으로 약해져 있었다.

여러 일이 겹친 결과였다.

두나의 경우 아직 완전한 한 명의 인간으로 태어나기 직전 단계에서 크게 충격을 받아버렸다.

막 하나에게서 떨어져 나온 것은 사람으로 치면, 갓 태어난 것과 같았다. 그 자체가 영혼의 기력을 꽤나 소모시켰으리라.

유현은 잠시 눈을 감았다. 그 순간의 기억이 다시금 새롭게 떠올랐다.

자신을 향해 휘둘러지던 나이프. 어지럽게 튀던 피.

아직 탄생의 여파도 제대로 지나기 전에 그 충격이 두나를 덮친 것이다. 바로, 유현을 구하기 위해 칼날 앞에 몸을 던진 그때.

영혼과 육체가 별개로 움직이는 일반적인 이들과 두나는 아직 상태가 달랐다. 이대로 아무 일 없이 시간을 보낼 수 있었다면, 두나 역시 평범한 사람들처럼 몸에 입은 상처가 영혼에 직접적인 상처가 되지는 않았으리라.

그러나 지금의 두나에게는 달랐다. 두나의 육체를 찌른 칼날은 곧, 갓 자립을 시작한 여린 영혼을 찌른 것과 같았다.

이대로 두면 두나의 영혼이 자력으로 치유되는 데는 꽤 긴 시간이 필요할 것이다.

몇 달로 끝나면 다행이리라. 몇 년 이상이 걸릴지도 모른다.

유현은 나직이 한숨을 쉬었다.

"그렇게 긴 시간을 빼앗기게 둘 수는 없으니까……."

이정화 여사는 유현을 바라보다 나직이 한 가지 사실을 상기시켜주었다.

"네 영력을 두나에게 나누어주면 넌 이후에 더는 그 힘을 쓸 수가 없게 될 거다. 알고는 있겠지?"

"네, 압니다."

유현의 손끝이 천천히 두나의 동그란 이마를 쓸어내렸다.

조금 차갑다. 전에 두나의 손을 만져봤을 때는, 늘 발갛게 상기되어 있던 볼처럼 따스했었는데. 살갗에 달라붙는 서늘함이, 아슬

아슬하게 남은 두나의 생명력인 양 느껴졌다.

유현의 얼굴에 처음으로 부드러운 미소가 번졌다.

"최초로 이 힘을…… 제대로 좋은 일을 위해 쓸 수 있겠군요."

그는 천천히 고개를 숙였다. 깊이 잠든 이의 입술 위에 제 입술을 겹쳤다.

새벽의 어둠 속에 숨은 채, 그는 들키지 않도록 애쓰며 자신의 숨결을 천천히 두나에게 불어넣었다. 그것은 이번에는 그의 온 영혼을 퍼부은 단어의 형태로 두나에게로 퍼부어졌다.

「안두나.」

인공호흡과 유사한 행동이라고 볼 수 있었다. 차이가 있다면 폐에 숨을 불어넣어주는 것과 달리, 지금 그는 자신의 영력을 두나의 영혼에 나누어주고 있다는 것이 달랐다.

천천히 그에게 업처럼 달라붙어 있던 검은 그림자가 녹아내려 두나에게로 흘러들어 갔다. 그 어둠은 그 자신을 태우는 연료가 되었다. 그 힘을 태워 만들어진 온기는 힘겹게 태어나자마자 죽지 않기 위해 애쓰던 여린 영혼을 데워주었다.

유현의 말대로, 그가 자신의 힘을 자각한 이후 처음으로 복수를 위해서가 아닌, 타인을 살리기 위해 언령이 행해졌다.

「두나야. 살아줘. 그리고 꼭 행복해야 해.」

* * *

'추워…….'

의식조차 없는 상태로, 두나는 자신이 차가운 눈과 얼음 속에서 잠들어 있는 것 같다고 생각하고 있었다.

그런데 어딘가에서 따스한 공기가 불어왔다. 봄의 온기를 품은 훈풍이었다.

처음에는 겨우 한 줌이라 생각했다. 그러나 그 한 줌의 봄바람은 온기를 품고서 천천히 제 몸을 늘였다. 그것은 곧 길고 거대한 회오리가 되었다.

이 회오리에는 봄의 온기와 꽃향기가 스며 있었다. 눈과 얼음을 녹이는 바람이었다.

이제는 달랐다. 냉기에 잔뜩 곱아들었던 손발과, 둥글게 움츠려 들었던 몸을 펼쳤다.

'따듯해⋯⋯.'

아직 깨어날 때는 아니었다.

그러나 두나는 자신이 봄의 꽃밭에 누워 편하게 잠들어 있는 꿈을 꾸었노라, 그렇게 생각했다.

외전 4. Honeymoon

결혼식 다음 날 눈을 떴을 때, 이미 해가 중천에 떠 있었다. 평소이 시간에 눈을 떴다면 주말이라도 놀라며 벌떡 일어났을 것이다.

그러나 오늘은 굳이 그럴 필요가 없었다. 어쨌거나, 오늘은 결혼식 다음 날이자, 본격적인 허니문의 날이었으니까!

두나는 달콤한 게으름을 마구 즐기며 옆자리로 손을 뻗었다. 그런데 조금 서늘한 감촉이 기분 좋은 이불 홑청만이 손에 닿았다.

익숙한 체온과 그 주인이 느껴지지 않자 눈가에서 아른거리던 잠이 저리로 달아났다.

두나는 벌떡 몸을 일으키고 주변을 둘러보았다. 신혼부부를 위한 이 작은 섬의 별장에는 지금 그녀 한 명뿐이었다.

당연히 옆에 있어야 할 사람이 없다.

희성의 모습이 눈에 들어오지 않자, 두나는 침대에서 몸을 일으켰다. 침대 바로 옆 바닥에 떨어져 있는 가운을 걸쳐 몸을 가리고서 침대에서 각도상 확인이 안 되는 화장실과 부엌을 확인해보았다.

"희성 씨?"

불행히도 어디에도 사람의 그림자조차 보이지 않았다. 그러나 희성이 자리를 비운 지는 얼마 되지 않은 것이 분명했다.

증거가 남아 있었던 것이다. 부엌에 누가 음식을 만들던 흔적이 남아 있었다. 아직 따끈따끈한 오믈렛이 두 개의 하얀 접시 위에 놓여 있었고, 불이 꺼진 팬 위에는 맛있게 갈색으로 구워진 소시지와 베이컨, 야채가 있었다.

두나는 팔짱을 꼈다.

"흠. 설마 갑자기 섬의 모든 사람들이 사라졌다는 미스터리의 도입부는 아니겠지."

스스로 말하고도 피식 웃었다. 말도 안 되는 헛소리라는 걸 말한 자신이 가장 잘 알았던 것이다.

두나는 희성의 흔적이 가장 마지막으로 남은 부엌의 아일랜드 식탁에 반쯤 몸을 누이고서 나직이 중얼거렸다.

"어디 간 거예요, 희성 씨………."

어제가 결혼식이었다곤 하지만, 정말로 가족들만 모인 것에 가까운 스몰 웨딩이라 딱히 몸이 힘들진 않았다.

희성의 어깨를 베고 누워 천장에 있는 창으로 쏟아져 내릴 듯한 별을 바라보는 것은 마치 영화 속의 한 장면처럼 로맨틱했다.

한 가지 아쉬운 건 역시, 그 상태로 눈꺼풀을 이기지 못하고 한 시간도 안 되어서 바로 잠들어버렸던 것.

그리고 해가 중천에 뜰 때까지 아주 푹 자버렸다.

두나는 아직도 잠에서 덜 깬 멍한 정신으로 티가 거의 나지 않는 배를 살짝 매만졌다.

"역시 너 때문이겠지?"

자도 자도 잠귀신이 든 것처럼 졸린 건 다른 이유가 없으리라.

그리고…….

꼬르륵!

배가 요란하게 울었다. 일어나서 잠도 깨기 전이건만 아주 건강한 위장이 아닌가.

미친 듯이 졸린데, 꼬륵거리는 소리가 날 정도로 배고프다. 한꺼번에 있기 힘든 신체 작용을 동시에 겪으며 두나는 몸을 움츠렸다.

"살려줘, 아가야……."

그때였다. 두나가 찾던 구원투수가 별장의 문을 열고 들어섰다.

희성은 환한 얼굴로 침대를 보았다가, 빈 것을 보고 놀랄 뻔했지만 곧 부엌의 아일랜드 식탁에 뻗어 있는 두나를 확인하고 안도했다. 그리고 힘없이 늘어진 두나를 알아차리고 놀라 한달음에 달려왔다.

"왜 그래요, 두나 씨! 어디 아파요?"

그러자 두나는 배를 움켜잡고 다 죽어가는 목소리로 이유를 설명했다.

"일어났는데 희성 씨가 없어서 실망했어요."

"이런……."

"그리고 졸려요."

이 말에 희성은 살짝 웃고 말았다. 이어지는 말에도.

"그런데 배고파요."

마치 동의하듯 다시 뱃고랑이 울었다.

꼬르륵.

희성은 두 팔을 뻗어 늘어진 두나를 안아 들었다. 두나는 매우 자연스럽게 그의 품에 안겼다.

두나는 자신을 침대로 옮기는 희성에게 투정을 부렸다.

"어디 갔다 온 거예요? 눈 떴는데 없어서, 갑자기 다 사라져버린 미스터리 소설이 시작되는 건 줄 알았어요."

"만신님과 할아버지, 그리고 예준이랑 하나 씨를 배웅하고 왔어요."

두나의 눈이 동그래졌다.

"응? 그분들 벌써 가셨어요?"

스몰 웨딩을 위해 이 섬에 온 지 겨우 2박 3일째다. 이틀 전에 본섬의 공항에 다같이 도착하여, 몇 시간 동안 배를 타고 여기까지 왔다. 그리고 하룻밤을 쉰 다음, 어제 결혼식을 치른 것이다. 그러고 겨우 하룻밤을 쉰 것뿐인데, 벌써 가다니!

신혼부부를 방해하지 않도록 둘만 놔두고 먼저 가겠다는 게 하나의 주장이긴 했다.

실제로 그들은 이 섬에 도착한 뒤, 희성과 두나 둘이 별장의 본채를 쓰도록 하고 본인들은 조금 떨어진 별채에 묵는 배려를 해주었다.

배려를 해주는 거야 고맙지만, 이렇게 되면 두나의 입장에서는 너무 미안해지는 것이다.

"비행기를 10시간 넘게 타고 왔는데 벌써 가시면 너무 미안한
데……."

그녀의 얼굴이 어두워지려는 것을 보고, 희성이 자신만만하게
덧붙였다.

"걱정 말아요. 바로 한국으로 가는 게 아니라, 할아버지께서 본
섬 쪽의 리조트를 미리 수배해두셨다니까요."

"아, 그래요?"

"네. 거기서 3, 4일쯤 본격적으로 쉬다가 한국으로 갈 거예요."

두나는 겨우 안도의 한숨을 쉬었다.

그때 두나를 침대 위에 조심스레 내려놓은 희성이 작은 쪽지 하
나를 두나에게 건네주었다.

"하나 씨가 전해주라고 하셨어요."

두나는 웃는 얼굴로 쪽지를 받아서 펼쳤다. 하얀 종이에는 장난
스러운 말투로 간단하게 적혀 있었다.

<덕분에 잘 놀고 갈게! 넌 며칠 더 노력해서 셋이서 와라!

-하나>

두나 자신이 임신 사실을 안 것이 이 섬에 도착한 그 밤에서였
다. 덕분에 아직 하나도 이 사실을 알지 못했다. 그래서 이런 쪽지
를 남긴 것이리라.

어쨌건 귀국할 때는 셋이 같이 갈 테니, 하나의 덕담은 그대로
이루어지는 셈이다.

두나는 까르르 웃었다.

그 사이, 희성은 부엌으로 가서 두나가 깨기 전에 해놓으려던 브런치 준비를 이어서 시작했다.

인덕션에 다시 빨간 불이 오르고, 팬이 다시 끓어오르기 시작했다. 고소한 냄새가 작은 별장을 가득 채운다.

희성은 주말마다 두나에게 해주던 것처럼 커피를 직접 내리려다가, 곧 그만두었다.

'커피는…… 안 되지.'

사실 하루 한 잔 정도는 괜찮지만, 두나가 원체 카페인을 달고 살았던 걸 생각하면 첫 끼부터 커피를 주는 건 지양하는 게 나을 것 같았다.

그는 냉장고에서 신선한 토마토를 꺼내서 씻고 적당히 자른 다음, 디스펜서에 갈았다.

매우 빠른 속도로 한 여자를 위한 신혼여행 이튿날의 브런치가 완성되었다.

희성은 미리 부엌으로 옮겨둔 베드 트레이에 음식을 담은 다음 침대로 조심조심 옮겨갔다.

그리고 침대 앞에서, 그는 피식 웃고 말았다.

"……"

겨우 10분 정도였다. 그 사이에 두나가 다시 선잠에 들어 있었던 것이다.

그는 조심스레 베드 트레이를 침대 위에 두고, 두나의 어깨에 키스하며 나직이 속삭였다.

"일어나세요, 잠꾸러기."

"으응……. 5분만 더……."

"더 자게 해주고 싶긴 하지만, 벌써 시간 다 됐어요. 일단 먹고 자요."

두나는 천천히 눈꺼풀을 들어 올렸다. 두 눈은 여전히 비몽사몽이다. 그럼에도 눈을 뜬 건, 우렁차게 울리는 소리 덕분이리라.

꼬륵.

두나는 나직이 변명했다.

"내가 늘 이렇지는…… 않아요. 이건 어쩔 수가……."

희성은 부드럽게 웃으며 두나의 등을 받쳐서 베드 헤드에 기댈 수 있게 해주었다.

"알아요, 알아요."

두나는 여전히 졸음이 묻어나는 목소리로 중얼거렸다.

"잠퉁이에…… 먹보라고…… 신혼부터 나한테 식으면 안 돼요, 희성 씨……."

희성은 쓰게 웃으며 고개를 저었다.

"설마요. 절대로 그럴 일은 없어요."

그는 그렇게 말하며 두나의 손에 포크를 쥐여주었다.

"나한테 두나 씨는 늘 세상에서 제일 귀여우니까."

그러자 아주 조금 잠을 몰아냈는지 눈을 반은 안정적으로 뜬 두나가 살짝 볼멘소리를 했다.

"귀엽기만 해요?"

"아뇨. 세상에서 제일 미녀죠. 최고의 미녀."

그제야 두나는 조금 만족한 미소를 띠고 포크를 움직이기 시작했다. 오믈렛에 들어 있던 완두콩이 포크 등에 어설프게 올려졌다가 데굴데굴 접시로 굴러 떨어졌다.

"이런……."

두나가 아직 잠이 덜 깬 모양이었다. 희성은 두나의 손에서 포크를 다시 받아 들었다. 그리고 직접 포크와 나이프로 접시 위의 음식을 한 입 크기로 썰어서 두나의 입으로 배달해주기 시작했다.

다행히 뱃고랑을 울릴 정도의 식욕이 잠시 수면욕을 이긴 모양이다. 두나는 얌전히 희성이 주는 음식을 받아먹었다.

버터에 구운 브로콜리에서는 잠시 미간을 찌푸렸지만, 손도 하나 까딱 안 하는 입장에서는 어쩔 수 없이 입을 벌렸다. 아삭함이 살아 있는 브로콜리는 두나의 입 안에서 천천히 씹어 삼켜졌다.

멍하니 희성이 챙겨주는 브런치를 반쯤 먹은 시점에서 두나는 뒤늦게 깨달았다. 아니, 정확히는 그제서야 그 정도로 잠이 깼다는 게 정확한 표현이다.

희성 몫의 접시는 여전히 멀쩡한 채였다.

"희성 씨는 왜 안 먹어요?"

그러자 희성 본인도 그제야 자신 몫 접시의 존재를 깨달은 듯했다.

"두나 씨 다 먹고 먹을 게요."

희성의 말에 두나는 미간을 찌푸렸다.

"안 돼요. 희성 씨도 같이 다 먹어야 해요."

그러나 희성은 여전히 자기 것은 내팽개쳐 둔 채, 두나 몫의 소시지를 자르고 있었다.

"두나 씨는 지금 두 사람 몫이니까 먼저 먹어야 해요. 게다가 자느라 아침은 아예 걸렀잖아요."

그는 토스터에 구운 식빵을 한 입 크기로 찢어서, 버터와 잼을 발라 두나의 입에 넣어주었다. 연달아 소시지와 익힌 당근이 그녀의 입으로 날라져 왔다.

"……!"

뭐라고 항의할 틈이 주어지지 않았다. 아기까지 들먹이며 입에 대주니 안 먹을 수는 없다.

결국 두나는 결심했다.

'어쩔 수 없지!'

그녀는 두 손을 뻗었다. 희성의 앞에서 차게 식어가던 접시와 손도 안 댄 한 벌의 커트러리 세트를 자신의 앞으로 당겼다.

희성은 고개를 갸웃하면서도 하는 일을 멈추지 않았다.

두 접시를 먹고 싶을 정도로 배고픈가?

두나는 희성이 주는 음식을 받아먹으면서도, 자신의 앞으로 가져온 희성 몫의 접시에 있는 음식들을 직접 잘라서 포크로 희성의 앞에 들이미는 작업에 성공했다.

희성의 방해(?)에도 성공한 쾌거였다.

두 사람은 마치 결투라도 하듯, 서로의 입 앞에 음식을 들이밀고 있었다.

희성은 참지 못하고 '풋' 하고 웃고 말았다. 두나는 그사이에 '냠' 하고 희성이 내민 음식을 한 입에 삼켜버리고, 당당하게 희성의 앞에 음식을 더욱 가까이 들이밀었다.

소리 내서 말하지는 않았지만, 의사가 너무나도 분명했다.

'어서 먹어요.'

이 정성을 거절할 수 있을 리 없다. 희성은 얌전히 두나가 주는 것을 받아먹었다.

그가 초반에 너무 열정적으로 두나를 먹인 덕분에, 두나의 식사는 곧 끝났다. 결국 두 사람의 늦은 아침 식사는 희성이 재빠르게 두나가 먹여주는 음식을 깨끗하게 먹어치우며 끝이 났다.

행복한 날의 첫 정오가 막 지나가고 있었다.

* * *

앞으로 일주일간 이 섬에는 단둘뿐이다. 3일에 한 번씩 식료품 등을 본섬에서 가져오는 배편이 오지만, 허니문 중인 두 사람을 귀찮게 하지 말고 별장에 들어와 필요한 물건을 채워두고 간단하게 청소만 해두라는 것이 섬의 원래 주인이 내려둔 지시였다.

두나는 그 설명을 듣고, 멍하니 물었다.

"섬 원래 주인분은 대체 어떤 분이신 거예요?"

어딘가 드라마나 영화에서나 나올 법한 이야기 아닌가.

애초에 결혼식을 위해 별장이 있는 개인 소유의 섬을 빌렸다는 것부터가 그렇긴 했다.

처음에는 '조촐하게 섬에서 치른다' 이것 하나만 두나에게 알려주었다. 희성도 또 희성의 할아버지도.

신혼여행지로 많이 들어본 타히티에 도착하고 나서야, 그 인근 프렌치 폴리네시아 쪽의 사유지인 작은 섬을 통째로 빌렸다는 걸 알았다.

그 사실을 처음 알았을 때 어찌나 황당하던지.

도플갱어니, 저주니 하는 영적인 특이한 일에는 익숙한 것이 두 나지만, 이런 종류의 비일상은 도리어 현실감이 더 옅었다.

희성은 보는 사람이 하나뿐이지만, 그렇기에 오늘도 더 열심히 면도해서 매끈한 턱을 어루만지며 대답했다.

"할아버지께 큰 신세를 진 분이시거든요. 그래서 사정을 설명해 드렸더니 흔쾌히 빌려주셨어요. 본섬 쪽에 하나 씨, 예준이, 그리 고 만신님을 모신 리조트 비용은 제가 냈으니까 걱정 마시고요."

"......."

사실은 이 부분도 비현실적이다.

비현실과 비일상이 짝을 지어 두나를 질질 끌고 가고 있었다. 그 러나 이미 끌려와 있는 데다, 어차피 일주일간은 탈출도 불가능하 다.

게다가…… 상상 이상으로 좋았다.

두나는 있는 그대로를 즐기기로 했다.

늦은 아침 겸 점심을 함께하고, 두나는 다시 무거워진 눈꺼풀을 잠시 붙인 뒤, 희성과 여유롭게 섬 산책을 가기로 했다.

하나와 여행을 준비하며 함께 새로 산 하얀 원피스를 입고, 똑 같은 하얀색의 챙 넓은 모자를 썼다. 모자에 달린 노란 레이스 리 본이 바닷바람을 맞아 기분 좋게 흩날렸다.

섬의 아름다움은 웨딩드레스를 입고 작은 해변에서 결혼식을 올리던 순간에 이미 다 만끽했다고 생각했다. 그러나 아니었다.

이 아름다운 작은 섬에, 단둘이 남아 보는 풍광은 또 달랐던 것이다.

두나의 입에서 절로 탄성이 일었다.

"우와아!"

눈앞에 펼쳐진 광경이 그만큼 너무나도 예뻤던 것이다.

"너무, 너무 예뻐요!"

얇게 깎은 에메랄드 위에 새하얀 조개껍질을 올려놓은 듯한 섬이었다.

섬에는 작고 하얀 해변이 있었다. 두나는 샌들을 벗고, 맨발로 새하얀 산호모래를 직접 밟았다. 발가락 사이로 파고드는 고운 산호모래는 모래라기보단, 따뜻한 첫눈 같았다.

그대로 멍하니 서서 한참 동안이나 바다를 바라보았다.

시야가 온통 잘못 건드리면 깨지지 않을까 싶을 정도로 맑은 파랑색과 그 사이사이에 진주처럼 뿌려진 흰색이 가득 채워져 있었다.

눈앞이 아찔해질 정도의 맑은 푸른색. 맑디맑은 하늘에는 구름한 점 없어, 더더욱 환상적인 풍경을 만들어낸다.

새파란 바다와 에메랄드빛 바다가 새하얀 포말이 도달하는 수평선에서 서로 만나고 있었다. 이 수평선을 기점으로 마치 두 개의 세계가 맞닿은 듯 환상적인 풍경.

두나는 절로 손이 근질거리는 걸 느꼈다. 일종의 직업병이다.

"카, 카메라……."

그러자 희성이 손을 뻗어 두나의 움찔거리는 손가락을 잡아챘다. 두 사람의 손가락이 서로 사이사이로 파고들며 깍지를 끼운다.

희성이 웃는 얼굴로 속삭였다.

"카메라는 내일 들고 와요. 짐 속에서 꺼내려면 또 일이니까."

그러나 눈앞의 이 풍경이 너무나도 아까웠다.

"그렇지만 내일 풍경이 지금 이 풍경이랑 같다는 보장이 없잖아요!"

그러자 희성이 손을 뻗어 두나의 턱을 잡고 자신을 향하게 만들었다. 조금 전까지 푸른 하늘과 더 푸른 바다만이 가득하던 두나의 두 눈에 한 남자만이 가득했다.

이제 그녀의 삶이 된 사람. 조금 전의 아름다운 풍광을 보는 순간보다, 더더욱 행복감이 가슴속에 가득 차올랐다. 햇살이 그대로 따스한 액체가 되어 온몸을 가득 채우는 느낌.

아마도 이것이 행복의 감각이겠지.

희성이 낮게 속삭였다.

"사실 카메라한테 질투 나니까 오늘은 나 혼자 당신을 독점하게 해줘요."

두나는 눈을 동그랗게 떴다.

"카메라한테 질투요?"

이게 무슨 뚱딴지같은 소린가. 두나가 희성과 함께 있을 때 카메라를 들고 있거나, 무언가를 찍을 때가 얼마나 많았는데.

"설마 내가 희성 씨랑 같이 있으면서 사진 찍고 있을 때마다 카메라 질투한 거예요?"

희성은 놀랍게도 고개를 끄덕였다.

"좀 부끄럽지만 사실 그래요. 당신의 시선과, 손길과, 주의를 카메라에 빼앗기고 있는 것 같아서……."

늘 당당하던 희성의 얼굴에 설핏 부끄러움이 어렸다. 그 행동이 그의 말이 사실이라는 걸 증명해주고 있었다.

두나는 가슴이 두근거리는 걸 느꼈다.

'귀, 귀여워!'

아마도 그녀의 눈에 도탑게 낀 콩깍지의 위력은 여전한 모양이다. 이 남자가 사물에 질투하는 모습마저 귀엽게 느껴질 정도이니 말 다했다.

희성은 민망한 듯 이 말 저 말을 주워섬기고 있었다.

"그나마 사람이 아니라 물건이고, 또 두나 씨가 좋아하는 일 때문에 필요한 도구니까 망정이지……. 혹시라도 사람에게 두나 씨가 그렇게 주의를 집중하는 걸 봤으면…… 아마 못 참았을 거예요."

그 말에 두나의 두 눈이 반짝거리기 시작했다.

"못 참으면 어떻게 하려고요?"

노골적으로 기대감 어린 반응이 예상외라, 희성은 등 뒤로 식은 땀을 흘렸다. 그는 자신이 말문을 잘못 열었노라 후회했다.

살짝 고개를 돌리며 두나의 시선을 피했다.

"저도 모릅니다."

그러자 두나는 더더욱 기대감이 증폭된 얼굴로 희성에게 바짝 붙었다.

"안 참으면 안 돼요? 나 궁금한데!"

그러자 입술을 깨물던 희성이 갑자기 고삐 풀린 듯이 움직였다. 두나의 허리를 잡아채어 뒤로 밀며 그녀의 입술을 삼킨다.

"꺄!"

그 키스는 평소의 아이스크림처럼 달콤하고 부드럽던 키스와 달리, 얼음을 통째로 깨물어먹는 듯했다. 입술이 차디찬 얼음에 달라붙은 듯 격렬하게 붙어 떨어지지 않으려 했다.

두나는 머릿속에서 펑펑 소리를 내며 요란하게 폭죽이 터지는 듯한 기분을 맛보았다. 그것은 두나의 머릿속에서 파티를 벌이다가 척추를 타고 아래로 쏟아지려 했다.

그러나 그 순간, 희성이 뒤로 물러나면서 더 강렬한 감각은 아쉽게도 찾아오지 않았다. 중간에 끊겨버린 것이다.

두나가 의아한 눈으로 희성을 올려다보았다.

"왜, 그래요?"

그러자 희성이 눈안에 남은 열기를 스스로 삭히며 속삭였다.

"정말로 못 참기 전에………."

"난 안 참아도 상관없는데……"

두나의 눈에 다시 기대가 어리려는 것을 보며 희성은 황급하게 상황을 진정시켰다.

"지금 두나 씨 몸 상태를 생각하면 안 됩니다."

그건 엄한 주치의 선생님을 연상시키는 목소리였다.

정열적인 연인이자, 한창 허니문 중인 남편이, 갑자기 의사 선생님이 되어버렸다. 두나는 김이 푹 빠지는 걸 느끼며 희성의 어깨에 기댔다.

살짝 퐁퐁 치는 손길에는 아쉬움과 미련, 그리고 약간의 원망이 묻어났다.

* * *

두 사람은 손을 잡고 하루 종일 섬을 걸었다. 섬의 크기는 꽤 작아서 천천히 거닐어도 두 시간 정도면 전부 돌아볼 수 있었다.

이 하얀 산호모래로 뒤덮인 해안의 작은 섬은, 바닷속에 잠긴 흰 산호군락, 즉 보초(Barrier reefs)가 섬을 빙 둘러싸고 있었다. 이 산호초 군락이 파도를 막아주고 있어서인지, 보초 안쪽과 섬 사이의 바다는 훨씬 파도가 잔잔했다.

그들이 걷는 곳마다 따라오는 흰 산호초 군락은 그들이 걸음을 시작한 곳에서 다시 멈추었다.

완벽한 원을 그리고 있었던 것이다.

두나는 나직이 한숨을 쉬듯 중얼거렸다.

"꼭 하얀 반지 같아요."

그 말에 희성이 기다렸다는 듯이 웃었다.

"사실 이 섬을 택한 이유 중에 하나가 그겁니다."

"정말요?"

"네, 원래 이 섬 주인분께서 사모님께 청혼할 때 청혼 반지로 그걸 드렸다고 하더군요."

두나는 얼굴을 붉혔다.

"낭만적이네요."

희성은 나직이 속삭였다.

"나중에…… 당신만을 위한 이런 반지를 하나 더 선물해드릴게요."

두나는 고개를 저었다.

"지금만으로도 충분해요. 눈에 전부 다 새겨 넣었는걸요."

그 광경은 그대로 두나의 마음속에 각인처럼 남았다. 지금 이 순간, 둘이 함께 저 하얀 반지를 따라 걸으며 눈에 담은 이 시간들이, 그 반지보다 더더욱 값지고 행복했다.

서로의 목소리와 발걸음 소리 외에는 오로지 파도소리뿐인 섬. 정말로 하늘 아래 단둘뿐인 장소.

꿈에서도 상상해본 적 없어서, 두나는 새삼 깨달을 수밖에 없었다.

지금이 정말로 현실이라는 것을.

서로의 목소리에만 귀 기울이고, 파도를 동무 삼아 두 사람은 그림자가 이울 때까지 해변을 걸었다. 야자수에 걸린 해먹에서 잠시 쉬기도 했다. 별장 앞에 노란 꽃이 밧줄에 휘감긴 그네도 탔다. 두나가 앉자, 희성이 천천히 등을 밀어주었다.

시선을 맞추고, 웃음을 주고받는다. 발걸음을 맞추고, 함께 멈추어 선 채로 한참 동안 한곳을 바라보았다.

그 모든 순간이 마치 기적 같은 행복이었다.

그것이 절정에 달한 것은, 끝없는 평행선이 서로 내달리는 푸름과 흰색의 선 위로 내질러진 붉음을 보았을 때였다.

석양이 지고 있었다.

하루 종일 타오른 태양은 수평선 너머로 사라지기 전 마침내 녹아내렸다. 녹은 태양은 하늘 곳곳에 불을 질렀고, 덕분에 무거워진 하늘은 낮보다 더욱 낮아 보였다.

낮의 파랑이 맑고 투명했던 것만큼, 석양의 붉음은 일순간 하늘도 바다도 모조리 태워버릴 것만 같았다.

두 사람은 마치 붙박인 것처럼 눈앞에 펼쳐진 석양 앞에 서 있었다. 그대로 해가 수평선을 넘어 내일로 사라질 때까지.

그렇게 어둠이 일순간 그 치맛자락으로 모든 곳을 덮고 나서야, 두 사람은 간신히 정신을 차릴 수 있었다.

그러나 두 사람은 그대로 방으로 돌아가서 쉬지 못했다. 태양이 꺼지자 찾아온 밤은, 검은 비로드 치맛자락에 다이아몬드 가루를 뿌려놓은 듯 아름다운 별빛을 그들 눈앞에 펼쳐놓았기 때문이다.

침대에서도 볼 수 있는 광경이다. 별장 침실의 침대 위는 유리창이 있었으니까. 그러나 맨눈으로 검은 해변에 앉아 올려다보는 걸 포기할 수가 없었다.

그래서 두 사람은 잠시 별장으로 돌아가서 간단한 샌드위치 등의 저녁 식사 거리를 만들었다. 저녁 먹는 것도 깜빡 잊어버릴 뻔했기 때문이다.

샌드위치 두 개가 든 바구니는 두나가 들었다. 희성은 더 무거운 걸 들어야 했기 때문이다. 그는 두 팔 가득 땔감과 불 피울 도구를 들고 해변으로 향했다.

별장에는 모든 것이 준비되어 있었다. 이 섬에서 즐길 거리가 한정되어 있는 탓이리라. 그는 그 상태로도, 바구니 안에 넣었던 것 중 가장 무거운 음료수 통을 두나에게서 빼앗아 들었다.

그리고 두 사람은 아까 석양을 바라본 해변에서, 모닥불을 피워

놓고 앉아 샌드위치를 들고 있을 수 있었다.

모닥불 위로 은빛 은하수가 쏟아지고 있었다.

두나는 입을 벌리고 멍하니 고개가 꺾여져라 하늘만을 바라보고 있었다.

희성은 주변의 풍광에 시선을 주면서도, 기본적으로 두나에게서 시선을 떼지 못하고 있었다. 웃음기 어린 목소리가 물었다.

"목 안 아파요?"

그제야 두나는 자신의 목이 꽤 뻣뻣해졌음을 깨달았다.

"후아. 우리나라 밤하늘이랑은 비교가 안 되네요."

"그래도 우리나라에서도 시골이나 공기 좋은 곳으로 가면 서울에서보단 훨씬 잘 보일 거예요."

그렇다 하더라도 이곳의 깨질 듯 투명한 공기와는 아무래도 다를 것이 분명했다.

희성이 하늘 한쪽 구석을 가리켰다. 십자 모양으로 모인 별의 모습이 그다지 익숙하지 않았다.

"그리고 저것처럼 우리나라에서는 못 보는 별자리도 있죠."

두나는 눈을 동그랗게 뜨며 희성의 어깨에 얼굴을 기댔다.

"아, 알 거 같아요! 저거 남십자자리죠!"

"맞아요."

두나의 표정에 천천히 미소가 번졌다.

"저걸 정말로 보게 될 줄은 몰랐는데……."

한국보다 훨씬 남쪽으로 내려와야만 볼 수 있는 별자리였으니까. 그런데 설마하니 남태평양의 무인도에서 그와 단둘이서 저 별

자리를 보고 있게 될 줄은 몰랐다.

섬의 밤은 고요하면서도, 작은 소리들로 빼곡히 차 있었다. 끝없이 밀려오는 잔파도소리 사이로 모닥불 속에서 불티가 탁탁 튀는 소리가 가끔씩 끼어들었다.

그리고 끝없이 펼쳐진 하늘과 별은 그 어떤 소리도 없음에도, 두 사람의 눈과 마음으로 끊임없이 쏟아져 내리고 있었다.

두나는 한숨처럼 속삭였다.

"사실…… 아직도 꿈같아요."

"뭐가요?"

"그냥, 전부 다요. 이렇게 희성 씨랑 같이 있을 수 있는 것도. 하나랑 완전히 분리되어 나로 있을 수 있는 것도."

두나의 손이 자신의 배를 조심스레 매만졌다.

"그리고 아마 절대로 불가능할 거라 생각했던 기적도 일어났잖아요."

그녀의 갈색 눈동자가 희성에게로 향했다. 모닥불에서 날아오르는 황금빛 불티의 빛이 그녀의 눈에 비쳐 빛난다.

그 빛의 흔적은 두나의 눈빛을 마치 불꽃처럼 더욱 생생하게 만들어주고 있었다. 그녀의 영혼을 비추듯.

"그 와중에 이렇게 비현실적으로 예쁜 데 와 있으니까…… 정말 다 꿈은 아닐까 하는 생각까지 들어서요. 전부 원해도 가질 수 없다고 생각하던 것들이니까."

희성은 웃는 얼굴로 고개를 끄덕였다.

"사실 저도 비슷해요."

"네?"

"동생이 죽은 뒤로 이렇게 행복감을 느껴보게 될 줄은 몰랐거든요."

두나는 무어라 대꾸하지 않았다. 필요하지 않았기 때문이다. 그저 손을 뻗어 희성의 손등에 자신의 손을 겹쳤다. 그 체온만으로도 충분한 대답이었다.

"행복하면 안 된다고…… 그렇게 생각하기도 했던 것 같아요. 그건 사실 선호와도 비슷하지 않았나 싶고요."

선호. 두나는 그 이름을 자신이 알고 있는 한 사람과 연결시키는 데 시간이 조금 필요했다.

그게 본명이라는 걸 이미 알고 있어도, 두나에게 그는 유현이라는 이름으로 이미 굳게 자리 잡혀 있기 때문이리라.

희성은 두나의 눈을 관찰했다. 그 이름이 불려 나온 뒤, 두나에게서 어떤 떨림이나 흔들림이 보이진 않을지 확인하듯.

두나는 잠시 슬픈 듯 눈꺼풀을 살짝 내리깔았다가, 다시 눈을 위로 떴다. 그 맑은 눈에는 일말의 흔들림도 없었다.

그저, 이제는 흔적으로 남은 슬픔뿐.

희성은 잠시 망설이다 그 시선에 용기를 낼 수 있었다.

"사실 두나 씨가 깨어나고 얼마 뒤에 만신님께 들은 일이 있어요. 두나 씨가 좀 더 안정된 뒤에 이야기해줘야겠다고 생각하고 미루고 있는데, 지금은 괜찮지 않을까 하는 생각이 드네요."

"혹시, 유현이 일이에요?"

희성은 천천히 고개를 끄덕였다.

"두나 씨가 눈을 뜨기 얼마 전에 병실에 왔었다고 만신님이 그러시더라고요."

두나는 조심스레 물었다.

"혹시 제가 일어난 거, 유현이 도움이 있었던 거예요?"

희성은 잠시 놀란 눈을 했다.

"……어떻게 알았어요?"

"처음에는 몰랐어요. 그런데 조금씩 시간이 지나면서 그냥 그렇지 않았을까, 하고 자연스럽게 그런 생각이 들더라고요."

두나는 천천히 손을 쥐었다 폈다 했다. 마치 그 안에 무언가의 흔적이 남은 것처럼.

"유현이 다녀간 꿈을, 잠깐 꿨다가 잊어버린 것처럼……. 그런 느낌이 들었거든요."

그녀의 손이 자신의 가슴을 가리켰다.

"그리고 어쩐지 익숙한 힘이 내 안에 들어와 있다는 걸 뒤늦게 눈치채기도 했으니까요. 이제는…… 거의 흔적도 남아있지 않지만."

만신 역시 그렇게 말했다. 유현이 나누어준 힘 덕분에, 두나는 크게 상처 입은 것에 비하면 빠르게 눈을 뜰 수 있었다고.

두나의 흐린 시선이 저 멀리 이제는 보이지 않는 어둠 속 끝자락에 숨은 수평선을 응시하고 있었다. 희성은 남태평양의 공기 속에서 보낸 며칠 중 처음으로 입술이 바짝 마르는 기분을 느꼈다.

잠시 망설이던 그는 자신의 초조함을 인정했다.

그녀가 혹시 조금 전 그들이 입에 담은 그 남자에 대해 생각하고 있지는 않은지, 그 생각이 온통 그의 머리를 지배하고 있었다.

그 긴장감에 목이 타고, 입술이 마른다.

유현이 고통 끝에 택한 복수는 그의 동생을 위한 일이었다. 두나는 이를 막기 위해 목숨을 걸었고, 유현은 두나를 살리기 위해 자신의 힘을 내주었다.

그것을 전부 잘 알면서도, 희민의 형이면서도, 그는 지금 이 순간만은 두나의 마음속에 유현이 아직도 그렇게 크게 자리를 차지하고 있지 않은지, 그것에 마음이 쓰였다. 이다지도.

희성은 잠시 자괴감에 휩싸여 바닥을 내려 보고 있었다. 두나의 얼굴을 볼 자신이 없었다.

그때였다. 자괴감에 젖어 자신의 무르팍을 내려보던 희성의 시선 속으로, 쏙, 하고 두나의 얼굴이 끼어들었다.

"어?"

두나가 희성의 무릎에 제 머리를 기댄 것이다. 덕분에 바닥을 내려다보던 희성과 바로 시선이 마주쳤다.

두나는 환하게 웃으며 손을 뻗었다. 가는 손가락이 희성의 날카로운 콧날 끄트머리를 장난처럼 톡 건드렸다.

"왜 그렇게 우울한 얼굴을 하고 있어요?"

희성은 잠시 고민했으나, 이미 자신의 기분을 들켰으므로 말을 돌리지는 못했다. 그게 아니라도, 두나에게 거짓말을 하는 건 내키지 않았던 것이다.

희성은 쓰게 웃었다.

"자기 자신이 한심해서 말입니다."

"당신이 한심할 게 어디 있어요?"

"이런 일을 두고서, 질투 같은 걸 하고 있으니 말이죠."

그 말에 두나는 동그래진 눈을 반달 같은 눈매로 가리며 웃었다. 그녀의 얼굴이 천천히 위로 올라왔다.

희성은 그걸 피하지 않았다. 의도가 너무 명백했기 때문이다.

촉, 하고 두 사람의 입술이 살짝 붙었다가 떨어졌다. 그 촉촉한 감촉이 너무나도 아까워서, 희성은 떨어지려는 두나의 아랫입술을 체리를 물 듯 살짝 입술 사이로 물었다가 놓아주었다.

두나는 나직이 속삭였다.

"그래도 기회는 안 놓치네요."

"내가 한심한 건 한심한 거고, 이건 이거죠."

그러자 두나는 피식 웃었다. 그러고는 나직이 소곤거렸다.

"그래도 그게 귀여워서 좋아요."

희성은 한숨처럼 대답했다.

"그나마 다행입니다."

그러면서도 희성의 얼굴은 다시금 우울함에 잠겨들었다.

그의 마음을 두나가 모를 리 없었다. 유현 역시 말한 바 있었다.

'너도 희성 형도 착한 사람이라…….'

마음이 무르고 따뜻한 사람이라, 어쩔 수 없는 사적인 감정마저도 스스로 자책하고 있는 것이다.

두나는 그가 어쩔 수 없는 것 때문에 우울해하지 않기를 바랐다. 그리고 유현 역시도 그럴 것이라는 확신이 있었다.

그가 더는 죄를 키우지 않고 살기를 그녀가 바란 것처럼, 유현 역시 두나와 희성이 행복하기를 바랐을 테니까.

그걸 위해 두나에게 힘을 나누어준 것임이 분명하니까.

그녀의 손끝이 희성의 뺨을 고양이 턱 긁듯이 살살 쓸어내린다.

"정말이지 우리 남편은 왜 이렇게 귀여우실까……."

그 말에 우울해하던 희성은 갈피를 못 잡는 얼굴을 했다.

두나는 웃음이 터지려는 것을 눌렀다.

"지금 얼굴 더 이상한 거 알아요?"

"그야…… 당신이 갑자기 남편이라고 부르니까 그렇죠."

희성은 순간적으로 진심 어린 혼란을 느꼈다.

한심한 자신에 대한 자괴감에서 미처 벗어나기도 전에, 두나가 자신을 '남편'이라 부르는 소리를 들으니 절로 얼굴 근육이 풀어지며 미소를 그리려 했던 것이다.

자괴감과 기쁨 사이에서, 그는 잠시 헤맸다.

그러자 두나가 노골적으로 그를 끌어당겼다. 기쁨과 행복 쪽으로.

"남편 한마디에 이러면, 내가 여보라고 부르면 어쩌려고 그래요?"

그러자 희성의 얼굴이 화악 하고 새빨갛게 달아올랐다. 두나는 진심으로 놀랐다.

"우와! 지금 얼굴 완전히 홍시보다 빨개진 거 알아요?"

희성은 손으로 얼굴을 가리고 옆으로 돌렸다. 그러자 두나는 발딱 일어나며 희성의 얼굴이 도망하는 방향으로 고개를 돌려 따라갔다.

"이쪽, 이쪽 봐요!"

이리저리 피하던 희성의 얼굴은 두나의 두 손에 체포되어 결국, 두나의 앞에 보일 수밖에 없게 되었다.

그의 얼굴은 여전히 아주 잘 익은 홍시처럼 빨갰다. 모닥불가라고 해도 직접 얼굴을 가까이 대고 있지 않았기에 조금 전까지만해도 희성의 얼굴은 아주 새하얀 그대로였다.

두나는 실실 웃으며 중얼거렸다.

"여보 한마디에 이렇게 되다니……!"

그러자 희성은 더더욱 민망해했다. 그러다가 큰마음을 먹었는지, 부끄러움을 곧 삭여냈다. 희성의 얼굴이 원래대로 돌아오는 걸보며 두나는 아쉬움에 입맛을 다셨다.

그 덕분에 두나는 미처 대비하지 못했다. 희성이 더없이 진지한표정으로, 살짝 젖은 듯한 낮은 목소리로 이 공격을 하는 걸 말이다.

"여보."

화악! 그 한마디에, 두나의 심장은 속절없이 무방비로 노출되었다. 팡팡 날뛰기 시작하며 심장이 힘차게 뿜어낸 뜨거운 피가 이번엔 순식간에 두나의 얼굴로 몰려들었다.

조금 자신이 놀려대던 희성의 얼굴보다 더더욱 빨갛게 물든 뺨으로, 두나는 외치고 말았다.

"이, 이건 반칙이잖아요!"

"두나 씨도 말했잖아요."

"하지만 희성 씨 얼굴이랑 목소리로 그렇게 말하면, 그거 반칙이라고요! 치사해요!"

결국 두 사람은 한참을 실랑이하다가, 합의를 했다. 한동안은 '당신'이라는 표현으로 서로 넘기는 것으로.

생각해보면 결혼식까지 하고도 서로 '두나 씨', '희성 씨'라고만 불렀다. 서로를 부를 좀 더 가까운 호칭이 필요하긴 했다. 그러나 아직 둘 다 '여보'라는 단어에는 좀 더 마음의 준비가 필요했던 것이다.

아직 남은 부끄러움 속에서, 두 사람의 웃음소리가 사위어갔다.

맑은 밤하늘에서 밝게 빛나는 남십자자리가 그들을 굽어보고 있었다.

* * *

쏴아아…….

창밖에서는 기세 좋은 빗소리가 요란하게 울렸다.

희성은 막 간식 삼아 군고구마를 만들기 위해 오븐의 온도를 조절해놓고, 시선을 돌렸다.

거실의 가장 큰 창밖이 반쯤 흐려 보였다. 쏟아지는 장대비에 거의 가린 것이다. 밤낮으로 늘 바다가 보이던 창인데, 지금은 바다의 형체를 알아보기 힘들 정도였다.

"우기도 아닌데……."

그가 이런 반응을 보일 만도 했다. 저 비는 벌써 이틀째 퍼붓고 있었던 것이다.

반면 두나는 창가에 놓인 욕조 속에 몸을 담근 채, 발을 달랑달랑 욕조 끄트머리에 올리고서 기분 좋게 중얼거렸다.

"난 비 오는 것도 좋아요."

콧노래 섞인 목소리에 희성도 얼굴을 풀었다.

"그렇다면 다행이지만요."

사실 희성도 비 오는 것 자체를 크게 싫어하지는 않는다. 그러나 지금은 일부러 멀리 폴리네시아까지 와서 보내는, 평생의 추억인 허니문 기간이다. 비가 달가울 리 없었다.

게다가 그는 심혈을 기울여 우기를 피해서 날짜를 고르기까지 했다. 아쉬울 수밖에 없었다. 하루하루가 더없이 귀중한데, 그 나날에 먹구름이 끼는 건 걱정이 앞섰다.

그러나 두나는 태평했다. 뒤돌아보고 있던 두나는 욕조에서 빙글 돌아 희성 쪽으로 고개를 돌리며 방긋 웃었다.

"그런데 그래서 더 로맨틱한 거 같지 않아요?"

희성이 의아하게 되물었다.

"더 로맨틱하다고요?"

그를 돌아보는 두나의 눈이 별처럼 반짝였다. 장난기로.

"네. 그 있잖아요. 로맨스 소설이나 드라마 보면 나오는 시추에이션! 단둘이 섬으로 여행을 간 연인 미만 친구 이상의 남녀! 그리고 갑자기 온 폭풍우로 배편이 끊겨서 둘은 섬에 갇히는 거죠!"

희성은 피식 웃었다.

"그렇게 둘은 연인이 되어서 다음 날 섬에서 나오는 건가요? 꽤 진부한데요."

두나는 입술을 삐죽 내밀었다.

"진부해서 더 좋은 거라고요."

"그건 그렇네요. 해피엔딩은, 해피엔딩인 것만으로도 의미가 있는 거니까."

그 말에 두나는 만족스럽게 고개를 끄덕였다.

그러나 창밖의 바람이 거세지는 소리에, 희성의 얼굴이 다시 흐려졌다.

"하지만 신혼여행 간 섬에서 폭풍우로 갇히는 경우는 드라마에서 못 본거 같은데요. 그건 별로 해피엔딩은 아니죠."

그 말에는 두나도 고개를 끄덕일 수밖에 없었다.

"……그래도 내일은 그치겠죠, 뭐. 어차피 우리 여행 기간 아직 한참 남았잖아요?"

희성은 고개를 끄덕였다.

맞는 말이었다. 아직 신혼여행 기간은 3일이 더 남았고, 변화무쌍한 섬 날씨를 생각하면 어제 비 오기 전까지 쨍하니 맑기만 하던 날씨가 도리어 기적적이었으니.

희성은 날씨 걱정을 치워두고, 두나를 위해 오븐에서 갓 구워진 고구마를 꺼냈다. 김이 모락모락 나는 노오란 속살에, 두나는 탄성을 터뜨리며 욕조에서 빠져나와 가운을 걸쳤다.

그런 한 쌍의 닭살 커플 등 뒤로, 창밖의 폭풍우는 기세를 그칠 줄 몰랐다.

* * *

"……."
"……."

사흘 뒤 아침. 희성과 두나는 말없이 창밖을 바라보았다.
쏴아아아!

휘오오오오!

사흘 전보다 더욱 어마어마한 기세로 바람이 몰아치고, 비가 옆으로 날아가고 있었다. 한참 멍하니 창밖을 바라보던 두 사람은 다시 서로를 마주 보았다.

난감하기 짝이 없는 상황.

오늘은 여행이 끝나는 날이었다. 오전에 약속된 배를 타고 본섬으로 향해서, 그곳에서 공항으로 가서 한국까지 돌아가는 10시간이 넘는 비행을 시작해야 했다. 꼬박 하루가 걸릴 귀국길.

그러나 그 기나긴 귀국길은 시작도 되지 못했다.

두나는 멍하니 중얼거렸다.

"이틀 뒤에 출근, 어쩌죠."

"······천재지변이니 어쩌겠어요."

"그래도 연락이라도 할 수 있으면 좋겠는데, 전화랑 인터넷이랑 다 끊겼잖아요."

둘이 머리를 모아봐도 뾰족한 방법이 없다. 설사 전직 도플갱어나, 현직 선무당이라 해도 자연 현상을 어찌할 힘은 없다.

두나는 한숨을 포옥 내쉬었다.

"······하나가 걱정할 텐데."

답지 않게 풀이 죽은 두나를 보며, 희성이 힘을 냈다.

'나까지 걱정하고 우울해하면 두나 씨 걱정만 커질 거야. 홀몸도 아닌데, 내가 힘이 되어줘야지.'

그는 일부러 더 힘이 나는 듯 보이려 애썼다. 환하게 웃으며 두나의 손을 잡고 활기차게 말한다.

"뭐, 하늘이 신혼여행 더 즐기라는 모양이네요. 나중에 상황 설명하면 회사 쪽에서도 이해해줄 거예요. 딴 것도 아니고 결혼식 때문이니까."

실제로 한국의 직장에서 이 정도로 길게 휴가를 낼 수 있는 기회는 신혼여행 정도뿐이다. 그 와중에 생긴 기상 악화 때문이라고 말하면 그래도 어느 정도 선까지는 이해해주는 편인 것이다.

그건 맞는 말이다. 두나 역시 고개를 끄덕였다. 작은 인터넷 언론사지만, 그래도 상식적인 말은 통하는 곳이었으니까.

희성은 두나보다 더 바쁘지만, 이 경우에는 좋은 빽이 있었다. 병원장 손자에게 함부로 태클을 걸거나 눈치 줄 사람을 없을 터다.

그럼에도, 아직 한 가지 문제가 남아 있었다. 두나는 물었다.

"그런데 우리 식량 이제 없지 않아요?"

"……"

악천후에도 천만다행으로 소형 발전기가 별장 안에 있어, 전기는 끊기지 않았다. 별장 안의 불도 켤 수 있고, 인덕션으로 요리도 가능했다. 그러나 식량이 없으면, 요리 기구가 멀쩡히 있어도 의미가 없다.

이 작은 섬에는 3일에 한 번씩 배가 왔다. 별장을 관리하기 위한 인원들이 식료품 역시 별장에 꽉꽉 채워주고 가는 것이다.

그들은 별장주의 명령에 따라 신혼여행 중인 두 부부를 최대한 배려해주도록 되어 있었다. 그러나 이 엄청난 하늘과 바다의 상황에 배를 띄울 수는 없었던 것이다.

그 결과, 배가 오지 않은 지 5일째를 지나자 냉장고와 찬장에 남은 식재료가 모두 떨어지는 난감한 상황이 벌어지고 말았다.

* * *

두나는 우울한 표정으로 창밖을 보았다. 여전히 비도 폭풍우도
멈출 것 같아 보이지 않았다.

두나는 불안감에 젖어 혼잣말을 중얼거렸다.

"설마, 이대로 둘이 쫄쫄 굶다가 구출되는 건 아니겠지?"

더 최악으로 갈지도 모르겠다. '신혼여행 중이던 신혼 부부, 기
상 악화로 섬에 고립되었다가 아사'라는 기사 제목이 머릿속을 스
쳐 지났다.

두나는 불안감에 요동치려는 가슴을 억눌렀다.

"으, 좀 아까 아껴 먹을 걸 그랬나……."

그녀는 아직 부풀기 전인 배를 내려 보았다. 입덧이 심했다면
식량을 좀 아낄 수도 있었을지 모르겠는데, 도리어 두나는 먹는 입
덧이었다. 그것도 배가 비면 심하게 쓰리고 신물이 올라와서 견디
기 힘든 입덧.

때문에 희성은 여행 초반에 식료품을 가져다주는 관리인들에게
주전부리 등의 간식을 더 많이 가져다달라고 부탁하기도 했다.

그런 유통기한이 긴 간식류는 아꼈으면 요긴한 식량이 되었을
지도 모른다. 그런데 보이는 족족 다 먹어버린 결과, 이런 상황에
처한 것이다.

두나는 새삼 자괴감 때문에 눈물이 차오를 것 같았다. 이것도

임신 때문에 감정기복이 심해져서일까.

그러나 한 번 서러움이 복받치기 시작하자, 감정이 왈칵왈칵 요동치기 시작했다.

"……."

하필이면 의지할 대상인 희성도 눈앞에 없었다.

두나가 이렇게 심하게 불안해하는 데에는 그 이유도 컸다.

희성과 함께 날이 빨리 개기를 바라며 함께 앉아 있다가, 두나는 눈꺼풀을 누르는 졸음을 이기지 못하고 깜빡 잠이 들고 말았다. 자주 있는 일이었다.

그러나 평소와 다른 점이 하나 있었다. 그녀가 이렇게 잠깐 잠들었다 깨면, 늘 희성이 근처에 있었다. 그러나 지금은 희성이 보이지 않았던 것이다.

'겨우 30분 잠든 것뿐인데…….'

시계를 보아하니, 그녀가 잠들었던 시간은 겨우 30분 정도. 그러나 그 30분 사이에 희성은 감쪽같이 사라져버린 것이다.

두나는 희성을 찾기 위해 크지 않은 별장 곳곳을 둘러보았다. 그러나 어느 곳에도 희성은 온데간데없었다.

"……희성 씨?"

그녀 자신도 불안감에 자신의 목소리가 떨리는 걸 알 수 있었다. 그 떨림이 곳곳에 반사되어 다시 그녀의 몸속으로 파고들어와, 불안감을 더욱 증폭시키는 듯했다.

그때 두나의 머릿속에서 불현듯 한 가지 생각이 떠올랐다.

'설마, 희성 씨 나한테 말 안 하고 밖으로 나간 건 아니겠지?'

지금 회색으로 변해 요동치는 바다가 맑고 잔잔했을 때, 산호초 사이로 오고 가는 색색의 물고기들이 많았다.

설마, 그가 두나를 위해 이 위험한 바닷속으로 들어가려 한 건 아닐까 하는 걱정이 되었던 것이다.

그녀의 머릿속에 희성이 자신을 버리고 갈 리 없다는 건 뚜렷하게 박혀 있었다. 그에 대한 믿음이 확고했으니까.

그렇기에 도리어 더 걱정이 되었다. 그녀를 위해, 희성이 설마 무모한 짓을 벌이려 하는 게 아닐까 하는 걱정이 말이다.

두나는 굳은 얼굴로 별장의 문 앞에 섰다. 희성이 설마 정말로 바다로 나간 건 아닌지 확인하려는 것이다.

쏴아아아아!

비가 철문을 때리는 소리가 마치 총소리처럼 세게 울렸다. 두나는 잠시 망설였지만, 결연하게 문고리에 손을 얹었다.

그녀가 막 문을 열려던 찰나였다.

등 뒤에서 갑작스러운 인기척이 있었다. 나무로 된 마룻바닥을 밟는 큰 소리.

끼익!

두나는 기겁하여 뒤돌았다. 그 찰나의 순간 동안, 그녀는 수많은 불안한 가능성을 떠올렸다. 그러나 막상 뒤돌아 눈앞에 있는 이를 확인한 순간, 그 불안감은 눈보다 빨리 녹아 스러져버렸다.

눈앞에 있는 사람이 너무나도 익숙한 사람이었기 때문이다. 지금 그녀가 불안해하며 걱정한 사람이기도 하다.

"벌써 깼어요?"

"희성 씨!"

두나는 그에게 다가가다가 이상한 걸 발견했다. 희성의 상태가 이상했던 것이다.

먼지가 보얗게 그의 어깨에 앉아 있었다. 게다가 머리 위에는 희끄무레한 것도 보였다. 두나는 옆에 있던 수건을 꺼내 희성의 어깨와 머리를 털어주며 물었다.

"어떻게 된 거예요? 갑자기 어디로 사라졌던 거예요? 그리고 리에 이건…… 거미줄이잖아요?"

희성은 난처하게 웃었다.

"아, 혹시 걱정했어요?"

두나는 조금 전 아주 잠시였으나, 가슴을 두근거리게 한 불안감을 떠올렸다. 희성이 저 거친 회색 바다에 들어갔으면 어떡하나 얼마나 불안했는가 모른다.

막상 안심이 되고 이성이 돌아오니, 자신의 생각이 얼마나 어이없는 망상이었는지 새삼 깨닫게 된다. 그러나 그 불안감만은 진심이었다. 희성에 대한 걱정에서 나온.

그래서 이렇게 대답할 수밖에 없었다.

"당연하잖아요!"

희성은 웃는 얼굴로 두나의 뺨에 가볍게 키스하며 사과했다.

"미안해요. 두나 씨가 자는 사이에 빨리 가져오려고 했는데……."

그가 가리킨 곳은 주방이었다. 거기에는 꽤 오래 되어 보이는 먼지 쌓인 종이 상자 몇 개가 쌓여 있었다.

"이게 다 뭐예요?"

희성은 웃으며 꽤 낡은 티가 나는 상자를 뜯어서 안에 든 것을 보여주었다.

통조림과 몇몇 보존 기간이 긴 식품들.

"이거 가지러 갔다 온 거예요?"

"네. 지하실에 다녀왔어요."

"지하실이 있어요?"

여기서 10일 넘게 있었지만 지하실은 코빼기도 본 적 없었다.

"통로가 숨겨져 있어요. 원래 방공호로 쓰던 거라고 하더라고요."

"그런 게 있었어요?"

"네. 이 별장 원주인분께 전에 들은 적 있는 얘기 덕분에 살았어요."

희성은 먼지 쌓인 상자 속에서 꺼낸 홀 토마토 캔을 들어올렸다.

"그분이 경험상 지하실에 보존 기간이 긴 비상식량을 비축해놓았다고 들었거든요. 내려가보니까 꽤 많더라고요. 그중에 제일 새 것들로 골라왔어요."

"방공호? 비축 식량?"

두나의 표정이 일그러졌다.

"잘은 모르지만…… 전쟁 때 얘기를 하시더라고요. 사람은 미래를 준비해야 한다나……. 뭐, 여긴 섬이니 고립될 경우도 대비를 해둬야 하는 건 맞으니까요. 덕분에 살았으니 됐죠."

"그건…… 그렇지만……."

방공호라는 말을 들었을 때부터 설마 했는데, 전쟁 얘기까지 나올 줄은 몰랐다. 이 섬 원주인은 대체 나이가 어떻게 되는 걸까?

그때였다. 조금 전 두나의 걱정이나, 지금의 황당함을 비웃듯,

두나의 배 속에서 꼬르륵! 하고 요란한 소리가 울렸다.

꼬르륵!

두나는 얼굴을 붉혔다.

"이, 이건······! 그러니까······!"

희성은 환하게 웃었다.

"알아요. 우리 아기가 배고프다는 거지? 아빠가 금방 밥 해줄게!"

사흘은 더 갈 폭풍우 속이었으나, 그 어떤 거센 바람도 비도 이 따스하고 작은 별장 안을 침범하지는 못했다.

* * *

배가 간신히 도착한 것은 사흘 뒤였다. 날은 거짓말처럼 맑았다.

준비를 다 마치고 해변에서 기다리는 희성과 두나를 보며, 이제 얼굴이 익은 관리인은 환하게 웃었다.

"허니문이 사흘 더 길어졌네요. 달콤했나요?"

희성은 부드럽게 웃었다.

"뭐, 그렇죠. 나름대로"

아직 배를 선착장에 묶기 전이었다. 관리인은 농담을 던졌다.

"그러면 이대로 돌아가서 사흘 정도 더 있다 올까요?"

그 말에는 두나도 희성도 정색을 하며 외쳤다.

"아뇨!"

"싫습니다!"

웃음소리가 작은 선착장을 울렸다.

시야가 온통 흐렸다. 마치 물속에 들어와 그대로 눈을 뜬 듯했다. 흐리게 일렁이는 시야 속에서 누군가가 그녀에게 필사적으로 손을 뻗으며 외치고 있었다.

"……!"

귀가 먹먹해서 아무것도 들리지 않았다. 단 한마디도 알아들을 수 없었다. 그러나 단 한가지만은 알 수 있었다. 그는, 저 남자는 그녀를 애절하게 부르고 있었다. 붙잡고 있었다.

* * *

아마도 여름일까? 무거운 색이 덧입혀진 녹음의 한가운데에서,

소녀는 눈을 떴다.

"응?"

눈이 깜빡깜빡거린다. 흐렸던 시야가 맑아졌다.

소녀는 고개를 들었다. 무언가 차가운 것이 위에서 떨어지고 있었던 것이다. 그녀의 머리 위로 무거운 녹색의 그림자가 드리워져 있었다.

나뭇가지와 나뭇잎 사이로 빗방울이 톡톡 떨어지고 있었다.

짙은 물 냄새와 나무 냄새, 풀 냄새가 비강을 가득 채웠다. 폐가 씻겨 내려가는 듯한 냄새. 머리가 조금 맑아졌다.

소녀는 걸었다. 발이 절로 앞으로 나아간다.

그제야 그녀는 자신이 맨발이라는 걸 알았다. 하얀 원피스가 나비날개처럼 나풀거렸다. 그 아래로, 하얗고 여린 발이 부드러운 검은 흙을 밟았다.

소녀는 정처 없이 걸었다. 걸어야 할 이유는 없었지만, 걷지 않아야 할 이유도 없었기 때문이다. 한 자리에 계속 있는 것보다는 조금이라도 움직이고, 숨을 쉬고 있다 보면, 무언가가 생각이 날 듯도 했다.

아, 그제야 소녀는 불현듯 중요한 한 가지 사실을 깨달았다. 그녀는 아무것도 알지 못했다.

자신이 누구인지, 왜 여기 있는지.

그 순간, 소녀는 고장 난 듯이 한 자리에 붙박여버렸다.

* * *

소년의 일상은 평화로웠다. 아니, 정확히 표현하자면 '이곳'에

온 뒤로 겨우 편해졌다. 처음에는 꿈자리에서, 다음은 밤에만, 나중에는 대낮에까지 다가와 그를 괴롭히던 무수한 소리와 그림자들이 이곳에는 없었다.

자연은 맑고, 빛은 눈부시다.

이곳에서는 잠도 자고 밥도 맛있게 먹을 수 있었다.

이렇게, 아무런 생각 없이 산책을 하는 것도 가능하다.

그때 소년의 머리 위로 무언가 차가운 것이 툭 하고 떨어졌다.

"아, 비다."

그를 보호해주고 있는 만신님이 단단히 일렀던 말이 기억났다.

'이제 좀 괜찮겠지만, 밤이나 낮이라도 비 올 때는 함부로 나다니지 말아라. 그때는 안 좋은 것들이나 기운이 나타날 수 있을 게다. 그런 것이 들러붙으면, 지금의 네겐 정말로 위험하니까.'

소년은 만신님의 말씀을 착실히 따랐다. 할아버지를 슬프게 하고 싶지 않기 때문이기도 했고, 소년 자신이 더는 고통스럽기 싫었기 때문이기도 하다.

날이 흐리긴 했지만 비가 올 줄은 몰랐다. 그래도 만신님이 신당 근처에 쳐놓은 금줄 밖으로 나가지는 않았으니 괜찮겠지.

그렇다 해도 신당으로 다시 돌아가는 것이 안전할 것이다.

소년은 뒤돌았다. 그리고 시야를 온통 빼앗기고 말았다.

배추흰나비의 하얀 날개 같은 흰 원피스였다. 소년은 잠시 시간이 멈춘 듯한 착각을 느꼈다.

소녀의 동그란 갈색 눈동자가 소년을 바라본다. 허공에서 두 사람의 시선이 마주쳤다. 소녀의 강아지 같은 갈색 눈이 세 번 깜빡였다.

소년의 눈에 소녀의 등 뒤에 걸린 금줄이 천천히 흔들리는 것이 보였다.

그는 그제야 안도의 한숨을 내쉴 수 있었다.

* * *

먼저 입을 연 건 소녀였다.

"오빠는 누구야?"

소년은 잠시 망설였다. 이곳은 낮에도 어둡게 느껴지는 지리산 녹음의 가운데였다. 그런 장소에서 홀연히 하얀 나비처럼 나타난 소녀. 혹시나 죽은 자의 넋은 아닐까, 하고 그가 걱정한 것도 당연했다.

만신님은 여러모로 위태로운 상태인 그를 지키기 위해 신당 근처에 결계를 강화해둔 상태라고 들었다. 소녀는 만신님의 금줄 안쪽에 들어와 있었다. 그렇다면, 아마도 최소한 악의를 가진 존재는 아니리라.

소녀는 환하게 웃었다. 그 순간, 소년은 이런 걱정조차 다 부질없는 일처럼 느껴졌다. 저 미소를 대답 없이 무시하는 건 불가능했다.

불쑥 솟아오른 무언가가 목울대 아래에서 콱 하고 막혀 있었다. 당장에라도 뱉어내지 않으면 숨이 막혀 죽어버릴 듯.

그는 조심스레 자신의 이름을 말해주었다.

"······희성. 희성이야."

소녀에게.

* * *

소녀는 그 순간 무언가로 얻어맞는 듯한 충격을 느꼈다. 발밑이 꺼지는 듯한 아득함. 끝없는 늪으로 빨려 들어가는 듯한 감각.

그 감각의 너머에서 누군가가 여전히 외치고 있었다.

"······!"

그녀를 부르고 있었다. 여전히, 이다지도 애타도록.

그러나 소녀의 작은 몸은 그대로 속절없이 바닥으로 빠져 들어가고 있었다.

그 순간, 불쑥 팔 하나가 그녀를 잡아챘다. 아니, 그런 것처럼 느껴졌다. 소년의 질문이 어둠 속으로 꺼져가려던 그녀의 정신을 되돌렸다.

"네 이름은 뭐야?"

소녀는 다시 고개를 들었다. 그곳에는 말간 얼굴의 소년이 있었다. 그 얼굴을 보자 안심이 되었다.

그러나 소녀는 그의 질문에 자신이 해줄 말이 없다는 것이 슬펐다. 그녀는 자신에 대해 아무것도 기억하지 못했으니까.

그러나 소년이 말한 저 이름만은 어째서인지 가슴속에 콱 박혀드는 것 같았다. 어쩐지 그리운 듯한 이름.

그에게 대답을 주고 싶었다. 그 바람이, 그리고 소년의 이름이 텅 빈 소녀의 안에서 흐려져가던 무언가를 하나 되살려내었다.

소녀의 눈이 반짝하고 빛났다.

"두나! 내 이름은 두나야!"

그렇다. 그것 하나만은 기억이 났다.

* * *

두 소년 소녀는 근처에서 가장 큰 나무 아래로 비를 피했다. 그들이 만나기 전까지 안개비 수준이었던 비가 이제는 추적추적 내리기 시작했던 것이다.

소년, 희성은 불안감을 느꼈다.

'아직 신당으로 돌아가지도 못했는데, 이렇게 비가 오다니……'

신경 쓰지 않으려 했으나, 신경 쓰지 않는 건 불가능했다. 사실 짙푸른 녹음 아래에서 눈이 마주친 순간, 이미 그의 오감이 소녀에게로 집중되어 있었으므로. 저, 두나라는 소녀에게.

희성은 결국 참지 못하고 흘금 소녀에게 시선을 던졌다.

아마도 나이는 중학교 1, 2학년 정도 되어 보였다. 희성보다 3살 아래였던 동생과 비슷해 보였던 것이다.

죽은 동생의 얼굴이 떠오르자, 소년의 가슴에 다시 고통이 맺혔다. 그 순간, 소년의 시선이 소녀에게 휘어잡혔다.

정확히 표현한다면, 소녀는 그저 손을 내민 것뿐이었다. 그 희디흰 손끝이 나무 그늘 아래로 나와 빗방울에 톡톡 젖어드는 광경이,

마치 그 자체가 낚싯바늘이라도 되듯 희성의 시선을 순식간에 낚아채어 가버렸던 것이다. 그리고 놓아주지 않았다.

그 순간, 희성은 알 수 없는 기시감에 사로잡혔다. 분명 오늘 처음 만난 소녀다. 모르는 얼굴이었다. 아는 것은 그저 이름뿐이다.

두나라는.

그러나 희성은 어째선지 이미 이 소녀를 알고 있는 듯한 기분이 들었다. '두나'라는 저 이름을 들은 그 순간부터 그랬던 건지도 모르겠다.

현기증 같은 혼란이 밀려든다. 그것은 어지럽고 난잡한 감정의 파편들이 온통 뒤섞인 흔적이었다. 그러나 분명한 것은, 지독하게 달콤하다는 것 하나.

소녀가 숨을 쉰다. 흰 원피스의 상의가 살짝 오르락내리락했다. 나무가 내뿜은 초록빛 공기가 그녀의 폐 속으로 들어왔다가 다시 밖으로 나왔다.

소녀의 숨이 더해진 공기는 한 모금만큼 더없이 달콤해졌다. 그리고 분홍빛으로 물들었음에 틀림없으리라.

소년은 그 달콤함에 취해, 의식의 수면 위로 부상하려는 기시감을 잊어버렸다.

하늘하늘, 흰 원피스 자락이 나비 날개처럼 흔들렸다.

* * *

소식을 듣고 달려온 예준과 하나는 병상 앞에서 죽은 사람 같은 얼굴을 하고 있는 희성을 발견했다.

예준은 멍하니 희성의 얼굴을 바라보았다.

"형⋯⋯."

희성의 저런 얼굴은 정말로 오랜만에 보는 것이었다. 벌써 십 년도 더 지난 과거, 예준이 희성을 처음 만났을 때 보았던 그 얼굴. 깨끗하게 표백되다시피 질린 얼굴. 살아 있는 사람의 얼굴이 아니었다.

그 충격에 굳어 예준이 움직이지 못하는 사이, 하나가 먼저 나섰다. 그녀는 병상에 누운 두나의 손을 잡고 외쳤다.

"두나! 두나야!"

"⋯⋯."

그러나 파리한 얼굴로 누운 두나는 대답이 없었고, 두나보다 본인이 죽은 듯한 얼굴을 한 희성도 대답이 없었다.

"어떻게 된 거예요?"

하나는 두나의 파리한 얼굴과 이제 거의 만삭에 다다라 부푼 배를 번갈아가며 바라보았다. 그러고는 결국 참지 못하고 희성의 어깨를 잡고 흔들며 물었다.

"두나 갑자기 왜 이러는 거예요? 지난 주까지만 해도 괜찮았잖 아요! 나랑 같이 아기옷 사러 갔었는데!"

간신히 희성의 입에서 끌어 올려진 대답은 목소리라기보단 비명 같았다.

"저도⋯⋯ 정확히는 모릅니다. 분명한 건⋯⋯ 두나 씨와 태아 모두 신체적으로는 문제가 없다는 겁니다."

하나는 말문이 막혔다.

"……그러면, 그러면 대체 왜……?"

그때 희성이 스스로 제 두 뺨을 때렸다.

짝! 하는 살을 치는 소리가 강하게 울렸다.

그에 하나는 더럭 놀랐다. 설마 감정에 못 이겨서 저도 모르게 움직이는 손에 희성이 맞기라도 했나 했던 것이다. 그러나 아니었다.

희성은 제 양손으로 두 뺨을 동시에 때렸다. 거의 빨간 자국이 남을 정도로 강하게.

잠시 눈을 감고 침묵하던 희성은 곧 눈을 떴다. 거의 죽은 사람처럼 빛이 없던 눈에 총기가 돌아왔다. 잃을 뻔한 걸 되찾아서라기보단, 잃지 않기 위해서라도 정신을 차려야 한다 스스로를 다잡은 덕분이다.

그는 찌를 듯 날카로운 눈으로 예준을 바라보았다.

"예준아. 만신님께 연락 좀 드려줘."

그는 겨우 정신을 차렸다. 분명한 것은 한 가지였다. 그가 이대로 넋을 놓고 있기만 하다간, 간신히 손에 넣은 행복이 이대로 물거품처럼 사라져버릴 것이다.

그것만은 절대로 용납할 수 없었다.

* * *

희성은 기억하고 있었다. 신혼여행 후 두나의 임신 소식을 안부 전화로 들은 만신 이정화 여사가 혼잣말처럼 중얼거리던 소리를.

'아직 많이 이를지도 모르는데……'

그 말이 어쩌면 이 끔찍한 상황을 미리 예견했기에 나온 것일지도 모른다는 생각이 들었다.

두나와 태아의 상태 모두 이상이 없었다. 아주 건강했다. 그런데 출산이 반달도 남지 않은 지금 상황에서 두나가 갑자기 쓰러진 것이다. 병원 안의 모든 의사들이 동원되어 온갖 검사를 다 했으나, 결론은 하나였다.

'신체적으로는 이상이 없다.'

그리고 그 시점에서 희성은 두나와 맺어진 이후 거의 과거의 능력을 잃은 눈을 어떻게든 다시 쓰려 노력했다. 이제는 의식하고 보려 해도, 타인의 혼도 죽은 이들이 남긴 의식도 보기 힘들었다.

만신님은 두나와 그가 온전한 한 명의 인간이 되어가며, 이제 더는 그 힘에 고통 받지 않게 된 것이라고 말했다.

기뻤다. 정말로, 이번에야말로 행복해질 수 있다고 믿었는데, 그런데 그 목전에서 이런 일이 벌어지다니.

절대로 이렇게 가만있을 수는 없었다.

"……"

그는 필사적으로 이제는 거의 사라진 힘을 되살리려 노력했다. 과거에는 차라리 없어지길 바란 능력이다. 그러나 이 순간만은, 이 힘으로 인해 자신이 평생 고통받아도 상관없다는 생각이 들었다.

지금, 두나를 구할 수만 있다면.

그 순간, 희성의 눈에 1년 가까이 볼 수 없었던 광경이 보였다. 보통 사람과는 다른 시야.

타인의 영혼과 죽은 이들의 상념마저 보는 눈, 영안(靈眼).

그 눈으로 두나를 바라본 그는 정망할 뻔했다.

그의 영안에 보인 두나에게는, 평소의 그녀다운 예쁘고 안타깝게까지 느껴지던 영혼의 색이 전혀 보이지 않았던 것이다.

텅 비어 있었다.

"아······."

* * *

눈을 형형히 빛내는 희성의 앞에서 예준은 세 번째로 전화를 걸고 있었다. 지리산 신당에 있을 이정화 여사에게.

그러나 앞선 두 번의 전화는 신호는 갔으나 연결되지 않았다. 세 번째 역시 신호가 꽤 길게 이어지고 있었다.

-뚜뚜뚜······.

"역시 안 받으셔, 형."

희성의 눈이 희번덕거렸다. 예준의 전화기를 박살내기라도 할 기세였다.

그가 벌떡 몸을 일으켰다.

"어쩌려고?"

"만신님께 가서 모셔 오겠어."

그러자 두나의 손을 잡고 울 듯한 얼굴을 하고 있던 하나가 또렷하게 말했다.

"아뇨, 희성 씨는 여기 계세요."

"하나 씨!"

"걱정되시는 거 알아요! 그러니까 더 두나 옆에 있어주셔야죠!"

그녀는 굳은 목소리로 덧붙였다.

"저랑 예준 오빠가 가서 모셔 올게요. 그러니까 여기서 기다려주세요."

"……네. 부탁드립니다."

희성은 간신히 대답하고 주저앉듯이 자리에 앉았다.

그때였다. 예준의 전화기가 갑자기 울렸다.

-따리리리!

예준은 화면을 보고 놀라서 통화 버튼을 누름과 동시에 외쳤다.

"할머니! 어디세요?"

그러자 수화기 맞은편에서 이정화 여사의 호통이 들려왔다.

-어디긴, 이놈아! 서울역이다! 어서 차 가지고 오너라!"

희성에게는 지옥에 울려 퍼지는 구원의 종소리와 같았다.

* * *

소녀는 가물거리는 기억의 실마리를 잡으려 애썼다. 그러나 아무것도 떠오르는 것이 없다.

그러나 확신은 하나 있었다.

지금 자신은 무언가 중요한 것을 하나 잊고 있다는 것.

그리고 그건 그녀의 존재 자체와 직결되는 아주 중요한 일이라는 것도.

그때 옆에서 소년이 소녀를 불렀다.

"두나야. 여기……."

소년이 그녀의 이름을 부르며 수건을 내밀었다. 두나는 낡지만 정갈하게 관리된 작은 한옥의 대청마루에 앉아, 소년이 건네주는 수건을 받아 들었다.

축축하게 젖은 팔다리를 닦고, 머리를 말렸다.

그사이에 희성은 자리를 비운 만신님의 웃방을 뒤져 소녀가 입을 만한 옷을 찾아보았다. 적어도 저 젖은 원피스가 마를 때까진 마른 옷을 입혀주어야 할 테니까.

그러나 만신님의 치마는 전부 너무 길어서 소녀가 입기에 적당하지 않았다. 결국, 소년은 자신의 옷장에서 잘 마른 저고리와 바지를 가져다 소녀에게 주었다.

"옷 말리는 동안 입어."

소녀는 잠시 말간 눈으로 소년을 올려다보다가, 옷을 받았다. 그리고 설명해주지도 않았는데 만신님이 쓰시는 안방으로 들어가 옷을 갈아입었다.

그렇게 비슷한 옷을 입고서, 소년 소녀는 나란히 대청마루에 앉았다. 소년은 부엌을 뒤져, 가마솥 속에 있는 아직 온기가 남은 찐 고구마를 가져왔다.

그걸 보고 소녀가 웃었다.

"만신님이 찌신 고구마 맛있지."

그렇게 말하며, 소녀는 고구마 껍질을 까서 한 입 베어물었다.

그 모습을 홀린 듯 바라보던 소년은 그제야 깨달았다.

'만신님을…… 아는 건가?'

너무 자연스럽게 말해서 위화감을 잘 못 느꼈다.

"만신님을 알아?"

그 말에 소녀가 고구마를 문 채, 토끼눈을 했다.

"으응? 그런가? 응. 그런 거 같아. 알아. 알았던 거 같아."

모호한 말이다. 어쩐지 잠에서 덜 깬 사람처럼 혼자 중얼거리던 소녀가 주변을 휘휘 둘러보았다. 그리고 고구마를 한 입 더 베어 물었다.

"응. 맞아. 익숙해. 여기도. 그리고…… 이 고구마 맛도."

그러다가 소녀와 소년의 시선이 서로 다시 마주쳤다.

소녀가, 두나가 고개를 끄덕였다.

"맞아. 나, 오빠도 알아. 우리 알고 있어."

그 순간 희성은 저도 모르게 고개를 끄덕일 뻔했다.

아니, 한발 더 나아가 한 가지 확신이 떠올랐다.

단순히 아는 것만이 아니었다. 정말로, 정말로 중요한 사람이었다.

소년에게 소녀가. 소녀에게 소년이.

* * *

병상에 누운 두나와 초조한 표정의 희성을 번갈아가며 바라보던 만신 이정화 여사의 얼굴에 미소가 걸렸다.

"……만신님?"

희성의 말문이 열리기도 전에, 이정화 여사가 손을 뻗어서 희성을 자신에게로 잡아끌었다.

그리고 나직이 물었다.

"걱정되느냐?"

희성은 버럭 외침이 터져 나오려는 것을 애써 억눌렀다. 그리고 이를 악물며 대답했다.

"죽을 것 같습니다."

이정화 여사는 여전히 웃는 낯으로 고개를 저었다.

"아니, 죽으면 안 되지."

"이대로 두나 씨가 잘못되고, 전 또 아무것도 못 한 채로 잃어야 한다면…… 살아도 무슨 의미가 있을까요?"

그의 목소리에서는 이제 흐려졌다 생각했던 상처가 새삼스레 다시 드러났다.

예준도 하나도 희성의 절박하고 절절한 목소리에는 둘 다 입을 다물 수밖에 없었다. 여기 있는 모든 사람 중 가장 절박한 사람이 그였으니까.

저 말에 담긴 진심은, 누구나 느낄 수 있었다. 만에 하나라도 두나가 잘못되면, 희성은 자기가 한 말을 그대로 실천하려 들지도 모른다.

그러나 이정화 여사는 여전히 부드럽게 웃고 있었다.

"어지간히 절박했던 모양이구나. 영안을 억지로 다시 열다니."

"……그래도 소용없었습니다. 두나 씨의 육체엔, 지금 두나 씨의 혼이 없어요."

그 말에 이정화 여사는 고개를 저었다. 그리고 자신이 잡은 희성의 손을 강하게 잡아당겨 어느 곳으로 인도했다.

바로, 병실에 딸린 화장실의 거울 앞이었다. 이정화 여사는 희성에게 거울에 비친 자기 자신의 모습을 보도록 했다.

"……."

희성은 할 말을 잃었다. 거울 안에는 희성이 조금 전 억지로 영안을 다시 열어서라도 어떻게든 찾으려 한 그 빛이 있었다.

이정화 여사가 웃는 얼굴로 묻는다.

"찾았느냐?"

찾았다. 못 찾을 수가 없었다. 그가 애타게 찾는 두나의 영혼은 희성 자신의 안에 있었다. 그의 가슴속에.

* * *

소년은, 아니 희성은 눈을 감았다. 그리고 다시 떴다. 무의식 속에서라도, 기억의 파편 속에서라도 절대로 놓칠 수 없어 필사적으로 잡고 있던 소녀의, 그 여자의 손을 잡았다. 그리고 그녀를 불렀다.

"두나야."

다시 불렀다.

"두나 씨."

그에 흰 나비 같은 소녀가, 아니…… 신혼여행으로 함께 지냈던 작은 섬의 해변에서처럼 흰 원피스를 입은 두나가 웃었다.

"네, 희성 씨."

그녀가 품에 안겨들었다. 이제야 겨우.

병실에 누운 두나가 눈을 떴다. 잠시 멍한 듯 눈을 깜빡거리던 그녀는 곧 희성과 눈을 마주치고 웃었다.

"신기한 꿈을 꿨어요."

희성은 울 듯이 웃었다.

"무슨 꿈을요?"

"어린 희성 씨를 만났어요."

"그랬어요? 나도 어린 두나 씨를 만났어요."

두나는 작게 웃었다.

"난 어린 시절 없었는데."

"잠시 가져본 거라고 생각해요."

"그건…… 좋네요. 나한테도 어린 시절에…… 희성 씨랑 추억이 하나 생긴 걸로 쳐요."

두 사람은 한참 동안 서로를 바라보며 웃었다.

* * *

"어떻게 된 거예요, 만신님?"

하나의 질문에 예준이 가져다주는 샷을 두 개 추가한 캐러멜 마끼아토 잔을 받아 들며, 이정화 여사는 태연히 대답했다.

"아이 때문에 생긴 일이다."

"네?"

"아이가 일찍 생겼어. 아직 두나의 혼이 다 여물기 전에."

"아!"

"아이의 혼은 들어오며, 두나의 혼이 약하니 밀려나버린 게다."

이정화 여사의 얼굴에 미미하게 미소가 번졌다.

"두나의 혼을, 희성이 녀석의 영혼이 붙잡고 있었던 거고. 본인도 모르고 무의식적으로 자신의 영혼 안으로 들여보낸 게지. 두나의 영혼이 안정될 수 있도록 보호한 거다."

"그, 그러면……."

이정화 여사는 달콤하고 진한 커피를 쭉 들이켜며 단정 지었다.

"이젠 안정된 상태로 다시 몸에 돌려보냈으니 괜찮을 게다. 아이의 혼도 괜찮으니, 이제 걱정할 건……."

그 순간이었다. 병실 안에서 다급한 비명이 울렸다.

"의사! 의사를!"

그렇게 외치며 안색이 새파래진 희성이 튀어나왔다.

"무, 무슨 일이에요?"

희성이 땀을 줄줄 흘리며 외쳤다.

"진통! 진통이 시작됐어요!"

잠시 한시름 놓으려던 차에, 다시금 난리가 벌어졌다.

* * *

"진통이 왔다고?"

잔뜩 긴장한 얼굴의 이사장이 뛰어왔다. 희성은 산실에 함께 들어가 있어서 할아버지를 직접 맞지는 못했다.

두나의 갑작스러운 상태 이상까지는 경황이 없어 알리지 못했지만, 이제 정상화된 후에 진통이 온 상황이니 당연히 어른에게 알려야 했다.

그러나 희성은 정신을 반쯤 놓고 있어서 이 부분까지는 신경 쓰지 못했다. 희성의 할아버지를 부른 건, 이정화 여사였다.

그들은 가슴을 졸이며 산실 밖에서 비명 소리가 울리는 것을 듣고 있을 수밖에 없었다.

"아아악!"

안쪽에서는 두나의 비명과 희성의 제대로 말이 되지 못한 반쯤 이지러진 신음이 함께 얽혔다.

홀로 태평히 앉은 이정화 여사가 툴툴댔다.

"누가 들으면 둘이 같이 낳는 줄 알겠다."

그렇게 5시간가량 이어진 인내의 시간 끝에, 안쪽에서 모두가 기다리던 우렁찬 소리가 울렸다.

"으아앙!"

"3.2kg, 건강한 공주님입니다."

간호사가 아직 첫 목욕을 끝내기도 전인 핏덩이 아기를 두나의 가슴께 위에 올려주었다.

가슴께 위에서 꼬물꼬물거리는 아기를 품에 안으며 두나는 감격에 겨웠다. 그녀가 손가락을 내밀자, 아기의 작은 손가락 다섯 개가 동시에 그녀의 손가락을 쥐었다.

너무나도 따스하고 사랑스러운 체온이었다.

두나는 어쩐지 눈시울이 붉어지는 걸 느끼며 시선을 돌렸다. 거기에는 이미 울고 있는 남편이 있었다.

"희성…… 씨."

그녀가 힘 빠진 손을 뻗자, 그의 덜덜 떨리는 손이 맞잡아 왔다. 희성이 울먹이는 목소리로 속삭였다.

"미안해요, 두나 씨."

그 목소리가 너무 절박해서, 도리어 두나는 웃음이 터지는 걸 느꼈다.

"왜 미안해요?"

"그냥…… 전부 다요."

두나는 알 수 있었다. 지금 그는 아이 때문에 두나가 잠시 위험해졌던 일까지 전부 자신의 탓으로 돌리고 있는 것이다.

두나는 손에 힘을 주어 희성을 잡아당겼다. 그리고 그의 귓가에 속삭였다.

"당신이 날 구했잖아요. 뭐가 미안해요."

아이의 혼에 밀려 혼란에 빠진 두나의 혼을 잡아준 건 희성이었다. 본인이 알지도 못하는 사이에.

그녀는 그의 기억과 영혼 속에서, 그가 나누어주는 힘을 받아 마셨다. 그 덕분에 지금 이렇게 행복한 순간을 맞을 수 있는 것이다.

"그래요. 당신이 날 구했어요."

그 말에 희성의 얼굴이 다시 흐려지려 했다. 그가 다시 울 것 같은 얼굴을 하자, 두나는 웃는 얼굴로 그에게 고갯짓을 했다.

"안아봐요. 우리 딸, 당신을 꼭 닮았어요."

희성은 여전히 떨림이 남은 손으로 그들의 아이를, 위태로움 끝에 간신히 허락된 작은 기적을 안아 들었다.

희성은 간신히 얼굴에 미소 비슷한 것을 올렸다.

"……아뇨. 당신을 더 닮았습니다."

둘은 누가 먼저라고 할 것도 없이 마주 웃었다.

완전한 기적이 이제 그들에게 온 날이었다.

-마침-